LA TÊTE CO[NTRE LES MURS]

Né en 1911 à Angers (Maine-e[t-Loire)...] grand-mère. Il connaîtra tardiv[ement...] mouvementées (précepteurs, si[...,] [faculté] catholique de droit d'Angers. M[...] quitte, se brouille avec les siens, « monte » à Paris où il fait une licence de lettres en travaillant pour vivre et commence à écrire.
Journaliste (L'Echo de Paris), *critique littéraire* (L'Information), *il publie d'abord des poèmes qui lui vaudront le prix Apollinaire, mais la notoriété lui vient avec son premier roman* Vipère au poing *qui remporte un succès immédiat et considérable. Depuis lors, ses ouvrages — notamment* La Tête contre les murs, Qui j'ose aimer, Le Matrimoine, Au nom du fils, Madame Ex *— recueillent l'audience d'un vaste public.*
Proclamé en 1955 « le meilleur romancier des dix dernières années », lauréat en 1957 du Grand Prix littéraire de Monaco, Hervé Bazin, membre de l'Académie Goncourt depuis 1958, en est actuellement le président.

La porte craque, les vis cèdent : Arthur a réussi son effraction, il va pouvoir renflouer ses finances sans risques puisque le vol entre parents ne compte pas et qu'il est chez son père, le juge d'instruction Gérane. Il rafle ce qu'il trouve, ne résiste pas à l'envie de mettre la pagaille dans les dossiers du magistrat et, ravi de son geste stupide, file au volant de la voiture familiale. Un arbre arrête sa course.
Il est inanimé mais vivant, quand son père et sa jeune sœur Roberte le découvrent au matin. C'est à l'asile qu'il reprend ses esprits. A l'asile, pas à l'hôpital ? Il en est horrifié.
Fou, Arthur ? Il n'y a pas de fous, il n'y a que des malades, lui réplique le docteur Salomon. A la vérité, Arthur, fugueur dès l'enfance, a déjà fait cent sottises; il continuera de les accumuler, d'évasion en évasion, d'internement en internement; il appartient à cette catégorie d'êtres dont la vie n'est qu'un long « délire de conduite ».
Quelles chances a-t-il de guérir ? En sera-t-il même question ? Dans une série d'établissements, minutieusement décrits, c'est une typique « carrière d'aliéné » que Hervé Bazin raconte ici sans complaisance jusqu'à la conclusion — évitable ou inévitable ? — de cette minable aventure où se trouve dénoncée l'impuissance des institutions sociales en face d'un drame très courant, presque banal, que la prolifération des maladies mentales rend d'une poignante actualité.

ŒUVRES DE HERVÉ BAZIN

Dans Le Livre de Poche :

VIPÈRE AU POING.
LA TÊTE CONTRE LES MURS.
LA MORT DU PETIT CHEVAL.
LÈVE-TOI ET MARCHE.
L'HUILE SUR LE FEU.
QUI J'OSE AIMER.
AU NOM DU FILS.
CHAPEAU BAS.
LE MATRIMOINE.
LE BUREAU DES MARIAGES.
CRI DE LA CHOUETTE.
MADAME EX.
CE QUE JE CROIS.
UN FEU DÉVORE UN AUTRE FEU.

gros bisous
et reviens vite
Love from
 Clothilde

Amitiés
 Noëlle

HERVÉ BAZIN

La tête contre les murs

ROMAN

en souvenir d'un bref passage à St Renan qui ne demande qu'à se renouveler. — H. Bazin

A Louisa, qui j'espère a passé un bon séjour à Ste Anne, en compagnie de mes amis, et que je reverrai soit à Plymouth soit à Brest. Bises — Siolomé

BERNARD GRASSET

© *Éditions Bernard Grasset*, 1949.
Tous droits de traduction, de reproduction et d'adaptation
réservés pour tous pays, y compris la Russie.

Les héros de cet ouvrage appartiennent à la fiction romanesque. Toute ressemblance avec des contemporains morts ou vivants serait entièrement fortuite.

I

Un craquement mou. Les vis n'ont pas résisté, la porte s'est complaisamment ouverte. Elle bâille, soufflant au nez d'Arthur l'haleine de la maison, cette odeur familière de vieux livres, de pétrole, de lavande et de laine mitée qui se glisse dans ses sinus, y retrouve sa place exacte, s'y recroqueville comme l'escargot dans sa coquille. Avant d'entrer, par prudence, le jeune homme se retourne instinctivement... et demeure cloué sur place. A quinze mètres environ, sur la pelouse, une lueur vient de s'allumer et bouge vaguement dans la nuit.

Il s'agit d'une lueur faible, d'un point rougeâtre qui peut aussi bien signaler une cigarette qu'une lampe électrique à pile fatiguée. Car, à vrai dire, elle ne bouge pas, cette lueur : elle cligne, elle tremblote, comme si elle se trouvait au bout d'un boîtier tenu par une main qui tremblerait elle-même. Mais elle varie d'intensité, s'étiole, renaît, a des sursauts, comme le feu mince de la gauloise nocturne sur laquelle le fumeur tire à petits coups espacés. "Après tout, songe Arthur, au bout des doigts comme au bout des lèvres, cette lueur, de toute façon, appartient à un homme; c'est lui qu'il faut identifier. Notre fermier? Impossible : il ne fume pas. Ma sœur? Pas question : elle ne fume pas non plus et elle est beaucoup trop peureuse pour sortir seule la nuit. Papa? Mais, dans ce cas, il foncerait immédiatement sur moi. Ce doit être un mendiant ou un braconnier. Mais non, c'est absurde, on ne mendie, on ne braconne pas à cette heure-ci. Un chat... pourquoi ne serait-ce pas un chat? Je sais bien que les matous ont deux yeux. Alors, un chat borgne? Ouais! C'est cela, un chat borgne, tout exprès délégué par la justice immanente pour me terrifier."

Arthur va sourire, donc se détendre et réfléchir. Il est tout près de deviner, il *brûle*. Mais la porte qui vient d'être fracturée grince légèrement et, en même temps, la lueur s'éteint. Grande chamade sous les côtes du jeune homme! Aucun doute : il est repéré. Il hésite quelques fractions de seconde entre la fuite, l'attaque ou la défense. Finalement, la barre de fer en main, il attend.

Mais quoi! Le point lumineux se rallume un peu plus loin. L'homme se déplace donc, l'homme ne l'a pas vu ou bien lui aussi, inquiet, se retire. Non, il ne se retire pas : il se dédouble. Voici

deux, puis trois, puis quatre lueurs identiques...
Cette fois, la démonstration est faite. Une chouette
ricane. Arthur lui fait discrètement écho. Il a tout
de même compris : l'ennemi n'est que ver luisant.

Rien ne ragaillardit comme une peur inutile. La
part des nerfs est faite. Arthur Gérane pousse la
porte et braque sa lampe électrique, une vraie
lampe, celle-là, dont le faisceau lui apparaît soudain
plus puissant qu'un phare. Le hall s'éclaire. Arthur
reconnaît son grand-père, toujours barbu, fidèle à
son cadre, et le cadre, un peu dédoré, mais fidèle
à son clou. Il évite de poser le pied sur certaine
latte du parquet, qui doit crier comme jadis, et
met la main sur le bouton de la porte du bureau :
un bouton de porcelaine, blanc comme un œil sans
pupille. "Tiens, voilà une paupière !" murmure-t-il en
accrochant son chapeau à cette patère de fortune.
Puis, tout de suite, il va se vautrer dans le fauteuil
dont la moleskine a depuis longtemps été usée par
le coccyx et les coudes paternels. Rien de changé,
apparemment, dans la pièce. Un peu plus de poussière, un peu moins d'ordre. Sur le rayon réservé
à la collection de la *Revue juridique de France*, cinquante centimètres de numéros en plus. En cette
maison, le temps peut s'estimer ainsi d'une manière très sûre : cinquante centimètres, donc, à un
centimètre par numéro et à un numéro par mois,
quatre ans d'absence.

Quatre ans... Arthur le sait bien. Quatre ans de brouille depuis son départ clandestin de l'Université. Quatre ans de ce que l'on a coutume d'appeler la vache enragée par opposition sans doute à ce qu'on appelle le veau d'or. Quarante-huit mois, dont trente-six de vagabondage ou d'aventures faciles au bras de Juliettes un peu mûres et douze de service militaire presque entièrement passés en salle de police, à l'infirmerie ou dans les bistrots du Mans. Il en sort las, désargenté, prêt à tous les expédients, y compris le *chapardage* familial (euphémisme personnel pour désigner cette variété de cambriolage). La glace Empire, au-dessus de la cheminée, le morigène en vain : " Regarde-toi, Arthur, regarde ta petite gueule de salaud! " Et le jeune homme, convaincu, presque flatté, se lève, s'approche, considère son double avec une sympathie fuyante.

Pas beau garçon, mais joli garçon. Un corsaire pâle, aux joues pauvres de barbe, au front riche d'ondulations. La lumière crue de la lampe exagère encore l'architecture romantique de ce visage : le nez en figure de proue, la lèvre mince souriant sur une denture de guépard, les petites oreilles à lobes attachés, les orbites creuses habitées par deux inquiétantes veilleuses vertes et — contradiction — le ridicule menton d'enfant sage. Ce menton... on jurerait que sa fossette n'est que l'empreinte du doigt maternel, jouant à *Je te tiens par la barbichette, le premier de nous qui rira...* Hélas! Le tendre pouce de la défunte a trouvé beaucoup de remplaçantes. Le premier de nous qui rira... Il vaut mieux qu'elle ne soit plus là pour en pleurer!

Mais tout beau! Il ne s'agit point de s'attendrir, de s'engourdir. Arthur est venu chercher de l'argent et *faucher* la voiture de son père. De l'argent, d'abord, pour pouvoir tenir jusqu'à ce qu'il ait trouvé quelque chose à faire : depuis quatre ans, ce n'est qu'une question de jours. La voiture, ensuite, pour gagner Paris, cette ville séduisante et digne de lui, où une bagnole est comme ailleurs un signe extérieur de richesse, un gage de puissance et surtout de considération féminine, même quand on est provisoirement incapable d'en payer l'essence. Certes, Arthur n'a point de permis de conduire : il n'ignore pas ce détail et se borne à le déplorer. Jadis son père lui a refusé l'autorisation nécessaire, craignant que son fils ne se servît de sa Peugeot. Devenu majeur, le jeune homme aurait sans doute pu passer l'examen, mais il l'a sans cesse remis au mois suivant, comme beaucoup d'autres choses.

" Voyons, il faut procéder par ordre ", murmure ce désordonné. La clef du garage, la petite table en est généralement dépositaire. La clef, le chapeau dessus, les gants de cuir fauve dans la fente du chapeau : Arthur sait cela depuis toujours. Une chance à courir : la petite clef de contact sera-t-elle sous le ruban? "Si mon magistrat de père, suppute Arthur, était à Laval, je ne trouverais rien de tout cela, car dans ce cas il met le feutre sur sa tête comme une cloche sur un melon, enfile ses gants en prenant soin d'en assurer tous les boutons et confie la clef du garage à la sacoche de portière. Mais nous sommes samedi et, selon l'usage, notre juge d'instruction a quitté son pied-à-terre pour passer le week-end dans sa propriété de Tiercé, sans oublier d'emporter les dossiers en cours (au mépris du règlement, d'ailleurs). La preuve péremptoire de sa présence, la voilà sur le bureau : cinq ou six chemises de cartoline bleue, bourrées de documents. De documents officiels, fichtre!... de do-cu-ments! *Do* comme dommage, *cu* comme curieux, *ments* comme mensonge." Une idée saugrenue, cocasse, une graine égarée sur sa pie-mère germe et se développe, plus vite que sous la baguette d'un illusionniste. "Histoire de rire, si nous jouions au Parquet un tour pendable! Retirons quelques feuillets. Voilà qui, peut-être, va transformer un dossier, faire de nous l'arbitre du destin." Geste inutile, geste gratuit, bien propre à séduire cet artiste de l'aventure, venu dans un tout autre but, mais pour qui l'accessoire fait très vite figure de nécessité.

Décision du diable à ressort. Avis. Exécution. Arthur ouvre le premier dossier : *Affaire Petitot*. Cela est écrit en ronde, par conséquent de la main du greffier. Mais au-dessous, il y a des annotations paternelles, au crayon bleu : *Coups et blessures, ivresse* (R), *attentat à la pudeur* (?). Intéressant, intéressant! Mais non. Ce récidiviste de l'ivrognerie (d'où le grand R) a seulement pissé sur la voie publique (d'où le consciencieux point d'interrogation) et boxé le brigadier de gendarmerie qui lui intimait l'ordre de le suivre après avoir reboutonné sa braguette. Passons. Arthur prend un autre dossier : *Affaire Crédit du Maine et de Bretagne*. Pas de mention R sur la couverture, mais un signe secret dont Gérane junior connaît le sens, depuis que Gérane senior commit la grave imprudence de le révéler en lui criant un jour pour refuser je ne sais quelle promenade :

— Fiche-moi la paix, Arthur! Tu ne vois pas ce dossier? Quand je mets un Z rouge dans l'angle gauche, cela veut dire qu'il s'agit d'une affaire délicate où ces crocodiles du ministère sont venus patauger.

Arthur feuillette rapidement. Un rapport d'expert graphologue, deux déclarations contradictoires et pourtant suivies de l'habituel *ne varietur*, une lettre sur papier à en-tête de la Chambre des Députés portant la courageuse mention *confiden-*

tiel, lui paraissent de bonne prise. Son briquet, d'ordinaire assez rétif, veut bien accepter d'être complice et s'allume au premier chatouillement de molette. Les pièces saisies, transformées en torches, illuminent le portrait de Mme Gérane qui sourit tristement, et celui de son époux, en toque et toge. Approcher une cigarette de cette flamme scandaleuse, selon les meilleures traditions américaines, voilà qui complète et clôture heureusement cette scène originale.

Mais il faut passer à de plus utiles larcins. Le chapeau est bien sur la petite table, les gants dessus, la clef dessous. Les gants prennent la direction de la poche gauche d'Arthur, car celui-ci a la même pointure que son père. Le chapeau n'est pas annexé, car, bien entendu, le tour de tête du délinquant est en proportion directe de son intelligence, donc supérieur. Arthur soupèse avec satisfaction la lourde clef qui porte l'étiquette " Garage ", bien qu'elle soit aisément reconnaissable à son volume et aux entailles compliquées de son panneton. M. le juge d'instruction a la maladie des étiquettes depuis le temps lointain où il se mit à en pourvoir ses dossiers et, par conséquence, ses idées. Après avoir, pour le principe, arraché celle-ci, Arthur met la clef dans sa poche droite, où elle s'en va tinter contre la clef de sa chambre d'hôtel, une jeune personne plate et nickelée, d'une autre génération.

Maigre succès. L'argent, où est l'argent? Les cachettes familiales sont-elles toujours celles qu'il a connues? A cette époque, M. Gérane confiait ses richesses au coffre-fort de sa chambre : pas un Fichet, bien sûr, mais une lourde malle en bois de charme, flanquée de monumentales ferrures et dont le poids était la meilleure défense. Là, dormaient les dentelles de famille, l'argenterie, les titres et, sans doute, quelque métal jaune épargné par le grand-père, fermier, fils de fermier. L'argent liquide, le *courant*, son père le confiait au tiroir central de son bureau, ainsi que son chéquier, dont il usait peu.

Il faut voir. Il faut forcer ce tiroir et ce n'est point chose aisée, car la barre de fer, chipée dans le cagibi aux outils et qui a suffi à ouvrir la porte, est trop grosse pour s'engager dans la fente de la serrure. Tant pis! Arthur s'arme de patience et, sortant son ancien couteau de boy-scout (quelle affreuse " B. A. "!) entreprend de creuser un trou.

Ici, le vieux bois vaut un métal. Cependant, de petit copeau en petit copeau, le trou se précise. Dès qu'il l'estime suffisant, Arthur reprend sa barre, l'engage dans l'ouverture ainsi pratiquée, s'escrime. Le chêne résiste, proteste, mais, depuis La Fontaine, le chêne rompt, c'est connu. Celui-ci pète soudain terriblement sec : le tiroir est vaincu. Arthur, épouvanté par le bruit que son inquiétude décuple, ne fait qu'un bond jusqu'à la porte et, le cœur battant, va s'effondrer dans un massif d'œillets d'Inde, variété *Légion d'honneur*, assortis depuis peu à la boutonnière du propriétaire. A plat ventre parmi les fleurs, fébrile, le menton grelottant, le jeune homme attend quelques minutes l'éventuelle arrivée de la justice paternelle, qui est aussi la justice tout court.

Mais rien ne bouge. Les bois, après tout, ne manquent pas de troncs gémissants ni la maison de meubles habitués à craquer sans motif valable. Les nerfs d'Arthur se détendent un peu. Mieux vaut ne point s'attarder. Une bonne vieille lune, dont un nuage tire de temps en temps la paupière, le regarde d'un œil goguenard. Le clocher du village lui fournit un renseignement précieux, refusé par sa montre qui n'est pas lumineuse : trois heures du matin. Arthur se relève, regagne le bureau, procède à l'inventaire du tiroir.

Inventaire peu satisfaisant. Voici une boîte de pastilles Valda où dorment sept louis d'or et une petite fiche : " Pour le bracelet de Roberte. " La main du jeune homme hésite, car Roberte est une petite sœur très *chouette* qui, récemment encore, lui a fait parvenir en secret un pull-over de sa fabrication et un léger mandat. " Je ne peux pas pourtant faire autrement, ma gosse ! " murmure Arthur d'une voix singulière, à la fois dolente et décidée. La boîte de pastilles Valda échoue dans sa poche. Il continue sa fouille. Une sébile, entièrement remplie de pièces d'argent, est dédaignée. Un 6/35 ne l'est pas. " Comme j'ai sur la fesse une poche-revolver, nous pouvons estimer que cette arme est faite pour elle ", précise Arthur qui n'a toujours pas trouvé l'essentiel. Un échéancier, un répertoire, un livre de comptes sont rageusement déchirés, jetés sur le parquet. Enfin apparaît le coffret à cigares dont il se souvient.

Il n'est qu'à demi plein. Encore s'y trouve-t-il beaucoup de billets de cent francs, voire de cinquante, sans compter ce stupide chéquier qui tient de la place et ne peut servir à rien. Arthur regrette incontinent de n'être pas faussaire, puis recense le butin : six mille sept cents francs. C'est tout. C'est peu. " Enfin, conclut-il, je m'arrangerai : il y a les jaunets. "

Trois heures et demie. Le chant rouillé des coqs se met à grincer. Une sorte de coton grisâtre se répand sur les prairies. Dans trente minutes, il fera jour. Il faut se hâter pour démarrer à la brune, sans allumer les phares, qui pourraient donner l'alerte. Arthur court vers l'ancienne remise dont son père a fait un garage. La clef mastodonte tourne dans la serrure. Par chance, les pneus sont en état, le réservoir plein. Arthur s'assied sur le siège, qui lui semble encore tout chaud du derrière paternel. " Comme je suis rosse, tout de même! Comme je suis rosse! " avoue-t-il. Mais il répète aussitôt : " Je ne peux pas faire autrement." Ce disant, il appuie vainement sur le démarreur. Il a oublié de mettre le contact. La clef, où est la clef? Bon sang, il l'a oubliée sous le ruban du feutre paternel! Et son chapeau, son propre chapeau, pourquoi n'est-il pas sur sa tête? " Zut! ronchonne-t-il, je l'ai laissé sur le bouton de la porte. Si tout le boucan que je fais ne réveille pas ma petite famille, j'aurai de la veine! " Sa lampe électrique ne fonctionne presque plus et, dans le bureau, il a beaucoup de peine à retrouver le 56 de son père. Nanti de la précieuse clef, mais oubliant définitivement son propre 58, il passe devant la glace Empire, reconnaît *l'autre* et l'interpelle : " Idiot, tu fais du beau travail! " L'autre ricane : il lui dédie un pied de nez. Arthur hausse les épaules ou, plutôt, une seule de ses épaules, la gauche. La droite ne s'associe pas à cette insouciance. Son pied droit, qui a aussi quelques remords, fait crier la latte du parquet, dans le hall.

Cependant Arthur regagne le garage, se réinstalle avec importance sur le siège, met la voiture en marche. Les vitesses sont correctement passées. " Mieux que papa ne saura jamais le faire, lui qui a son permis de conduire, gouaille maintenant le triomphateur. Le moustachu a éduqué trop tard ses réflexes. " Il exulte, ce fils indigne qui ne déteste point son père; il sourit farouchement en écarquillant les yeux pour prendre dans l'ombre les virages de l'ancien chemin de ferme promu à la dignité d'allée et qui conduit à la route. " C'est pourtant vrai, ce que dit Roberte. Au volant, papa a toujours l'air de surveiller des chevaux. Au début de sa carrière de chauffeur, quand il était obligé de s'arrêter, le vieux rejetait la tête en arrière avant de freiner, comme s'il allait tirer sur des rênes. Maintenant encore, lorsqu'il passe la première, il claque de la langue ou il murmure : " Allons! Allons! " comme il le disait jadis à sa jument du haut de son phaéton. " Très satisfait de lui, de plus en plus satisfait, Arthur sourit toujours. " La bonne blague! Nous voilà dimanche, jour de grand-messe et pour aller au bourg, papa devra prendre le train onze. Je gage que ce rhumatisant préférera sortir la vieille carriole et emprunter le percheron de la ferme, cet entier de méchante humeur qui fait mine de se cabrer dans les brancards et qui laisse tomber de si impressionnants tas de crottin. " Arthur ne sourit plus : il rit, il rit...

Et, soudain, Arthur cesse de rire. Mais oui, c'est bien un tronc. Un tronc abattu en travers de l'allée, là, à quelques mètres. Un sapin, pour être précis, un sapin que l'on n'a pas encore transporté.

Pourquoi n'a-t-il pas reconnu les lieux ? Il aurait fallu, il aurait fallu...

Réflexions bien inutiles. Aussi inutiles que les freins bloqués en une seconde. La Peugeot marche trop vite. Déjà, elle s'écrase sur l'obstacle. Elle fait un bond, se cabre comme le cheval dont Arthur vient de se moquer. Le pare-brise s'émiette, se résout en grêle de verre. Le carter éventré crache son huile, ce sang des mécaniques. Les pneus avant éclatent, cependant que les roues arrière tournent dans le vide comme des poulies folles. Arthur lui-même n'est plus qu'une masse hurlante qui crève la toile du plafond et retombe aussitôt dans un bruit confus de branches ou d'os cassés.

II

Roberte rejeta brusquement ses couvertures, sauta sur la descente de lit et considéra son oreiller, hargneusement. Elle ne souffrait plus de ces *terreurs nocturnes* qui jadis dévastaient son sommeil de petite fille, mais elle évitait rarement le vilain rêve de minuit et, jusqu'à l'aurore, ne dormait qu'en hérisson, recroquevillée, ramassée sur elle-même, vainement décidée à combattre cet insidieux ennemi qui semblait surgir de l'ombre et qui pourtant était en elle.

Comme tous les matins, ce dimanche-là, Roberte n'avait tenu aucun compte de son réveil, qui s'obstinait depuis cinq ans à sonner soixante minutes plus tôt. Elle s'était offert une de ces tièdes et lumineuses somnolences, une de ces grasses matinées qui ne la faisaient d'ailleurs pas engraisser. Pour rien au monde, cette menue personne n'eût fait avancer d'un cran la petite aiguille de la sonnerie, une fois pour toutes fixée sur le chiffre VIII par le doigt de sa pauvre mère.

— Curieux fétichisme du souvenir! protestait souvent le juge, son père. Tu respectes la lettre, mais non l'esprit.

— L'atavisme! répondait-elle en souriant.

Debout maintenant — et délivrée — Roberte laissa glisser sa chemise jusqu'à ses pieds, qui se mirent à battre une mesure imaginaire. Elle s'étira longuement, les coudes rejetés en arrière, les seins dardés, le ventre plat, la jambe lisse. Puis, toujours nue, elle retapa rapidement son lit.

La glace de l'armoire la reproduisait, vue de dos : omoplate un peu sèche, mais fesse drue. La psyché lui renvoyait son mince profil. Le miroir ovale, suspendu au-dessus de la table, la photographiait de face : joue envahie par la pommette, nez *impluvium*, menton bilobé, poitrine demi-citron, cou mince jailli comme un huilier au milieu des salières vides. Un léger strabisme divisait les yeux : des yeux très bleus, souvent très mobiles, parfois noyés dans leur propre regard ou lassés par le poids de cils démesurés. Quatre Robertes remuaient ainsi dans la chambre, l'original et trois copies, toutes bien fraîches et parfaitement pures dans ce simple appareil que, verrous tirés, adoptait la jeune fille, par ailleurs plus farouche qu'un râle de genêts.

— Où ai-je fourré mon soutien-gorge? murmura-t-elle.

Roberte s'énerva un peu, fouilla le chaud désordre de la pièce et finit par retrouver sous une chaise cet accessoire superflu. Le geste qu'elle fit pour l'accrocher mit en vedette les touffes roussâtres accrochées à ses aisselles comme la mousse d'automne aux bouleaux. Ainsi vêtue, Roberte continua sa quête vestimentaire. Elle ne mettait ni chemise ni gaine. Elle cueillit sa combinaison ourlée au point cocotte, fleur rose qui s'épanouissait au bout de la tige d'un guéridon. Les bas ne se laissèrent pas découvrir.

— Zut! fit-elle, je m'en passerai.

Elle avait parlé à haute voix et ne sembla point s'en étonner. Baissant la tête, elle secoua vigoureusement sa tignasse fauve, jetée en vrac sur la nuque comme une fourchée de foin sur une borne: ce fouillis se laissa vaguement partager en deux parties inégales.

Puis la jeune fille, qui s'était lavée la veille au soir et ne jugeait pas utile de recommencer, s'assit devant sa coiffeuse, qui ne méritait guère son nom et où s'égaillaient petits pots, peignes cassés, brosses, tubes, flacons, boîtes diverses, bâtons de rouge, pinces, épingles, bouts de ruban, le tout chevauchant à la manière des jonchets et largement saupoudré par les houppettes. Roberte se maquillait depuis la mort de sa mère. Soudain, elle sursauta :

— Roberte, es-tu prête? tonnait la voix de son père.

— J'arrive!

La jeune fille se précipita vers la penderie, arracha une robe, hésita, la rejeta, en choisit une autre, la rejeta également, se décida enfin pour une troisième, qu'elle enfila d'un coup sec. Toujours courant, elle introduisit le pied de vive force dans son soulier droit, qui bâillait au milieu de la descente de lit et, clopinant, poursuivit l'autre. Enfin son pied gauche rencontra par hasard son soulier gauche et, laissant toutes portes ouvertes, Roberte enfila le couloir, dévala l'escalier, déboucha en trombe dans la salle à manger.

— Allons, allons! bougonna son père en l'embrassant, tu n'es tout de même plus une gamine.

Berthe, la bonne, avait déjà servi : les bols encensaient la table. A côté de celui de M. Gérane, brillait la topaze claire d'un petit verre d'eau-de-vie de cidre. Le juge était un homme fort digne, du type pesant, à moustache rarement humide. Cependant, fils unique de feu le père Gérane, gros fermier de Tiercé, qui lui avait *fait donner de l'instruction*, il avait conservé l'habitude paysanne de boire sa goutte chaque matin avant son café au lait. Les jambes nues de sa fille attirèrent son attention.

— Tu n'as pas de bas, reprit-il. On ne va pas à la messe sans bas. Mets au moins des socquettes. Allez, file! Tu vas nous faire arriver en retard, comme toujours. Et mets aussi un chapeau, ou un béret, ou une mantille, enfin quelque chose sur ta tête.

Roberte, sautant trois marches à la fois, remonta l'escalier, se cogna le coude contre la rampe, trépigna, fit irruption chez elle et, bousculant ses piles de linge, perdit cinq minutes. Comme elle venait enfin d'appareiller une paire de socquettes, la voix de son père retentit de nouveau.

— Roberte!
— Me voilà!

Mais son père répéta plus fort : " Roberte! " et le son de sa voix était si rauque, si inhabituellement tragique que la petite, fourrant les socquettes entre ses seins, redescendit quatre à quatre. M. Gérane n'était plus dans la salle à manger; sa fille l'entendit jurer, du côté du bureau. " Sapristi! pensa-t-elle. Quand papa jure, c'est que ça va mal. " Elle le rejoignit, tout essoufflée. Pourpre, écrasé dans son fauteuil, le magistrat bégayait de fureur :

— On m'a... On m'a cambriolé. On a détruit... mes dossiers.

Roberte vit alors le tiroir brisé, les cartolines

dispersées, le tapis de carex jonché de débris, d'échardes et de bouts de papier à moitié brûlés. Une sorte d'aiguille lui perça le sternum ; elle hésita, quelques secondes, entre la crise de larmes et le fou rire. Ce dernier l'emporta.

— Idiote ! vociféra le juge. Voilà qui est bien drôle ! Je te jure que si ce gars-là me tombe sous la patte, il n'y coupera pas du maximum.

Mais Robert Gérane se tut... Roberte devenait toute blanche et son index, pointé vers le parquet, zigzaguait dans l'air.

— Le chapeau, fit-elle, le chapeau.

Le juge baissa le nez et aperçut le feutre d'Arthur, tombé à l'envers, près de la porte. Le chiffre 58 imprimé sur la coiffe et les initiales A. G. ne laissaient aucun doute sur l'identité du visiteur nocturne. " Ah ! ça... ", murmura-t-il, incapable de crier. Son menton tomba sur sa cravate, ses mains le long de son pantalon rayé. Il resta prostré quelques secondes tandis que Roberte se mettait à grelotter. Enfin relevant lentement la tête, il se tourna vers le crucifix d'ivoire qui jaunissait sur la cloison et fit d'une voix sarcastique :

— Merci, mon Dieu !

— Tais-toi, reprit vivement la jeune fille, et regarde : la clef du garage n'est plus sur la petite table.

Plus rien, maintenant, ne pouvait étonner Robert Gérane.

— Evidemment, grinça-t-il, Arthur nous a pris la voiture.

— Mais, papa, sait-il seulement conduire?

— S'il s'est cassé la figure, cela, au moins, il ne l'aura pas volé.

Déjà Roberte et son père couraient vers le garage, le trouvaient vide, se lançaient sur les traces de roues, parfaitement visibles sur le sable.

— A quoi bon? gémissait Roberte Gérane. Tu ne veux pas rattraper une auto qui a six heures d'avance sur nous?

— Allons à la gendarmerie.

Elle ne courait plus, elle marchait mécaniquement, deux doigts crispés sur le poignet de son père. Ni l'un ni l'autre ne poussèrent un cri, ni l'un ni l'autre ne pressèrent le pas lorsqu'ils aperçurent la Peugeot dressée à la verticale et coincée entre les branches du sapin. On ne voyait d'elle qu'un ventre noir, hérissé de tiges, plus compliqué que celui d'un insecte. On eût dit un énorme bourdon écrasé. A quelques mètres, aplati entre deux noisetiers, gisait Arthur, inerte. La boîte de pastilles Valda avait jailli de sa poche et les louis d'or luisaient dans la pénombre du sous-bois. Un peu de sang, de-ci, de-là, tachait les feuilles mortes.

Roberte s'approcha, prit son frère par les pieds, le traîna sur l'herbe, puis le retourna. Tout le côté gauche de la tête était noir, les cheveux agglutinés dans des caillots.

— Cela vaut mieux, cela vaut mieux! murmurait le magistrat.

— Mais il n'est pas mort! Tu ne vois donc pas qu'il est vivant? hurla Roberte.

*

Appelé d'urgence, le docteur Carré, ami de la famille, réserva son diagnostic. Arthur, transporté sur la chaise longue du bureau, n'avait pas repris ses sens.

— Pas de fractures du crâne, dit le médecin. Les plaies sont superficielles. La commotion elle-même n'est sans doute pas le plus grave de l'affaire.

— Que voulez-vous dire, Alexis? murmura le juge qui savait très bien à quoi s'en tenir.

— Roberte, reprit Carré, laisse-nous un instant.

La jeune fille ne bougea pas. Dans le halo roux de ses cheveux son visage flottait, adorable et malsain comme une lune de printemps. Ses yeux bleus, provisoirement fixes, y piquaient deux turquoises mortes.

— Allons! fit le juge impatient. Laisse-nous.

Roberte se baissa lentement, ramassa la cuvette remplie d'eau sanguinolente et se retira sans mot dire. Carré s'avança sur la pointe des pieds, referma la porte et se retourna.

— Robert, je vous l'ai déjà dit, votre fils est anormal. Ses fugues auraient déjà dû vous ouvrir les yeux. Ai-je besoin de vous rappeler que votre beau-père, puis votre femme...

La lippe, les bajoues, les paupières du juge s'effondrèrent lourdement. Robert Gérane était de ces hommes gras et graves, qui n'ont pas le désespoir scénique et dont les rictus, comme les sourires, sont des variétés de la même moue. Cette moue s'allongea, se tordit, se fendit sur le côté, éructa de pâteuses interjections et parvint à dire :

— Je vais téléphoner au procureur.

Soulevant péniblement les pieds, il fit quatre pas, décrocha, réclama d'une voix qu'il s'efforçait de rendre neutre la communication avec le palais de justice de Laval.

— Mais, voyons! fit Carré, le procureur est chez lui, le dimanche.

Robert Gérane rectifia le numéro et dans le silence morne de la pièce dévastée, encore jonchée de débris, les deux hommes ne ferraillèrent plus que du regard. "Non, non!" protestait celui du père. "Si, si, si!" rétorquait celui du médecin. Puis l'ébonite grésilla : le procureur était au bout du fil, s'étonnait. Le juge se mit à bredouiller, se lança dans un flot de précautions oratoires, d'explications confuses. Enfin le procureur comprit. Sa voix se dessécha, s'indigna, monta d'une octave et, sans prendre l'écouteur, Carré put l'entendre assener :

— Ça, par exemple!... Je regrette de vous le dire, mais si le vol domestique ne compte pas, la destruction de dossiers demeure un chef d'inculpation. Il n'y a que deux mesures à envisager : l'arrestation ou l'internement. De tels faits relèvent clairement des psychiatres. Des psychiatres, vous m'entendez? Conduisez immédiatement votre fils à l'asile. Nous serons couverts, nous éviterons le scandale.

— Une maison de santé? proposa faiblement le juge.

— Je dis : l'asile! Seule solution nette. Rappelez-moi dès que ce sera fait.

— Allô, allô! Ne coupez pas.

Le procureur avait déjà raccroché.

— Je vous le disais bien, reprit Carré dans un souffle. Il faut maintenant téléphoner à l'asile. Je connais le médecin chef.

Le juge restait stupide, considérait vaguement son fils toujours immobile sur la chaise longue, marmonnait : "L'asile est aussi un scandale!" Carré lui arracha le récepteur. Pour la seconde fois, la manivelle tourna, faisant écho au bruit assourdi du moulin à café de la bonne qui, dans sa cuisine, broyait des grains moins amers.

— Le docteur Salomon. Asile départemental.

Le mot " asile " tomba dans l'oreille de Roberte qui rentrait, sournoisement.

— Arthur, expliqua le magistrat effaré, Arthur a... mal à la tête. Nous sommes obligés... de... l'interner.

— Oh! fit simplement Roberte.

Ses prunelles se rétrécirent. Puis elle porta la main à sa mâchoire, dont le masseter — une fois, deux fois, trois fois — se contracta violemment.

— Qu'as-tu, petite? cria son père.

— Excuse-moi. Voilà que ça me reprend.

Le tic de Roberte, le tic qui durant son enfance défigurait sa frimousse d'ange roussi, lui tordait de nouveau le menton.

III

CONVERSATION entre deux yeux. Le gauche est fermé, Arthur ne saurait pas dire pourquoi, mais il est fermé, c'est un fait et il se refuse à contrôler les dires de son collègue l'œil droit. Ce dernier n'en revient pas. Il a eu toutes les peines du monde à s'ouvrir, à lâcher un petit coup de prunelles entre des paupières bloquées comme de vieilles persiennes. Le décor aperçu lui semble au surplus parfaitement absurde. Non qu'il s'agisse d'un décor de rêve, vague, tournoyant, compliqué... La chose est encore plus étonnante : il s'agit d'une absence complète de décor.

Une pièce vide, voilà ce qu'un laborieux effort de décollement des cils lui révèle. " Quelle cuite j'ai dû prendre hier soir ! " pense Arthur. Pourtant, son œil insiste : le renseignement est exact, confirmé, valable pour un homme à jeun. " Quelle blague m'a-t-on jouée pendant que je dormais ? "

songe alors ce jeune homme, oubliant que l'on démeuble difficilement une pièce sans réveiller son locataire. Mais l'absence de tapisserie lui suggère l'idée qu'il pourrait bien tout de même ne pas se trouver dans sa chambre d'hôtel : elle était en effet tapissée d'un papier beige à petites fleurs, où gambadaient des écureuils roux. Roux comme Roberte. Ici, les murs sont lisses. On n'en finit pas de chercher quelque chose à voir sur tant de mètres carrés de peinture brillante. On n'en finit pas de définir la nuance exacte de ce ripolin, intermédiaire entre tous les gris. Gris perle est trop clair. Gris souris, trop foncé. Disons : gris métis-de-souris-grise-avec-une-souris-blanche. Mais comme tout cela est imprécis! Il faudrait tenir compte de l'éclairage et, par conséquent, de l'heure. " De l'heure! fait l'œil gauche. Au fait, quelle heure est-il? " Question judicieuse. " Mais, objecte l'œil droit, ne vaudrait-il pas mieux tenir compte de la position et de la surface de la fenêtre, de son orientation, des conditions atmosphériques qui règnent sur ce pays et, particulièrement, sur ce lieu? — C'est vrai, reprend l'œil gauche. Puisque je ne vois pas, dis-moi donc où nous sommes. "

Où suis-je? Arthur, comme tu es romantique! L'héroïne pâmée bouge faiblement, gonfle un chaste sein et murmure ce que tu viens de dire. " Vous êtes en sûreté, répond une voix maternelle, ne craignez rien. " Hélas! non, pas une voix maternelle! Arthur sait très bien que sa mère est morte, il y a cinq ans et que, depuis lors, tout a été pour lui de mal en pis. Alors, la voix paternelle? Non, décidément non, il n'y tient pas : il a trop de comptes à régler avec cette voix-là.

Pourtant, il admet qu'il se trouve en sécurité au fond d'un lit un peu dur, d'un lit qui a en quelque sorte servi de ramasse-miettes à son usage. Car il lui semble bien avoir été victime de grands dégâts, s'être répandu et dispersé sur la terre. En somme, ici, on le rassemble. S'il pouvait aussi rassembler ses souvenirs, voilà qui l'arrangerait fort.

Soudain, une douleur très précise lui perce l'omoplate. Le bras qui descend de cette épaule — la gauche — veut protester, aller voir de quoi il s'agit, palper son mal. Mais la douleur se renouvelle, plus violente et, cette fois, glisse le long de l'humérus, tourne à l'olécrane, longe le... le... enfin, l'os de l'avant-bras... oui, c'est ça, le cubitus... on n'est pas bachelier pour rien... et finalement se disperse en fourmillements dans le bout des doigts. Conclusion : Arthur doit avoir le bras amoché, peut-être bien cassé.

Est-ce tout? Arthur n'en jurerait pas. Il jurerait qu'il vient d'ouvrir les volets de l'œil gauche, mais de les ouvrir sur une nuit totale. Ces données de l'autre pupille sont en contradiction flagrante avec celles de la première qui affirme l'existence d'un excès de peinture grise. Son bras valide, du moins le bras qu'il suppose tel puisqu'il accepte de se déplacer, son bras droit, répétons-le, puisque tout ce qui est à gauche le trahit et sa main droite qui est une brave main droite à cinq doigts qui bougent correctement, le bras, la main, l'un poussant l'autre, vont aux renseignements.

C'est bien ce qu'il pensait : Arthur est submergé sous les bandes Velpeau, sous ce crêpe blanc des morts en sursis qui précède le crêpe noir des morts définitifs. Sous ce crêpe, il y a une épaisseur considérable d'ouate, dont la consistance est intermédiaire entre celle de la mousse et celle de la neige et dont nous savons tous que la blancheur a une amitié particulière pour le rouge. Autour de la tête, un premier pansement, dont n'émerge qu'un œil : et voilà expliquée la contradiction pupillaire. Un second pansement calfeutre tout le côté, jusqu'à l'aine. Un troisième, plus mince, à peine digne d'être noté, entoure la cuisse gauche. Nulle trace de plâtre. Donc, en définitive, rien de cassé. " Des contusions multiples, comme dit la rubrique des accidents de la route. Je dois, pense Arthur, ressembler à Bibendum. " Et, sans motifs, il éternue.

— Tiens ! Je crois qu'il se réveille, fait une voix

étrange, très faible et qui semble passée à travers un entonnoir. Fais attention ! Il pourrait arracher ses pansements.

Supposition stupide ! Arthur tient fort à ses pansements et, surtout, à ce qu'il y a dessous. Mais quelle est cette voix et d'où lui parvient-elle ? En face de lui, il n'y a que le mur, rigoureusement nu. A droite, il n'y a également que le mur, et le peintre qui a lissé la peinture n'a même pas daigné y laisser une seule fois la trace de son pinceau. Derrière lui, à en croire certains reflets, il doit y avoir une fenêtre. Sur la gauche... diable ! ce n'est pas facile de se faire une opinion de ce qui se trouve de ce côté-là. Au moindre mouvement, trois rappels à l'ordre de la tête, de l'épaule et de la cuisse. Tant pis ! Arthur décide de pivoter quand même. Il pivote en effet, millimètre par millimètre. Enfin, il parvient à voir ce qu'il voulait voir. Le mur de gauche est également nu, mais il y a une porte au milieu et cette porte est percée d'un mouchard. C'est à travers ce mouchard que l'on vient de dire : " Il se réveille. "

Mais l'on a dit également : " Fais attention ! Il pourrait arracher ses pansements. " Arthur proteste intérieurement : " Pour qui me prend-on ? J'ai été victime d'un accident, mais fichtre ! Je ne suis pas fou. "

Fou... Ce mot fait balle, lui perce la tempe.

Seigneur, que s'est-il passé? *That is the question.*
Si Arthur ne se souvient plus de rien, c'est qu'il
est fou. Tout au moins frappé d'amnésie. Tout au
moins commotionné : voilà le terme exact, le
moins vexant. Tout le monde peut être commotionné. Ces précautions, ce mouchard, cette surveillance discrète sont superflus. Infirmiers ou infirmières, qu'ils entrent! Ils seront vite édifiés sur
l'état réel de ses facultés. Fou, Arthur? Quelle
histoire! Il crie, il lance un beau coup de gueule
tout rond :

— Alors, quoi, il y a du monde là-dedans?

Nulle réponse... si! une savate glisse sur un parquet ciré. Puis se produit un léger déclic facile à
identifier : on vient de relever la coquille du mouchard. Le type qui est derrière a les yeux bleus.
Du moins, l'un de ses yeux est bleu. Existe-t-il des
gens qui ont un œil brun et l'autre bleu? Mais
est-ce le moment de se poser cette question cocasse,
à l'instant précis où il s'agit d'affirmer que l'on
est lumineusement sain d'esprit? L'œil bleu insiste.
Arthur fait un geste amical de la main droite et
proclame, à tout hasard, parce que c'est un signe
non équivoque de bonne santé :

— Dites donc, mon vieux! Moi, j'ai la fringale.

La coquille du mouchard retombe et se balance
quelques secondes le long de la porte. Les savates

s'éloignent. Mais vers quoi ? Vers un téléphone et, Arthur peut même le préciser, vers un téléphone intérieur, car l'on vient de composer deux chiffres seulement. L'œil bleu se donne une voix. Gérane ne comprend à peu près rien à ce discours, sauf qu'il y est question du " numéro dix-sept ". D'où il infère que le 17, c'est lui. " On est intelligent dans la famille ", se confie-t-il.

Encore un mot de lâché : la famille ! Que pense-t-elle de cette aventure ? Quel rôle y a-t-elle joué ? Arthur n'est point dans un hôpital : on n'y ferait pas tant de manières. Il est également peu probable qu'il se trouve dans une infirmerie pénitentiaire : dans ce cas, il y aurait sur le mur un sacro-saint " Règlement ". Non, ces murs doivent appartenir à une maison de santé. Désagréable, évidemment, très désagréable. Mais à qui la faute ? Il faut avouer qu'un certain Arthur Gérane a notoirement exagéré. Cette expédition nocturne, cette razzia opérée dans le bureau... hourra ! Voilà qu'il se souvient.

Et tout de suite, car au fond Arthur n'est pas encore un mauvais garçon, le " hourra ! " rencontre un " hélas ! " Quelque chose se gonfle en lui, remue, lui donne cette nausée qu'il connaît bien et dont son estomac n'est aucunement responsable. Sa droite, lucide, et sa gauche, aveugle (cela ne date point d'hier et l'accident n'a fait qu'illustrer le divorce très ancien de ses pensées), sa droite et sa gauche se querellent âprement.

— Joli travail! attaque la droite, à qui la situation donne pour une fois l'avantage. Un cambriolage manqué, une bagnole écrabouillée, toi-même en pièces détachées et un père affolé qui en arrive à suspecter tes facultés mentales... quels beaux résultats!

— J'aurais dû réussir. Je ne pouvais pas, répond la gauche, prévoir le sapin.

— La question n'est pas là. Manqué ou réussi, le coup reste le même. On prend la poudre d'escampette, on affiche une indépendance spectaculaire, on refuse des subsides officiels et, finalement, à bout d'expédients, on vient piller nuitamment son paternel. Au surplus, pourquoi donc étions-nous partis, il y a quatre ans? *Pourquoi?*

— Je ne voulais pas devenir magistrat. Tu me vois avec la triple peau de lapin sur l'épaule?

— Bah! Tu voulais simplement foutre le camp. Sans but. Sans moyens. N'importe où. Foutre le camp pour foutre le camp. C'est ton vice. A trois reprises déjà, quand tu étais au collège, tu as plaqué la boîte. Tu t'es fait cueillir la première fois à cent mètres de la porte, la seconde fois à la gare et la troisième dans une ferme où tu voulais naïvement te faire engager comme petit berger. Aujourd'hui encore... Mais, dis donc, tu n'as pas de permis et tu n'avais pas non plus la carte grise!

La gauche perd pied.

— Il faut avouer, dit-elle, que j'en avais un petit coup dans l'aile.

— C'est faux! Tu n'avais rien bu.

Mais la gauche trouve un biais pour s'assurer de la droite :

— Tu ne vas pas me lâcher devant la famille et les médecins? Tu ne vas pas me trahir?

La droite recule à son tour : elle aussi admet la primauté de l'amour-propre. Arthur fait taire ses voix, vainement ennemies, complices l'une de l'autre. Faciles ou non, des excuses, il s'en trouvera toujours. Même s'il faut arguer de l'irresponsabilité, dont la seule idée actuellement l'horripile, mais à laquelle il s'habituera, comme bien d'autres... quitte à la nier aussitôt après. Double jeu si pratique! Avant d'agir, on réclame violemment sa liberté, on se campe dans la majesté des droits de l'homme. Puis, les bêtises faites, on élude leurs conséquences, on murmure : " Que voulez-vous! Nous sommes un peu nerveux dans la famille. " Enfin, spéculant sur l'oubli, on se redresse, on se drape dans la toge prétexte, bordée du rouge de l'indignation : " Moi, fou? Vous plaisantez? J'avais mes petites raisons. " Oui, ces petites raisons, qui ont toujours raison de la raison.

Arthur est à peine réveillé, il ne sait même pas où il est, une sorte d'écran translucide s'interpose encore entre le monde et lui... Mais, déjà, sa vanité se rebiffe, au nom du principe élémentaire de l'esprit : " Douter de moi, c'est m'insulter. "

— *Pourquoi?* maugrée-t-il, enserré par cet adverbe plus étroitement que par ses pansements et que par les murs eux-mêmes. Fiche-moi la paix avec tes pourquoi! Ça ne regarde personne.

*

Mais voici un grand carillon de clefs et de pas. De braves godasses cloutées raclent le parquet. Un soulier de qualité se plaint discrètement. On tousse, on parle à mi-voix. Station prudente devant le mouchard qui, pendant deux minutes, bringuebale sans arrêt sur son pivot, trahissant diverses prunelles. Enfin se produit l'important grincement, qui annonce le recul d'un pêne de forte taille. La porte s'ouvre : Arthur s'aperçoit immédiatement qu'elle est épaisse.

Epais aussi, le gaillard porte-clefs qui pénètre le premier dans sa chambre. Il est revêtu d'une tenue de garde champêtre amateur, dont les boutons ont grand besoin d'être astiqués. Suçant un mégot, il s'avance et quelques tirailleurs se déploient derrière lui. Deux infirmiers tout d'abord, deux malabars retroussés qui ont les mains enfoncées dans la poche marsupiale de leur tablier et qui regardent Arthur en penchant la tête de côté. Puis une jeune fille courtaude, noyée dans son indéfrisable et serrant sous son bras une trousse médicale : on jurerait qu'il s'agit d'un sac à main. Enfin, poussant son ventre entre les pans de sa blouse blanche entrouverte, brandissant droit comme lis un marteau de caoutchouc à longue tige, barbu, très rouge, la calotte de travers, présentant en somme un type intermédiaire entre saint Joseph et le boucher du coin, s'approche cet homme indiscutablement pourvu de l'autorité locale et qui commence par dire d'un ton sec au géant galonné :

— Monsieur le surveillant général, combien de fois faudra-t-il vous le répéter? je n'aime pas qu'on fume dans le service.

Avec une précision touchante, les infirmiers, l'un chauve et l'autre hirsute, vont se poster de chaque côté du lit. La jeune interne et le surveillant chef s'installent aux pieds. Le patron se penche sur Arthur, reste un instant silencieux devant son silence. On s'observe. Puis, soudain, la main du médecin passe rapidement au ras des yeux du malade. L'unique paupière bat convenablement et, sous le pansement, l'autre fait ce qu'elle peut. Arthur croit aussitôt nécessaire d'ironiser.

— Les réflexes sont bons, vous savez, docteur.

Le psychiatre ne daigne pas répondre et commande successivement.

— Fermez les yeux... Ouvrez-les... Tirez la langue... Tendez votre main valide, bien droite.

Gérane s'exécute, affecte la bonne grâce et propose :

— Voulez-vous voir les genoux, docteur? Le genou, plutôt, car je ne puis en offrir qu'un à votre petit marteau, excusez-moi.

Agacé, le toubib grommelle :

— Ne faites donc pas l'imbécile. Vous vous êtes très suffisamment distingué ces jours-ci.

Et, tourné vers son interne ébouriffée :

— J'aime mieux avoir affaire à n'importe quel bon bougre bien sonné qu'à ces coquelets de la bourgeoisie qui frémissent de la crête dès qu'on suspecte l'état de leurs méninges... Anna, je suis pressé. Je ne pourrai pas m'occuper de ce lascar aujourd'hui. D'ailleurs, nous avons tout le temps : il faut d'abord le rafistoler. Vérifiez les pansements. Continuez l'observation. Faites une série de cacodylate. Pas de visites, pas de lecture. Régime ordinaire. Vous ne procéderez à aucun interrogatoire : je m'en chargerai moi-même.

Cette façon de parler de lui et devant lui en le considérant comme quantité négligeable étrille la vanité d'Arthur. Pourquoi ne lui demande-t-on pas de comptes? L'absence de reproches ou, tout au moins, de commentaires désobligeants lui devient intolérable. Pénible mansuétude, qui sous-entend une chose pire que le mépris : la pitié médicale! Comme le médecin, satisfait de sa visite éclair, ajuste sa toque et se prépare à sortir, il bafouille :

— Docteur, vous... vous n'allez pas me laisser... moisir dans cette chambre.

— Non, bien sûr, mon ami, daigne préciser le psychiatre avec cette bonhomie distante caractéristique de la profession. Vous avez seulement besoin d'un repos provisoire.

Arthur (qui ne connaît pas encore le sens particulier du mot "provisoire" dans les maisons de santé) hésite à poser une seconde question : il a peur de la réponse. L'appareil qui l'entoure lui semble trop imposant pour ne pas être administratif. Les initiales A. P., qui ornent les boutons de cuivre du surveillant chef, sont terriblement éloquentes. Il faut pourtant en finir et savoir.

— Enfin, docteur, dites-moi où je suis!

Tout le monde sourit, tandis que le psychiatre fait mine de se fâcher et brandit son petit marteau.

— Allons, mon petit, vous le savez très bien! Vous êtes à l'infirmerie de l'asile départemental... de l'hôpital psychiatrique de Sainte-Gemmes, si vous préférez. Je suis le docteur Salomon, médecin chef de l'établissement.

— Quoi, quoi! L'asile...

Gérane, qui s'était soulevé, s'effondre, creuse son oreiller, essaie de reculer devant l'évidence. *Interné*, il est interné. La chose, pour l'instant, l'épouvante moins que le mot. Enfant, il n'a jamais supporté d'être interne : voilà qu'un terrible accent aigu décuple la vigueur de ce terme. Un accent aigu épais comme le sourcil de Salomon, qui le devine et murmure :

— Votre père, évidemment, eût préféré la discrétion d'une maison de santé, mais il fallait faire vite.

Arthur se tait. Un souvenir l'obsède : il songe à ces tanches qui vont d'elles-mêmes se jeter dans les nasses et qui se débattent furieusement pour en sortir. Enfants, Roberte et lui aimaient contempler leurs ridicules et lumineux soubresauts. Non, il ne fera point la tanche, ne donnera pas ce spectacle à des gens dont c'est le métier de capturer le poisson dans l'eau trouble de la société et d'observer ses réactions contre les parois du vivier. Il se contente d'un rictus et murmure malgré lui cette absurdité : " Interné... Interné... Avec un accent aigu ! "

Cependant la cohorte se replie en bon ordre. Le médecin chef en tête, suivi par l'interne, puis par le surveillant général. Les deux costauds en serre-file, l'œil attentif, les mains toujours rivées aux poches et toute l'indifférence du monde se dandinant sur leurs grands pas nonchalants.

La porte s'est refermée, la serrure a grincé, le mouchard s'est balancé sur son pivot : trois bruits déjà familiers, déjà odieux. Arthur reste seul et, tout de suite, perd pied, s'enfonce dans cette solitude que ne meublent plus ni gestes ni voix... Lui-même la meuble-t-il encore ? Voilà que Gérane éprouve l'étrange sentiment de s'abandonner, de s'évader de ses pansements et de ses pensées. Il se dissout dans ce vide qui perd ses proportions géométriques, qui n'est plus une pièce de quatre sur quatre, mais une sorte de bulle. Une bulle cubique. Non, non, Gérane n'est pas fou : il n'y a pas de bulle cubique. " Ce n'est pas la chambre qui tourne, c'est moi qui tourne de l'œil ", proteste faiblement le judicieux physicien qui veille au plus profond de son vertige. Les bruits s'éloignent, s'amortissent, se feutrent. Maintenant la bulle se rétrécit, se contracte. Naturellement, puisqu'elle se contracte, elle doit tourner, elle tourne, elle va tourner de plus en plus vite : c'est une loi bien connue en mécanique. Elle tourne bientôt si vite qu'Arthur ne la voit plus tourner. Mais ses oreilles le renseignent encore et perçoivent ce léger ronflement qui s'affirme, s'amplifie, monte peu à peu aux notes aiguës de la sirène, dépasse enfin la limite de l'audible...

Éclatement. Dispersion. Chute libre. Arthur

tombe, tombe, tombe, de zénith en nadir, indéfiniment. Arthur tombe, encore qu'il sache très bien qu'il ne tombe pas. Il se récite bravement le pastiche cher aux collégiens : *dégringolavit de branca in brancam et tombavit super terram et fecit pouf!* " Pour détruire un mauvais rêve, assurait la trop renseignée Roberte, il n'y a qu'une recette : n'y pas croire et s'en moquer. " Roberte est bien bonne! Les spectateurs du Grand-Guignol ont beau savoir que la pièce n'est pas vraie, ils n'en sont pas moins horrifiés. " Stop ", se hurle Arthur, vainement. Il tombe quand même. Il tombe encore très longtemps, jusqu'à ce qu'il ait épuisé toute sa provision de pesanteur. Il flotte alors et, contrairement à l'usage, ne se réveille pas. Il flotte, il reste suspendu entre deux vides, entre deux silences.

Puis ce vide s'opacifie peu à peu, ce silence acquiert la consistance du vent. D'un vent d'automne peuplé de lancinants et lointains moustiques. Il est possible qu'autour d'Arthur certaines choses se passent; il n'affirmerait pas le contraire. *Anna, passez-moi la seringue, allons vite!* Oui, il y a bien des moustiques dans l'espace : l'un d'eux vient de le piquer à la cuisse droite. *Non, non, rien au cœur. Un peu d'anémie cérébrale. Mais c'est surtout l'accent aigu qui ne passe pas...* Petit rire aigrelet, gémissement de soulier fin. " C'est lui, songe

Arthur. Zut! Je lui ai donné le plaisir de me ranimer. Continuons à fermer l'œil." Mais ses cils frémissent et l'huile camphrée lui court sous la peau. *Nous voilà tout rose. Attention! Nous ferions tout à l'heure une petite colère que je n'en serais pas autrement surpris.*

La porte se referme discrètement; la paupière du jeune homme se soulève en même temps que l'œilleton du mouchard. Passe d'armes, entre cyclopes. Les veines d'Arthur charrient du feu. "Ce salaud, gronde-t-il, ce salaud devine tout." Mais il se contient ou, du moins, se contente de serrer les dents, d'incruster ses ongles dans la couverture. Interné, *interné*, INTERNÉ! La chose est énorme, injustifiable, invraisemblable, hors de proportion avec l'incident. Interné! Vous vous rendez compte! Gérane ne se contient pas plus longtemps, Gérane explose :

— Bon Dieu! Comment ai-je pu être aussi c...!

Un léger avertissement stoppe la tirade : la clef vient de tourner d'un quart de tour. Arthur, affolé, rentre sous les draps. Décidément les murs, les vitres, les portes, les épaules des gardiens ont trop d'épaisseur.

La fureur du malade manque de puissance : il n'a su invectiver que lui-même. Il ne s'agit que d'une petite rage d'enfant humilié, qui sanglote maintenant dans son oreiller.

— Allons! Ça se passera mieux que je ne le pensais, murmure Salomon, de l'autre côté de la porte.

*

Le patron s'éloigne, tandis que Gérane s'apaise peu à peu et commence à bâiller. Une autre épreuve, moins dure mais plus longue, l'attend. Pour lui commence le difficile apprentissage de l'inaction, si différente de l'oisiveté, qu'il connaît bien. Des heures durant, il va lui falloir meubler cette pièce nue avec ses seuls gestes. Des heures qui font des jours et des jours qui font des semaines. Des heures, qu'il apprendra à suivre sur le mur lisse, où lentement apparaît, lentement s'avance et lentement disparaît ce rayon de soleil qui lui parvient (et encore, pas toujours!) à travers les vitres dépolies, épaisses d'un bon centimètre, d'une fenêtre à crémone verrouillée.

Gérane bâille, se retourne péniblement, bâille encore. Il observe, faute de mieux, ces deux mouches, on ne sait d'où venues, qui tournent inlassablement autour de la lampe électrique, suspendue très haut, hors d'atteinte, et dont l'ampoule contient deux filaments — un grand feu, une veilleuse — comme lui-même est habité par deux Arthurs inégaux. Les mouches tournent en sens inverse, très longtemps indifférentes l'une à l'autre, mais finissent par se télescoper ou se battre ou copuler dans un rapide bruissement d'ailes. Puis elles se séparent, s'écartent largement, décrivent de grands cercles qui se rétréciront peu à peu jusqu'à leur prochaine rencontre.

Arthur regarde ces bestioles avec sympathie : elles sont présentement sa seule distraction. Mais il les regarde aussi avec mépris : elles pourraient, si elles le voulaient, filer par l'étroite imposte qui renouvelle l'air. Il ne sait pas, heureusement, qu'il ne cessera plus comme ces mouches de tourner en rond, il ne sait pas qu'il amorce un circuit et qu'il le bouclera indéfiniment autour de lui-même. Néanmoins, il interprète correctement les points d'interrogation que ces bestioles semblent décrire.

— Pourquoi ? murmure-t-il.

Puis ses paupières se lassent, s'appesantissent. Arthur s'enfonce dans les marais de la somnolence.

— Pourquoi, quoi quoa, coa...

IV

Trois semaines passèrent. Arthur, toujours borgne et manchot, put bientôt s'asseoir dans son lit. Il ne se souvenait déjà plus de cet état confus, de ce réveil hébété, de ce *cirage* qui peut prendre toutes les couleurs et qui, pour lui, n'avait pas été noir. Tout le scandalisait. Chaque matin, sur le coup de sept heures, deux infirmiers entraient dans sa chambre et, tout de suite, leur regard " lui sautait aux yeux ". Rassurés, ils s'avançaient. Le premier tenait la serviette; l'autre poussait une petite table roulante sur laquelle étaient invariablement posés une cuvette d'émail remplie d'eau, une savonnette, un bol de café au lait (sans cuiller) et deux tartines de pain sec.

— Bonjour, monsieur, disaient-ils. Si vous voulez déjeuner...

Le " si vous voulez " était prononcé d'une manière péremptoire. Arthur s'exécutait, vidait le bol incassable, qu'on lui retirait aussitôt comme s'il se fût agi d'un engin dangereux. L'un des deux hommes lui donnait alors la cuvette, en continuant à la tenir d'une main. L'autre lui tendait le savon et, dès que le jeune homme avait fini de s'en servir, le reprenait, le glissait vivement dans sa poche. Arthur, d'abord terrorisé, finit par céder à l'agacement.

— Vos précautions sont tout de même un peu ridicules. Je ne vais pas le bouffer, votre savon!

Alors, le plus jeune des deux infirmiers se départit de son mutisme :

— Excusez-nous, monsieur. Mais, justement, il y a des malades qui le mangent.

L'autre gardien fronça les sourcils et son collègue se tut. On ne discute pas avec un malade et surtout avec un arrivant. Arthur en prit son parti : ces gens-là étaient plus stricts que des Sénégalais.

A dix heures, l'interne arrivait. Elle affectait la confiance, mais Arthur n'aimait pas ce rapide coup de prunelles qu'elle lui dédiait, elle aussi, ni ce sourire neutre, ce véritable masque de sourire qu'elle se ficelait sur le visage dès que son passe-partout avait fait jouer la serrure. Invariablement la jeune fille lançait du pas de la porte un " bonjour " d'essai, auquel Arthur sentit très vite qu'il fallait répondre d'une voix calme, non à titre de politesse mais à titre d'indication. La petite se dirigeait ensuite au pied du lit, laissant entre elle et le malade un bon mètre et demi de garantie. L'infirmier-soigneur ramenait la table roulante, couverte d'une serviette blanche, où s'étalaient un rouleau de gaze, du coton hydrophile, des pinces et une seringue de Pravaz, toute préparée. Il restait debout, interposant entre Gérane et ces objets la masse ovale de son ventre, coupée en deux par les cordons de tablier. L'interne saisissait la seringue, l'élevait à la hauteur de son nez, chassait la bulle d'air, en observant discrètement son client :

— La fesse gauche, aujourd'hui, disait-elle.

Elle y plantait son aiguille avec une prestesse remarquable, puis refaisait le pansement, tandis que le soigneur tenait la main valide du blessé. Arthur manquait rarement de poser la question rituelle :

— Mais, mademoiselle, quand verrai-je le docteur?

— Peut-être bien tout à l'heure, répondait la jeune fille, en roulant les *r* et en accentuant les *e* (Anna Bigeac était Toulousaine).

Puis elle devint plus directe :

— Vous êtes en observation, mon petit. Cela demande quelque temps.

Enfin, elle avoua :

— Le médecin chef passe tous les jours, mais il

n'a pas souvent le loisir d'accorder une visite particulière.

Elle s'en allait, balançant les hanches, qu'elle avait larges. Arthur lorgnait alors le bas de sa jupe qui se plissait alternativement à droite et à gauche. Il reprenait de l'assurance, redevenait ce jeune homme qui, après tout, n'était que de trois ou quatre ans le cadet de cette fille. " Si je l'avais rencontrée dans la rue ou au bal, songeait-il, quelle différence! Je me la serais peut-être *envoyée*. Ici, je suis devant elle un petit garçon et, quand elle relève ma chemise pour me piquer, c'est moi qui suis gêné. "

Et la journée continuait. Toutes les deux heures, un infirmier (le chauve, généralement) apportait le bassin, le glissait sous les cuisses d'Arthur, puis, l'index pointé vers cette petite poche pectorale d'où dépassait l'extrémité du rouleau hygiénique, faisait d'une voix suave :

— Papier?

Sur réponse affirmative, cet homme tirait son rouleau, détachait les deux feuilles suivantes, deux seulement, jamais plus, en suivant bien attentivement le pointillé. Il ne se détournait point durant l'opération, reprenait hâtivement son bassin, l'emportait à deux mains comme une pièce montée et ne manquait jamais de jeter cette ultime recommandation :

— En cas de besoin, appelez-moi.

Arthur finit par lui proposer de laisser le bassin à sa disposition.

— Impossible, fit-il, c'est interdit. Mais je suis tranquille : vous, au moins, vous ne ferez pas dans les draps.

Son visage exprima une certaine considération.

A midi, cérémonial analogue à celui du matin. Ni couteau ni fourchette. Une cuiller en bois. La viande était coupée en petits morceaux. Rien que des hachis, des purées. Dans le bol incassable, de la tisane de gentiane. Une poire épluchée, coupée en quatre, épépinée, ou des prunes, dénoyautées. Ou une banane, sans peau. Arthur remarqua qu'on ne lui donnait jamais de croûton, mais une tranche de gros pain.

Ensuite s'allongeait l'interminable après-midi, découpé en trois tranches par le va-et-vient du bassin, horloge puante de la monotonie. Ripolin, Ripolin, Ripolin. Arthur savait maintenant que ces parois si lisses comportaient deux légers défauts : la marque d'un pouce dans l'angle gauche de la fenêtre et une éraflure le long de la porte. Il y avait aussi sur le plafond une petite saillie blanchâtre et le jeune homme finit par se rendre compte qu'il s'agissait d'une boulette de papier mâché, lancée là-haut par un prédécesseur. Il somnolait. Il rêvassait. Il lui arrivait même de réfléchir. " Que doit penser Roberte ? Quelles sont les intentions de papa ? Quelle tête me feront-ils quand ils viendront me voir ? Sont-ils vraiment convaincus de ma folie ? " Son amour-propre restait sur le qui-vive, se contractait. Car il y a deux sortes de révoltes : la première ou effet de choc, que l'impuissance éteint vite et la seconde, la plus dangereuse, véritable retour de flamme qui s'allume dans les surcompressions de la patience. En bonne voie de guérison, les blessures d'Arthur lui causaient d'intolérables démangeaisons ; il n'osait se gratter, il n'osait toucher à ses pansements. " Il ne faut pas, songeait-il, que l'on me croie capable de les arracher. " L'inaction, la suralimentation, un excès de repos lançaient de temps en temps un bataillon de fourmis à l'assaut de ses jambes. Ses fesses, vingt fois lardées, et sa hanche droite, la seule sur laquelle il pût se retourner, devenaient rouges et sensibles à la rugosité de la toile. Ces petites misères, communes à tous les allongés, n'étaient rien auprès de l'ennui et l'ennui lui-même était bien moins pénible que l'attente. Un tuberculeux connaît son sort ; un prisonnier renseigné par le verdict, peut compter les jours. Arthur, lui, faisait connaissance avec cette qualité particulière d'incertitude qui ronge l'interné, tenu à l'écart des décisions qui le concernent, incapable de toute intervention.

A six heures et demie, dîner Quatrième et dernière apparition de la table roulante. De la soupe, deux légumes, un dessert. Gentiane remplacée par tilleul, bourdaine ou quatre-fleurs. " Bonsoir, monsieur ", disait scrupuleusement l'infirmier à ce malade de première classe. " Si vous avez besoin du " pistolet ", vous le demanderez aux surveillants de nuit. " La porte se refermait. Jusqu'a l'aube, quand il ne dormait pas, Arthur pouvait entendre le pas feutré du veilleur qui, d'heure en heure, venait pointer son passage sur l'appareil de contrôle, puis soulevait les unes après les autres les coquilles des œilletons et jetait un petit coup de prunelle en maniant très vite les boutons électriques placés sur le chambranle.

Au bout d'une quinzaine, Arthur Gérane put constater chez ses gardiens un certain relâchement. Peu à peu, ils s'abstinrent de lui tenir les mains pendant le pansement, de le surveiller pendant son déjeuner.

Certains n'hésitèrent plus à entrer seuls, à lui tourner le dos et même, pour ne pas se servir continuellement de leurs clefs, à laisser sa porte entrouverte tandis qu'ils vaquaient à d'autres occupations.

Comprenant que les protestations, même justifiées, peuvent s'interpréter comme des indices de nervosité, Arthur avait cessé de réclamer la visite du médecin. Deux semaines de contact avec la gent psychiatrique lui avaient appris qu'elle se partage en deux catégories bien distinctes : le personnel de direction à qui l'on n'en conte pas et les sous-ordres, assez frustes, interchangeables, véritables manœuvres des services hospitaliers, dont le recrutement laisse un peu à désirer. Pour ces derniers, qui ne voient point les dossiers, un garçon qui a fait dehors les quatre cents coups mais qui, sous les verrous, ne bouge pas et ne complique pas le boulot a beaucoup plus de chances d'être bien vu que le titulaire d'un cas bénin dont les exigences ou les ronchonnements les agacent. Très méfiants les premiers jours, faciles à buter, ils deviennent plus ou moins rapidement familiers avec le client qui ne fait pas d'histoires. Surtout les plus jeunes, qui n'ont pas encore eu de coups durs ou les plus costauds, qui se fient à leurs muscles.

Arthur commençait à oublier leur accueil rébarbatif, à les connaître par leurs prénoms. Armand, le chauve, restait bourru. Georges, le soigneur, donc diplômé, était tenu à quelque réserve. Mais Henri, le grand hirsute, un gars de Trélazé, ne refusa bientôt plus de bavarder un peu.

— Ah! votre voisin, le 16, vous parlez d'un saligaud! Si tout le monde était comme vous...

Arthur se jeta sur cette occasion de sauver la face.

— C'est que dans mon cas, affirma-t-il, il s'agit seulement d'un accident d'auto. La commotion, vous le voyez, n'a pas duré.

Henri hocha la tête de deux façons : d'arrière en avant, ce qui signifie partout : "Mais oui, mais oui, je vous fais le plaisir de vous croire", puis de gauche à droite, variété muette du "forse che si, forse che no".

Mais, de toute façon, l'amabilité lui mit dès lors sucre en bouche et, trois jours après, sans même en avoir été prié, il glissait un journal sous le traversin de son malade.

— Lisez-le en douce, mais ne vous en vantez pas.

Gérane lut *le Petit Courrier* comme seuls savent lire les détenus, de la première à la dernière ligne, sans omettre les petites annonces et la publicité. Il comprit du même coup comment son prédécesseur, qui ne devait pas non plus être un "saligaud", avait pu se procurer le papier nécessaire à la confection de la boulette collée au plafond. Henri réitéra plusieurs fois son geste, et ses bons offices ne s'arrêtèrent point là. L'estime d'un infirmier fait généralement tache d'huile. Ses dires n'impressionnent guère la direction, mais influencent ses collègues. Arthur entendit parfaitement cette brève conversation échangée dans le couloir entre Henri et le vieil Armand.

— Fais donc attention, disait ce dernier, tu as laissé ouverte la porte du 17.

— Bah! Celui-là ne bouge pas.

— Quand tu auras dix ans de métier, tu te méfieras de tout le monde, reprenait le chauve.

Néanmoins, le bonhomme (imité par tous les autres gardiens) perdit de sa raideur, cessa de flairer le coup dur. Il s'oublia quelque peu, lui aussi, consentit à rouler une cigarette au pied du lit de Gérane, abandonna parfois le balai et l'urinal. Il n'était point l'homme des gentillesses gratuites, mais ces négligences, de sa part, pouvaient être considérées comme un brevet de satisfaction.

L'interne elle-même devenait plus naturelle, plus expansive.

— Bravo, mon petit! dit-elle en enlevant le dernier pansement, celui de l'épaule. Vous voilà réparé. Le reste ira tout seul.

Malgré les directives de Salomon — du moins, en apparence — Anna Bigeac finit par poser au jeune homme diverses questions, "pour son édification personnelle". Elle le fit progressivement, sans insister, revenant amicalement à la charge, réclamant de jour en jour des précisions sur ce qu'elle appelait gentiment "son erreur". Enfin, un beau matin, elle renvoya le soigneur, s'assit sur le lit d'Arthur et tira son carnet en conjurant le jeune homme de " n'en rien dire au patron ". Gérane, ce fils de juge d'instruction, ne comprit pas la manœuvre, ne se méfia pas : il avait trop grande envie de parler enfin de lui-même, de s'expliquer à tout prix, de débrider cette plaie intérieure qui ne guérissait pas aussi vite que les autres. Il se laissa un peu prier, pour la forme, puis de phrase en phrase, de sourire en sourire, il prit son élan et se mit à courir au hasard à travers son passé. Très à l'aise, il se détailla, se raconta et, surtout, s'inventa. Dans sa bouche, le cambriolage de Tiercé devint le *réflexe malheureux* d'un garçon à qui son père avait fort injustement coupé les vivres. Comme la Toulousaine ne pipait mot, Gérane crut nécessaire de légitimer aussi le vol de la voiture et prétendit " qu'elle lui aurait été bien utile pour faire le taxi à Paris ".

— Mais vous n'avez pas votre permis de conduire, objecta brusquement la jeune fille.

— Je l'eusse passé immédiatement et sans difficultés.

— Mais savez-vous, insista l'interne, qu'à Paris les chauffeurs de taxi subissent un examen spécial, très sévère, qu'il faut notamment pouvoir dire, sans hésiter, où se trouve la plus petite ruelle et quel est le plus court chemin pour s'y rendre, compte tenu de tous les sens interdits? Au surplus, les contrôles sont stricts et vous auriez eu beaucoup de mal à maquiller une voiture volée.

— Il y a des combinaisons, assura le jeune homme d'un ton supérieur. Des combinaisons que vous ne connaissez pas.

Anna lui laissa croire qu'il l'avait convaincue.

— Vous n'êtes décidément pas banal.

Pas banal! Voilà précisément ce qu'Arthur pensait de lui-même et sa grande excuse à ses propres yeux (c'est au fond celle de tous les mauvais garçons, qui s'accordent, à défaut de vertu, le bénéfice de l'originalité). Pour meubler élégamment sa courte carrière, Arthur reprit sa dissertation, la rendit épique, multiplia par dix le nombre de ses maîtresses, divisa par deux le chiffre de leur âge, fit de ses moindres souvenirs des grenouilles bien gonflées. L'interne, future psychiatre, déjà fort avancée dans le machiavélisme professionnel, tira de ce roman quelques renseignements utiles tels que les fugues du collégien, les tics infantiles et les terreurs nocturnes de sa sœur. Mais Arthur, lancé, parlait enfin de la mort de sa mère.

— Maman est tombée dans l'étang. Du moins, est-ce la version officielle. Quoi qu'en dise papa, je sais très bien qu'elle était neurasthénique et qu'elle s'est suicidée.

Anna nota qu'à cet instant Arthur avait la caroncule humide, la voix rauque.

— Si elle avait vécu, ajouta spontanément le malade, je n'aurais certainement pas quitté la maison.

Mission remplie, la jeune fille se leva.

— Je vous remercie. Quand le patron vous interrogera, soyez aussi franc que vous venez de l'être. Tout ira bien. Je crois d'ailleurs que le docteur Salomon ne tardera plus à venir vous voir.

Elle souriait toujours, mais de l'autre côté de la porte son sourire lui tomba sur la pointe des pieds. " Encore un! " murmura-t-elle en pivotant sur un seul talon, tandis que sa main s'allongeait déjà vers la serrure du 18.

V

— *La visite*, aimait à dire Salomon, opère comme la guêpe. Je dis bien : comme la guêpe et non comme l'abeille, car celle-ci n'a point l'agressivité de la poliste et son miel final sert aux tartines de la poésie, ici tout à fait absente.

Il allait donc, comme la guêpe, entrant ici, ressortant aussitôt, s'attardant là, bouclant invariablement le même périple et revenant à son bureau pour s'adonner à une véritable déglutition, au remplissage de ses alvéoles chéris : les dossiers. Dans cette course il n'avait point le temps d'examiner les doléances de chacun, mais s'intéressait aux cas les plus urgents, les palpait rapidement, donnait au besoin un sévère coup d'aiguillon et filait, poussé de pavillon en pavillon par les exigences de son horaire.

— Je sais, confiait-il à ses internes, que de l'autre côté de la barricade, la méthode a quelque chose d'irritant. Mais pour nous l'examen direct du sujet, l'auscultation, l'interrogatoire ne sont que des éléments insuffisants. C'est l'activité générale du malade, sa vie passée, présente et future, ses réactions, ses contradictions, qui doivent nous instruire. Fiches, enquêtes de gendarmerie, déclarations des parents, censure du courrier, rapports de collègues, rapports de service, voilà ce qui fonde notre opinion définitive. Ne craignons pas la paperasserie : dans un métier comme le nôtre, ses lenteurs ont du bon.

Peut-être, au début de sa carrière, Salomon avait-il été, comme ses jeunes collègues, tenté par les nouveautés cliniques. Mais le psychiatre, chez lui, avait abdiqué devant le fonctionnaire. Il se méfiait de l'électro-choc, de l'insuline, de l'impaludation et autres procédés modernes, qui font frémir les familles, obèrent les budgets et provoquent des accidents. Seules, le comblaient de joie ces statistiques édifiantes dédiées à la préfecture et accusant un faible pourcentage d'évasions ou de suicides.

— Les asiles, proclamait-il encore (dans l'intimité), ont deux tâches à remplir : la guérison de l'aliéné et la protection de la société. La seconde passe avant l'autre, car elle intéresse tout le monde et se réalise facilement.

Bref, Salomon, sexagénaire, pourvu en qualité de médecin chef de son bâton de maréchal, était le type même de ces psychiatres qui sont avant tout des administrateurs, qui excellent dans l'art difficile du gouvernement des aliénés et qui tirent de leurs subordonnés (non moins difficiles à gouverner) tout ce qu'on peut raisonnablement exiger de paysans mal dégrossis, peu rétribués et dépourvus de toute formation professionnelle.

*

Ce matin-là, comme chaque jour, Salomon avait d'abord traversé les services réservés aux femmes dont les invectives et les réclamations sont toujours plus vives. Paternel ou caustique, souple ou cassant, il avait écrasé les unes d'un seul regard, éludé poliment les autres. Disert, souriant, supérieur, saluant à gauche, saluant à droite, d'un coup de menton (pour les malades) ou (pour le personnel) en touchant du doigt sa toque blanche, insigne souverain juché haut sur son crâne, Salomon se dirigeait maintenant vers les bâtiments affectés aux hommes. Anna Bigeac et le surveillant chef trottaient dans le sillage de sa blouse et les chefs de quartier, aux aguets dans les couloirs, gueulaient de proche en proche pour pallier toute défaillance du service.

— Attention, la visite!

Devant l'infirmerie, l'interne remonta timidement à la hauteur du patron.

— Avez-vous lu, fit-elle, mon rapport sur le petit Gérane?

Salomon ne répondit pas tout de suite : il observait un jardinier qui n'avait pas cru devoir enlever son béret à son approche. Puis il se tourna vers la jeune fille et lui fit la grâce de passer son bras sous le sien.

— J'ai lu votre petit essai, Anna. Vous délayez trop. Mais je crois que vous avez tiré le maximum de ce garçon. Et même plus, car il est nettement mythomane. L'histoire des subsides refusés est fausse : c'est le contraire qui s'est produit. La fable du taxi est à peine cohérente. Ses nombreuses poules n'ont eu que les plumes du rêve; en fait, de 18 à 22 ans, il s'est plus ou moins fait entretenir par quelques vieilles dindes. En ce qui concerne la sœur, la mère et les fugues, j'ai téléphoné au docteur Carré, médecin de la famille qui m'a confirmé les faits et m'a signalé quelques autres parentés suspectes. Un beau *nid de paranoïaques*, ces Gérane. Je me demande pourquoi le père ne m'avait rien dit. Toujours cette méfiance envers le psychiatre !

— Pourquoi vous donnez-vous tant de mal? Le cas Gérane ne présente aucun intérêt. Déséquilibre psychique, petit *délire de conduite*.

Salomon fronça les sourcils. Il n'aimait pas qu'on lui soufflât ses diagnostics. Par ailleurs à cinquante mètres, s'avançait un groupe formé de quatre hommes et d'un infirmier, en marche vers quelque corvée.

— Letourneau, grogna-t-il, ce grand dadais qui arbore un pull-over rouge s'appelle bien Rambert, n'est-ce pas ?

— Oui, il est parfaitement calme depuis plus de dix mois.

— Sans doute! Mais je ne l'ai jamais autorisé à travailler; c'est un grand persécuté. Le chef du troisième quartier aura de mes nouvelles.

Letourneau baissa la tête, tandis que le patron tourné vers son interne continuait :

— Je ne suis pas tout à fait d'accord avec vous, Anna. Gérane est un de ces garçons abonnés aux fugues, aux coups de tête et même aux sales coups, un de ces inadaptés qui prennent soit le chemin de l'asile, soit le chemin de la prison, et n'en sortent que pour y rentrer six mois plus tard. Mais ses frasques reviennent à intervalles réguliers : fâcheux indice! Je me méfie des cycliques. Par ailleurs, le père est magistrat; je suis en rapports constants avec lui. Il m'a commis en qualité d'expert dans je ne sais combien d'affaires. Ne serait-ce que par déférence, je suis obligé de faire l'impossible. Vous ne m'accompagnerez pas ce matin dans la chambre de son fils : j'obtiendrai sans doute une autre version.

— Dans quel but?

— A titre purement documentaire. Au fond, je suis fixé : Gérane restera ici un an ou deux, se tiendra tranquille et, dès sa sortie, recommencera ses sottises. Rien à faire pour ces cancéreux de la liberté. Rien, sauf l'amputation de cette liberté.

Catégorique, sa main découpait l'air en tranches.

— Tsss, Tssss, sifflota-t-il d'un air agacé. Je n'aime pas ces métis, mi-colombes, mi-corbeaux, à la fois victimes et coupables, qui encombrent les asiles... Je voudrais être sûr que la répression a une valeur clinique.

Le trio — il faudrait plus respectueusement dire : la trinité, compte tenu de son importance locale — franchissait la grille du premier quartier, réservé aux arrivants. Salomon n'eut point à se servir de son passe-partout : Davrecourt, chef de service, ouvrait la porte, s'effaçait.

— Rien à signaler, docteur.

Salomon lui serra le bout des doigts, fit une apparition dans le bureau ou, du moins, dans le réduit pompeusement affublé de ce nom, signa le cahier, repartit vivement, leva la main pour repousser deux solliciteurs, traversa la salle en murmurant : " Demain, demain! Je n'ai qu'une minute " et, grimpant l'escalier, pénétra seul chez Gérane, qui dormait.

*

Le psychiatre tape dans ses mains. Arthur sursaute, s'étire, s'assied, essaie de se coiffer sommairement avec les doigts.

— Ah! c'est vous, docteur, excusez-moi.

— Ne vous excusez pas, mon petit. Dormir, c'est ce que vous avez de mieux à faire.

Le bonhomme s'installe au pied du lit, sourit au sourire de son client et l'observe, bien poli, bien paterne, en tripotant sa barbe. Petit silence. Les silences ont une importance considérable dans tout bon interrogatoire. Ils sont parfois beaucoup plus difficiles à supporter que des questions. La moindre nervosité s'y épanouit. Ces doigts qui triturent le drap, cette respiration encombrée de petits reniflements à sec, ces pieds qui se croisent et qui se décroisent, ces battements superflus de paupières, rien n'échappe à ce bougre de toubib qui d'ailleurs n'en tire aucune conclusion hâtive, et qui se trie maintenant les cheveux, ce qui lui donne, hélas! beaucoup moins de travail que la barbe.

Arthur de son côté s'inquiète : cette visite qu'il a tant réclamée le prend au dépourvu. Salomon se contentera-t-il de généralités? Ou va-t-il entreprendre cette scientifique descente aux enfers, cette variété civile de la confession que le siècle a mise à la mode sous le nom de psychanalyse? Arthur ignore que, faute de compétence et surtout faute de temps, la plupart des psychiatres officiels l'emploient fort peu et qu'elle s'applique d'ailleurs à un petit nombre de cas. Les méthodes du vieux Salomon sont, à cet égard, parfaitement hérétiques : ponctionner le client, prélever une sorte d'échantillon moral, tel lui paraît le fin du fin. Il appartient à l'école de l'étiquette, pour qui le diagnostic est une fin en soi et qui (sans le savoir) s'intéresse moins au malade qu'à sa maladie.

— Voyons, fait-il brusquement, vous souvenez-vous exactement de ce qui s'est passé? Racontez-moi tout, mais bornez-vous aux faits.

Arthur s'en souvient. Arthur tient beaucoup à s'en souvenir, dans les plus menus détails. Il n'en omettra aucun, sauf celui des vers luisants. Pour la seconde fois, il se laisse entraîner sur le plan incliné des aveux, il se lance du récit dans le roman... Salomon l'écoute patiemment, note peu, stoppe les digressions en lançant de temps en temps un " Passons, passons "! Il tique toutefois lorsque le jeune homme, au bout d'une demi-heure, s'arrête sur ces mots :

— Vous voyez, docteur, aucune amnésie.

De quoi se mêle-t-il, ce garçon? Salomon contre-attaque aussitôt :

— Pouvez-vous me dire quel jour nous nous sommes vus pour la première fois ?

— Mais, répond Gérane, le lendemain de mon accident... un lundi, par conséquent.

En fait, Arthur ne s'est réveillé que deux jours plus tard, le mercredi. Salomon enregistre et ne dit rien. C'est au poil de ses mains qu'il s'intéresse maintenant, un poil long et fourni, étalé jusqu'au milieu des doigts. Il souffle dessus, délicatement, pour le rebrousser, tandis qu'il prépare ses flèches. Arthur le devance :

— Alors, vraiment, docteur, vous croyez que je suis fou ?

— Fou. Qu'est-ce que ça veut dire ?

Comme Arthur ouvre de grands yeux, Salomon s'explique :

— Mon cher, le mot fou est le seul mot que vous n'entendrez jamais prononcer ici. D'abord, parce qu'il est désobligeant. Ensuite, parce que dans notre vocabulaire ce terme ne signifie rien. Nous ne connaissons que des *malades* et nous soignons toutes sortes de maladies. Mais je me demande pourquoi je vous réponds. N'intervertissons pas les rôles. Je vous ai laissé parler tout à l'heure, mais, au fond, il s'agit moins de savoir ce que vous avez fait que de savoir pourquoi vous l'avez fait. Admettons un instant que nous puissions faire litière de toute morale, de tout sentiment, même le plus élémentaire, comme la piété filiale. Il n'en reste pas moins vrai que votre conduite doit avoir des mobiles. Pouvez-vous me les donner ? Tout est là.

Et voici Arthur au supplice. "Anna Bigeac, pense-t-il, était plus accommodante. Avec elle, toujours moyen de s'en tirer, de se réfugier dans les mots, de noyer le poisson. Avec ce diable de patron, rien à faire : il faut se décortiquer tout de suite." Arthur s'aperçoit avec étonnement que des intentions ne sont pas des motifs. Certes, il ne va pas, *pour si peu*, douter de lui-même. La mécanique précise de ses souvenirs lui interdit de soupçonner celle de ses actes, dont elle croit procéder. Comme tous ses pareils et comme la plupart des gens simples, il confond mémoire et méthode. Déjà, la foi qu'il conserve en la logique, sinon en la légitimité de ses méfaits, se retourne contre le confesseur, trouve exorbitante son exigence. Peut-on s'expliquer comme ça, de but en blanc? Vivons-nous des syllogismes, en trois points? Une conduite est un climat. Un climat ne se définit pas : il se sent. Pourtant il faut absolument répondre quelque chose de valable.

— Ne vous troublez pas, fait gentiment Salomon. Je ne suis pas puritain pour un sou. Rien ne m'effraie. Pour un psychiatre, toutes les mentalités sont valables, comme toutes les marques de pendules. L'essentiel est que vous ayez un ressort.

Salomon se donne rarement tant de mal, mais il a devant lui un hôte de choix, aux méninges distinguées. Le psychiatre n'ignore point que l'homme le plus normal — lui-même, par exemple — se raconte aisément, mais s'explique moins bien. La psychologie du comportement ne souffre aucunement la comparaison avec l'horloge, mais plutôt avec le puzzle : si chacun peut voir les morceaux, il est plus rare de savoir comment ils s'encastrent. L'intéressant, ici, c'est la réaction de Gérane, acculé à cette alternative : avouer qu'il ignore les mobiles de ses actes (et cette réponse serait sans doute la moins grave) ou inventer quelque ténébreux enchaînement. En bon mythomane, c'est forcément la seconde solution que doit choisir Arthur. Mais jusqu'où osera-t-il aller ? Jusqu'à quel point cet instable est-il aussi un pervers ? Salomon l'aide à démarrer.

— Bien entendu, si des tiers sont en cause, ne craignez aucune indiscrétion. Secret professionnel. Si vous ne savez rien de vous-même, dites-le carrément. J'aviserai.

Arthur se décide. A aucun prix, même s'il en était persuadé (et ce n'est pas le cas, car tout au plus lui arrive-t-il de se blâmer intérieurement, après coup), il ne permettrait à quiconque de le considérer comme fou. Ce médecin, qui veut absolument de la lumière, peut se contenter de n'importe quel lampion. Arthur l'allume péniblement :

— J'aimais beaucoup ma mère...

Salomon approuve ce bon sentiment, de la pointe du menton. Le malade continue :

— ... et sa mort m'a porté un coup si rude que, depuis, je ne peux plus souffrir mon père.

Le bonhomme, qui affecte une grande indifférence, murmure faiblement :

— Je ne vois pas très bien le rapport.

Arthur a pris de l'assurance. Après tout, il n'a jamais su pourquoi sa mère était neurasthénique, ni pourquoi elle s'est suicidée. Son père peut très bien en être responsable : voilà qui arrangerait tout.

— Ma mère est morte de chagrin, reprend-il. Papa lui rendait la vie impossible.

— Je croyais qu'elle s'était noyée accidentellement?

Gérane s'enferre.

— Officiellement, oui, elle est tombée dans un étang. On assure aussi qu'elle s'y est jetée. En fait...

Le morceau est tout de même un peu gros : il ne passe pas. Salomon se fait tout petit.

— Vous dites?

— ... On l'a sans doute poussée! termine Arthur, dans un souffle.

Salomon ne pipe pas. Son cou, son nez, son

front deviennent seulement un peu plus rouges que d'habitude. Mazette! Il ira loin dans la carrière, ce client, qui, pour se tirer d'une question embarrassante, laisse entendre que son père, cet austère magistrat, pourrait être l'assassin de sa mère. Écœuré, le médecin chef l'arrête sur une si bonne voie.

— En somme, si je vous comprends bien et quoique vos allégations soient incontrôlables, votre conduite est une sorte de vengeance à retardement. Excusez-moi de vous le dire, mais cela n'explique rien.

Gérane baisse la tête, cligne nerveusement de la paupière droite. Il n'est pas fier de lui, cet apprenti. Salomon poursuit impitoyablement :

— Du vivant de votre mère, vous avez déjà fait des fugues. D'autre part, si vous vouliez atteindre votre père, vous aviez d'autres moyens. Celui que vous avez employé n'atteint guère que vous-même. Tout cela est idiot.

Arthur est en pleine déroute. Il s'aperçoit qu'il s'est inutilement rendu odieux. Le voilà qui fait machine arrière :

— Ce que je disais tout à l'heure à propos de maman... n'est... n'est qu'une supposition. Papa... enfin, mon père, n'aimait sans doute pas sa femme, mais je crois qu'il aime ses enfants. Alors, il y a des moments, vous comprenez, où je le déteste et d'autres où... je n'ai pas de preuves... d'autres moments, quoi! où je n'y pense plus.

Salomon prend le poignet de son malade, remarque accessoirement qu'il fait un peu de tachycardie. Salomon est très content de lui. " Voilà, pense-t-il, comment l'on force un homme à se déboutonner et à se reboutonner. J'ai ce type-là bien en main, désormais. " Candide, rassuré par trente ans d'exercice légal de la médecine, il ne se doute pas un instant qu'il vient de perdre à tout jamais la confiance de Gérane. Il pèse, en trois secondes, les doses de mépris et de pitié qu'il lui doit. Il se sangle dans la dignité du directeur de conscience qui vient de refermer le volet du confessionnal et qui, feignant d'avoir tout oublié, devise amicalement sur le seuil de l'église avec sa pénitente.

— Je vois, je vois, conclut-il... Il y a des moments où nous sommes tout bonnement ce pauvre Arthur qui a la tête aussi chaude que le cœur... Nous soignerons cela.

Il se redresse. Il change de sourire, il change de voix :

— Letourneau!

Le surveillant chef entre, décolle rapidement de sa lèvre un mégot fautif et le fourre dans sa poche, à peine éteint. Salomon ne daigne pas s'en apercevoir.

— Vous transférerez ce jeune homme au pavillon. Donnez-lui une des quatre chambres du premier. S'il désire s'occuper et si nous sommes satisfaits de lui, d'ici quelque temps, nous pourrons le caser à la Bibliothèque ou à l'Économat.

— Le droit au parc? fait Letourneau.

— Nous verrons, nous verrons.

— Et comme soins?

Salomon hoche la tête, se tourne vers Gérane.

— En fait de soins, "nous" avons surtout besoin de repos, de calme, de méditation. Enfin, pour le principe, nous irons barboter un peu. Bain tiède d'une heure, l'après-midi. En cabine particulière, bien entendu. Cela n'a rien de désagréable, n'est-ce pas?

Gérane, puisqu'on lui demande son avis, fait non, de la tête.

— Alors, allons-y pour le bain. Au revoir, mon petit.

Salomon, tout guilleret, pivote sur ses talons, laisse s'envoler sa blouse. Mais, à cet instant précis, un strident coup de sifflet donne l'alerte, insiste, fait se dresser dans tout l'asile képis, toques et bérets.

Salomon s'immobilise.

— Évasion? fait l'interne.

— Non, réplique le patron, plutôt une agression : vous savez bien que l'évasion se siffle à petits coups espacés. Mais qu'attendez-vous, Letourneau? courez-y!

Déjà, le surveillant chef dévale l'escalier, braille des ordres. Gérane se recouche, car il sent qu'il ne convient pas de paraître intéressé; mais au fond de lui remue l'ironique sympathie qu'il porte instinctivement, instantanément, à l'anonyme fauteur de troubles. " Courez, courez! Allez vous faire pocher l'œil ", souhaite-t-il secrètement. Sa malveillance est une monnaie de vaincu, dont Salomon n'arrêtera pas l'inflation.

VI

Henri transféra Gérane au pavillon le jour même avant le déjeuner. Le jeune homme, en civil, remonta brusquement dans sa propre estime et dans celle des gardiens qui louchaient sur son fil-à-fil. Portefeuille, canif, lime à ongles, peigne et autres menus objets avaient toutefois déserté ses poches. On ne lui donna pas non plus ses souliers, mais des chaussons de lisière, sans cordons.

— Et ma cravate? fit-il étonné.

— Une cravate, ici, vous n'y pensez pas! répondit Henri, étonné de son étonnement. Puisque vous avez une chemise à col tenant, ouvrez-la. Ça fera sport.

— Tu lui mets la ceinture ou les poignets? s'enquit le chef de quartier.

Henri haussa les épaules.

— Rien du tout. Je le tiendrai.

Malade et gardiens descendirent au bureau pour

mettre la paperasse en règle. Henri prit le bon de transfert, signé de Salomon, apposa lui-même son paraphe paysan sur le cahier, pour décharge, et passant son bras sous celui d'Arthur l'entraîna dans le dédale des couloirs. L'heure de la soupe approchait et, poussés par les *travailleurs*, les chariots roulaient de tous côtés, surchargés de marmites fumantes et de gamelles rondes emboîtées les unes dans les autres. Comme il tenait à occuper son client durant le trajet — on ne sait jamais — Henri lui offrit un petit cours de sagesse :

— Vous avez de la chance : il est rare d'aller au pavillon tout de suite. Là-bas, on est beaucoup plus libre qu'ailleurs; on peut avoir ses affaires, sa tranquillité, sa petite vie. Vous y trouverez un écrivain, un instituteur, un ingénieur... Certains de ces messieurs se promènent dans le parc et vous obtiendrez certainement cette autorisation. Mais il faudra vous tenir tranquille, sinon vous serez envoyé dans un quartier de haute surveillance. Croyez-moi, vous tenez le bon bout, ne le lâchez pas.

" Bonne leçon, bien apprise, bien récitée! " pensait le malade. Henri et Arthur, l'un tenant l'autre, enfilèrent le dernier couloir, traversèrent une petite cour tapissée de gravier rose où s'étalaient trois de ces massifs compliqués et rutilants que, seuls, peuvent s'offrir les hospices, prisons et autres établissements où la main-d'œuvre ne coûte rien. Alerté par téléphone, afin d'éviter tout stage aux portes, Belléchut, dit la Belette, chef du pavillon, suçotait une courte pipe sur le seuil.

— Voilà le gars, fit Henri, et voilà le bon de transfert. Moi, je file : je suis de soupe.

Gérane entra. Une fois de plus, il entendit grincer une serrure derrière lui. Partagé entre cette timidité particulière aux arrivants et cette morgue qu'affectent ceux d'entre eux qui ne se résigneront jamais à passer pour ce qu'ils sont, il affichait la sublime indifférence des victimes. La Belette le fouilla, en s'excusant :

— On n'est jamais sûr que les autres aient fait leur boulot... Bon! maintenant, suivez-moi.

Blasés, les infirmiers de ce nouveau service ne faisaient guère attention à Gérane. A peine daignaient-ils tourner, d'un quart de tour, leurs têtes de dogues ennuyés. Mais le nez des malades, plus curieux, s'écrasait contre le vitrage de la salle de jeux. " Qu'ont-ils, ces types-là? " songeait Arthur, plus gêné que l'amateur descendu dans la fosse aux lions. Il reniflait l'odeur de cette fauverie : un filet d'éther y assaisonnait des relents d'urine, de tabac froid, de bouillon maigre. " Qu'ont-ils? " se répéta l'arrivant, effrayé. Ses rancunes n'avaient pas eu le temps de se généraliser et il admettait le bien-fondé de toute présence, hormis la sienne. Cependant, il daigna, séance tenante, faire une seconde exception en faveur d'un inconnu qui criait sur son passage :

— Une nouvelle séquestration... et allez donc!

— Ne faites pas attention, grommela Belléchut. Un persécuté...

Arthur se laissa entraîner, gravit trente marches et parvint à sa chambre. Il n'avait rien à y déposer et en fit vite le tour. Mêmes fenêtres de fer, à vitres dépolies, à crémones verrouillées. Même Ripolin. Un lit, une armoire, un fauteuil, une table et une chaise, disparates mais décents, donnaient à la pièce ce luxe hôtelier des sous-préfectures. Le parquet restait brut : l'eau de Javel l'avait rendu presque blanc. La porte, garnie d'un mouchard et de verrous extérieurs, comportait toutefois un bouton intérieur de cuivre jaune, soigneusement astiqué.

— Il y a du progrès, hein? fit le chef, engageant.

Arthur en convint mollement.

— Vous pourrez améliorer le décor avec des livres, des photos, des fleurs. Nous fermons les yeux en faveur de ceux qui se tiennent convenablement. Ne nous faites pas d'histoires et vous n'en aurez pas. D'ailleurs, les fortes têtes ne restent jamais dans ce quartier de faveur.

Un petit silence expressif souligna cette menace déguisée. Une cloche sonna, lointaine et fêlée. Une autre, plus nerveuse, tinta dans la cour même.

— Voilà le déjeuner. Descendons.

*

Arthur, suant d'humiliation, entra d'un pas mou dans le réfectoire. Celui-ci comprenait deux salles contiguës, communiquant par une sorte de baie où se tenaient les gardiens de service, surveillant l'ensemble. La pièce de gauche était réservée aux indigents et aux pensionnaires de troisième classe, facilement reconnaissables à leurs défroques bleues, trop courtes ou trop longues, ravaudées à la diable et garnies de pièces aussi visibles que des rustines; celle de droite, aux clients de seconde et de première classe. Ces derniers, seuls, avaient droit à la nappe. Toutes les autres tables, disposées en fer à cheval, se contentaient de toile cirée.

Le brouhaha des conversations tomba d'un seul coup et cinquante prunelles firent à Gérane l'hommage cruel de leur attention. Mais Belléchut conduisit directement Arthur à sa place et s'inclina vers son voisin, sexagénaire à l'allure de père noble.

— Monsieur le comte, dit-il, voici le jeune Arthur Gérane, fils du juge d'instruction de Laval. Je vous le recommande. Vous saurez mieux que moi le mettre au courant des usages et le présenter aux malades qui... que... enfin, vous me comprenez.

— Comptez sur moi, répondit l'autre d'une voix savonneuse. Le docteur m'a parlé de M. Gérane. Je l'attendais.

Le vieillard se souleva de quelques centimètres et reprit :

— Comte Elzéar de Chambrelle... l'écrivain. Navré de faire votre connaissance en de telles circonstances, mais ravi d'avoir enfin un commensal de qualité... Adrien, mets un couvert de plus.

A l'appel de son nom, l'auxiliaire de salle, qui engloutissait sa portion de ragoût, se leva et, secouant sa trogne hilare, éructa :

— Couvert de plus ? Oué, oué.

Il s'agissait d'un de ces idiots dont les infirmiers font partout des robots ou des chiens de garde. Une loupe violacée lui retombait sur l'œil droit, déjà enseveli sous une arcade sourcilière de gorille. Quand sa patte sale s'allongea pour déposer devant Arthur une assiette d'émail, une timbale de bakélite et une fourchette, le jeune homme, effaré, se serra contre le comte.

— Servez-vous, fit ce dernier en lui tendant le plat.

Voyant que Gérane hésitait, il le servit d'office et reprit, en déchirant son escalope à belles dents :

— N'attendez pas de couteau et servez-vous de vos canines. On s'y fait très vite, vous savez, à condition de ne pas être affligé d'un râtelier.

Arthur sourit. Cependant quelque chose le gênait dans cet homme : l'onctuosité de sa voix, sans doute, ou l'insistance de ses gros yeux. Le comte avait remplacé la cravate interdite par un jabot de brocart pervenche assorti à un complet bleu marine de bonne coupe. Sur le dos de sa chaise pendait une cape grise à col de renard. A son doigt luisait une améthyste, aussi grosse qu'un œuf de mésange.

— Selon les directives de notre Belléchut — un ivrogne fini, entre nous — chuchota Chambrelle en se penchant vers Arthur, je vais vous fournir quelques indications sur nos compagnons.

Le comte continuait de mastiquer en parlant, postillonnait ses confidences.

— Regardez discrètement à votre droite. Le premier, au bout, ce grand flandrin au crâne rose, est l'instituteur Bonal. Epileptique. Insignifiant. Le second est le colonel Donnadieu. Commotionné en 18, il croit que la guerre continue. Le troisième s'appelle Larribat. Cet ingénieur — un persécuté! — a menacé de mort tous ses amis qu'il accusait de coucher avec sa femme. Quand vous verrez Mme Larribat, vous comprendrez à quel point cette lubie est cocasse...

Tout à fait à gauche, une voix miaula soudain.

— Alors, Elzéar, vous nous éreintez tous?

Chambrelle protesta d'une main molle et continua tout haut :

— Vous venez d'entendre Gallufet, directeur des mines de Bécon.

— Spécialiste en mineures, filles de mineurs, nul ne l'ignore! lança l'autre. Mieux vaut que je le dise : vous vous en chargeriez.

Mais Arthur s'intéressait beaucoup plus au voisin de l'ardoisier galant. Silencieux depuis le début du repas, celui-ci venait de s'animer et débitait avec gravité un flot de paroles incompréhensibles.

— Gavraine est atteint de logorrhée, expliqua le comte. Regardez donc Marchant, l'homme à la barbe.

Ce Marchant caricaturait Charlemagne à la perfection. Le poil lui sortait de partout, blanc à souhait. Ses prunelles bleues, des prunelles d'ange anémique, flottaient dans l'air comme des bulles de savon. Il salait, poivrait, vinaigrait méthodiquement les fraises qui composaient son dessert et les avalait, une à une, avec une évidente et majestueuse satisfaction.

— Marchant, cria le colonel, ce sont des fraises et non des tomates!

Chacun rit. L'idiot gloussa.

— Adrien, protesta un infirmier, tu n'es pas là pour te moquer des malades. Enlève les assiettes.

— Pas là pour moquer, oué, oué! grogna l'idiot, affligé comme presque tous ses pareils d'une énervante écholalie.

— Sortons-nous? proposa Chambrelle.

Gérane ne demandait pas mieux : il étouffait. Le comte l'entraîna dans la cour, rectangle de grévette, ombragée par sept tilleuls taillés en boule et lui offrit une Turmac.

— Voici du feu. Par faveur spéciale, je dispose d'un briquet à amadou. Que dites-vous de notre ménagerie?

Arthur ne put que soupirer. Mille impressions contradictoires se bousculaient dans sa tête. La curiosité ne le délivrait point de ses appréhensions. Cette prise de contact lui semblait à la fois trop simple et trop pénible. Les psychiatres le jetaient parmi ces fous comme le pêcheur lance indifféremment dans le vivier perche, tanche ou brochet. Il avait peur. Peur de sa peur, surtout, car il était également très déçu par la banalité du lieu. Nul décor de tragédie, avec barreaux, cheveux épars et hurlements. Mais un luxe de précautions agaçantes et tatillonnes. Nul comique. Pas même la bouffonnerie classique. Arthur ignorait encore — et ne devait jamais l'apprendre — que sur les tréteaux de la folie, la tragédie devient violence puérile et la comédie charge sordide. Sa déception se compliquait d'une nouvelle humiliation. " Je ne suis tout de même pas de cette race-là, estimait-il. Je ne mange pas de fraises à la vinaigrette, je ne porte pas de jabot de brocart. Je n'ai rien fait

qui... hum!... enfin, ce n'est pas la même chose. "
Lourd de silence, gêné par la double digestion de
sa conscience et de son estomac, également délabrés, Arthur marchait à côté du comte, qui l'observait de biais et finit par reprendre, sur le mode
badin :

— Ne me croyez pas bavard. Je me suis fait
une spécialité : celle de calmer les craintes des arrivants. Je jouis de certaines libertés, qu'expliquent
les motifs de mon internement, semi-judiciaire
comme le vôtre... Oui, ne vous étonnez pas de
l'allusion : dans un asile tout se sait très vite. Et
rassurez-vous : les gens qui vous entourent sont à
peu près inoffensifs.

Le réfectoire se vidait; les malades, par petits
groupes, envahissaient la cour. D'autres déambulaient sous le préau. D'autres enfin regagnaient la
salle de jeux.

— Ma parole, je me croirais au collège! s'exclama
Gérane, sortant enfin de son mutisme.

— Vous attendrez longtemps les vacances, soupira Chambrelle Mais suivez-moi : je vais vous
présenter à nos camarades.

Cette présentation ne dura pas moins d'une
heure. Hormis quelques sauvages que le comte
n'aborda même pas, chacun reçut Gérane avec
politesse. Tout arrivant est un peu un visiteur,
devant lequel il sied de faire bon visage; il est aussi

un agent de liaison provisoire avec le monde extérieur, dont il apporte des nouvelles fraîches, peut-être inexactes, mais plus vivantes, plus sensibles que les propos des infirmiers ou les articles des journaux agréés par la censure médicale. Les plus bavards, soucieux d'exposer immédiatement par le menu leurs doléances, retenaient Arthur par la manche. Mais Chambrelle veillait, l'entraînait un peu plus loin, lui glissait dans l'oreille quelques renseignements malveillants, parfois un seul mot, un terme psychiatrique, une injure. Pour des motifs de lui seul connus, Chambrelle démolit ainsi plus particulièrement le bibliothécaire Sarulin, ancien adjudant de la coloniale, qui " avait reçu un fameux coup de bambou et restait là parce que l'Administration ne tient pas à lâcher les bons payeurs "; René Cheune, " un chenapan parisien venu faire un mauvais coup à Angers et qui simulait à merveille "; Georges Calmet, un bon gros plein de soupe " qui piquait tous les trois mois sa crise de confusion "; le petit Marcel Graule " promis à la démence précoce "... Jacques le rouquin et Bertrand, rebaptisé Raton, surveillants de cour, furent accablés de gentillesses. Puis le comte expectera d'interminables ragots sur le compte des malheureux qui, selon lui, eussent fait d'excellents clients du quartier des gâteux. Lancé, le vieillard ne tarissait pas. " Bigre! songeait Arthur. Je me demande ce qu'il dira de moi au prochain nouveau. " Enfin, Chambrelle s'excusa :

— Maintenant, je vous quitte. Je dois aller nourrir mon chat, dans le parc. Vous ne pouvez malheureusement pas m'accompagner. Mais d'ici peu, je tâcherai de parler en votre faveur au médecin chef.

Important, Chambrelle s'éloigna. Aussitôt, l'ingénieur Larribat et René Cheune s'approchèrent d'Arthur.

— Une belote à trois, Gérane ?

Le jeune homme accepta : sa gêne avait besoin d'une contenance.

Le trio gagna la salle de jeux, immense pièce de douze mètres sur six, éclairée par quatre fenêtres à impostes pivotantes. Jacquets, damiers, échiquiers, boîtes de jetons encombraient deux grandes tables de chêne brut. Sur des rayons, traînaient des livres plus ou moins déchirés. En fait de portemanteaux, des crochets ronds et de toute évidence inarrachables étaient scellés dans le mur. Rien de massif ni de contondant à la disposition des joueurs. Les vitres, toujours épaisses, mais non dépolies, laissaient voir le haut des frondaisons du parc, parallèle à la Loire.

Arthur, encore trop ému et qui n'avait d'ailleurs pas l'entraînement de ses partenaires, se fit écraser. A l'autre bout de la table, Bonal, Donnadieu,

Gallufet et Sarulin bridgeaient noblement. Tous ces gens paraissaient très sérieux. Seul, le colonel, profitant de ce qu'il était "mort", sortit un instant et vociféra sur le pas de la porte :

— Tout le monde aux abris et un peu vite! Allons, maniez-vous le train.

Personne n'y prêta la moindre attention. Donnadieu, fort calme, regagna sa place, se pencha sur la partie, donna deux ou trois conseils de champion, puis posa la main sur l'épaule d'Arthur, qui tressaillit.

— Alors, jeune homme, vous vous êtes déjà laissé embobiner par cette vieille *pédale* de comte? Chambrelle n'est pas un mauvais bougre; il est même assez obligeant. Mais je dois vous prévenir; il aime les petits garçons. De puissants amis ont obtenu son internement pour arranger une fâcheuse histoire de trou du cul et l'ont fait transférer en province afin de lui épargner les asiles de la Seine, beaucoup plus démocratiques. Faites attention...

Larribat, abattant un valet d'atout, renchérit :

— Et pas de confidences! Le comte est aussi le mouchard officiel du pavillon...

— Ça, grommela le colonel, c'est moins sûr.

L'ingénieur coupa le pli d'Arthur, haussa les épaules.

— Vous, Donnadieu, vous auriez besoin d'être cocu. Vous verriez alors le monde comme il est.

— Gérane, au bain! cria soudain Jacques, l'infirmier.

Arthur repoussa les cartes et suivit le rouquin, tandis que Larribat murmurait dans son dos :

— Il a pourtant l'air bien tranquille.

Jacques, que les mœurs du pavillon n'inclinaient point à la méfiance, ne crut pas nécessaire de tenir Gérane. Le service d'hydrothérapie n'était d'ailleurs pas éloigné.

— Pourquoi suis-je seul? s'étonnait Arthur.

— Au pavillon, les malades se baignent tous les quinze jours. A titre de soins, il n'y a guère que les arrivants qui aient droit à la trempette quotidienne.

— Je comprends, fit Gérane, bien décidé à faire étalage de réflexions sensées : c'est une formalité. Pourtant dehors, chacun se figure que tous les aliénés passent à la douche froide.

— Nous en donnons peu, reprit Jacques, sur le ton de la compétence. Nous les réservons aux grands agités. Encore préférons-nous leur donner de longs bains tièdes, qui les fatiguent. Vous allez en voir quelques-uns dans l'eau... Entrez donc.

La porte venait de s'ouvrir et le rouquin criait déjà dans la vapeur :

— Un bain d'une heure, en cabine!

Arthur s'avança sur le dallage, jaune et blanc, luisant d'eau, où trois auxiliaires poussaient leurs serpillières. Le chef baigneur, aidé par d'autres travailleurs, déambulait dans la grande salle. Ses coups de gueule se noyaient dans les remous, les clapotis et les imprécations. Arthur, saisi, contemplait ce tableau, le seul qui lui ait jusqu'ici paru conforme à la légende. De part et d'autre de l'allée centrale, s'allongeaient dix baignoires, recouvertes de fortes toiles ficelées sur les bords comme le papier des pots de confitures et percées de trois ouvertures également coulissables pour laisser passer la tête et les mains. Dans chacune de ces baignoires, mijotait un client.

— Comme ça, expliqua Jacques, ils sont forcés de rester tranquilles. Ça pisse, ça chie, ça tricote des pattes là-dessous... Aucune importance! Au bout de trois heures, ils ne pensent qu'à dormir.

— Pas toujours, grogna le chef baigneur. Regarde cette andouille au 6. Voilà deux toiles qu'il me fait sauter. J'ai été obligé de lui ficeler les pieds. Monsieur n'aime pas l'eau : ça le change trop de ses habitudes... Toi, la flemme, rhabille le 9 : il a son compte.

Tandis que l'auxiliaire détachait son homme, Arthur restait figé sur place devant le " 6 ". Lui au moins avait la gueule de l'emploi, la gueule traditionnelle, convulsée, osseuse, trouée de cris, sertie d'yeux blancs qui roulaient chacun pour leur compte.

— En voilà un qui n'est pas sorti! murmura-t-il.

— Qu'en savez-vous? reprit le chef. Il sera peut-être sorti avant vous. Les éthyliques, une fois désintoxiqués, deviennent des moutons. Il est vrai qu'ils ne restent jamais longtemps dehors. Qui a bu boira.

— La cabine est prête pour le pavillon, cria un auxiliaire.

— A l'eau, canard! fit rudement le baigneur qui n'aimait pas les fils à papa. Mais déshabille-toi avant d'entrer dans ton box.

Arthur se dévêtit lentement et rougit au moment de retirer son caleçon. La timidité spéciale de l'homme nu que lorgne un homme habillé fit courir sur ses cuisses maigres le frisson de la chair de poule. Coudes et fesses serrés, il ouvrit le portillon en toute hâte et se réfugia dans une baignoire mal rincée, dont les robinets dénickelés pleuraient tous deux la même eau tiédasse. Son assurance s'y délaya, tandis que tout le poil de son corps se soulevait, se balançait autour de lui comme du varech. "Vraiment, qu'est-ce que je fous ici?" pensa-t-il, avant de ne plus penser à rien. Puis il s'amollit, enfoncé jusqu'au menton et ne bougeant même plus un orteil. Seul, un pet sournois fit valser trois bulles. Sa respiration même se ralentit, alourdie par cette vapeur qui lui brouillait le regard, s'insinuait au plus profond de sa gorge, lui pénétrait l'intérieur du crâne.

VII

" Six mois... six mois, déjà ! Comment des journées si longues peuvent-elles composer des mois si courts ? Je n'ai pas, songeait Arthur, l'impression d'avoir vécu ici plus de six semaines. " L'habitude de vivre *émietté*, de meubler son existence de mille petites aventures, faussait son estimation du temps. Ce fil de jours, où le souvenir n'avait pas fait de nœuds, lui semblait abusivement déroulé. La bobine tournait trop vite : la nuit, sans doute, pendant ces douze heures de sommeil qui rachetaient les lenteurs diurnes du calendrier.

Toujours contracté, toujours furieux, mais à froid, Gérane était maintenant habitué, dans la mesure où l'on s'habitue à ce que l'on refuse, dans la mesure où le stop vertical des murs peut déformer l'instinct horizontal de la bougeotte. Habitué à l'inhabitable. Arrêté plutôt, recroquevillé dans l'ennui et dans la crainte. Son indignation adoptait cette fausse indifférence, cette paupière lourde, cette politesse rétractile, ce mode de respiration au ralenti qui donnent une allure féline à tous les encagés du monde. Il s'était aussi endurci, très vite, à toutes sortes de choses. Les hallucinations du colonel lui paraissaient aussi normales que les tics de Roberte. Il ne s'effarait plus de rien, offrait une cigarette à Gavraine quand celui-ci lui montrait sa blague vide plus éloquente que les milliers de mots inutilement postillonnés par ses lèvres. Il pouvait sans sursauter entendre ce cri horrible de l'épileptique qui tombe. Comme les autres, il murmurait, levant à peine une paupière :

— Tiens ! Les crises de Bonal se rapprochent.

Ou encore :

— Adrien, dégrafe-lui son col.

Au contraire, ces incidents l'enchantaient. Arthur ne dédaignait pas le spectacle d'une petite bagarre. Grand guignol gratuit ! Révolte par procuration ! Les coups de sifflet laçaient, relaçaient autour de lui de stridents serpentins. Le patient, secrètement approuvé, se débattait sous la poigne des gardiens, lacérait leurs blouses, crachait mille plaisantes invectives. Ses vains efforts pour se libérer des *bracelets* capitonnés ou (dans les cas graves) de la camisole de toile grise, ses soubresauts, ses ruades intéressaient au plus haut point la galerie. Les yeux s'allumaient, brasillaient dans l'ombre. Les narines reniflaient une odeur d'étincelle.

Une fois le héros vaincu, empaqueté, transféré dans un quartier de haute surveillance, les vociférations faisaient place aux gloses. Quel beau sujet de discussion! Quelle mine de ragots! " Je le disais bien, chantait chacun, ce zigoto-là ne pouvait pas rester au pavillon. Salomon est un âne. " Et les plus acharnés étaient généralement les prochaines victimes.

Une fois, Gérane faillit être du nombre. Son irritation parvenait ce jour-là à l'exaspération. Une fouille, effectuée dans sa chambre par un infirmier qui voulut faire du zèle et le contraignit à se mettre en slip, fit sauter les soupapes de sa lâcheté. Resté seul, il se rua soudain sur le lit, dispersa couvertures et matelas. Son dictionnaire, indispensable auxiliaire des mots croisés, partit à la volée dans la direction des vitres. Un coup de pied renversa la table, un autre culbuta la chaise.

— Que se passe-t-il là-haut? grinça la voix lointaine de Belléchut.

Par bonheur, le Larousse avait manqué son but. Douché par la peur, Arthur se reprit, releva table et chaise. Quand le chef apparut, flanqué du comte de Chambrelle, Gérane tirait soigneusement ses draps.

— Que se passe-t-il? répéta la Belette.

— Vous le voyez bien : je refais mon lit.

— C'est l'affaire d'Adrien, grogna le galonné, se

penchant sur les draps pour voir si par hasard, Gérane n'en avait pas déchiré les lisières, matériau classique des cordes de l'évasion ou du suicide.

— Oué, oué, mima le comte. Je comprends Gérane : Adrien retape outrageusement les lits.

L'incident n'eut pas de suites. L'idiot se fit laver la tête et voua séance tenante à Gérane la haineuse considération qui se doit aux gens bien en cour. Dévoltés par cette décharge, les nerfs du jeune homme supportèrent mieux d'autres sujets de mécontentement.

Ils ne manquaient pas. A son grand étonnement, ni son père ni sa sœur ne daignaient se montrer. Aucune lettre ne lui était parvenue, bien qu'il écrivît chaque semaine à sa famille, dédaignée pendant quatre ans (les reclus retrouvent l'usage du porte-plume et tirent volontiers cette fléchette dans les paillassons du souvenir). Interviewé à ce sujet, Salomon n'avait répondu que par un geste évasif. L'interne, plus fréquemment accessible, le calma de son mieux.

— Laissez tomber la colère de votre père.

— Mais voyons, mademoiselle, entendons-nous! Ou je suis responsable et alors je n'ai rien à faire ici; ou je suis irresponsable et mon père n'a pas le droit de m'en vouloir.

— Tel est bien mon avis. Mais ne demandez pas à une famille gravement offensée de raisonner comme un médecin. M. Gérane paie votre pension en première classe : n'est-ce pas quelque chose?

— Et la permission du parc? Et l'emploi dont parlait le docteur?

— Doucement, doucement... Ces décisions ne dépendent pas de moi. Je peux vous dire pourtant que nous sommes satisfaits de vous. Je viens de donner l'ordre d'arrêter vos bains.

Récompense purement négative. Mais Arthur sécrétait autant de salive que de bile : frénétique à ses heures, bon politique le reste du temps, il se mit à intriguer, flatta les infirmiers, les malades influents et surtout l'indispensable comte de Chambrelle qui aimait jouer le rôle de protecteur.

— Je m'occupe de vous, assurait l'écrivain. Songez que l'accès au parc est un privilège réservé à Sarulin, Donnadieu et moi-même, qui en usons modérément. Le docteur doit être sûr de vous.

— Mais voilà six mois que je suis ici!

— Six mois, dans un asile, sont fort peu de chose.

*

Enfin, Arthur fut appelé au bureau, un vendredi matin. Il y trouva Salomon à cheval sur une chaise et les pieds dans le cendrier du poêle. Ses chaussures fumaient.

— Dites-moi, Gérane, fit-il de but en blanc. Voulez-vous travailler ?

Depuis quelque temps le jeune homme ne réclamait plus cette faveur. Comme toujours on la lui proposait alors qu'il ne l'espérait plus. "N'ayez pas l'air de sauter sur l'occasion comme le chat sur un moineau !" lui avait conseillé Chambrelle. Arthur se contint donc et répondit simplement :

— Je serais en effet content de me rendre utile, docteur.

Son sourire renseignait suffisamment le vieux routier, qui cligna de l'œil d'un air entendu.

— Bon ! A partir de demain, vous irez tous les matins donner un coup de main à Sarulin, le bibliothécaire. J'aimerais qu'il vous mette au courant du service avant son départ. L'après-midi, pour vous délasser, vous pourrez faire un tour dans le parc. C'est une piètre récompense que je vous accorde, car en ce moment la neige encombre les allées.

Arthur remercia poliment. Ni trop, ni trop peu. Sept mois d'asile lui assouplissaient l'échine. Son enthousiasme se refroidissait très vite. La bibliothèque l'effarouchait. Malgré son bachot (péniblement obtenu après trois échecs) il eût préféré une tâche manuelle, même sale, au jardin ou à la cuisine. Une phrase de Salomon lui trottait dans la cervelle : *J'aimerais qu'il vous mette au courant du service...* Le patron avait donc l'intention de l'utiliser après l'élargissement du titulaire. Il n'avait donc point celle de le libérer, lui, Gérane, avant un certain délai. "Tant pis! décida-t-il secrètement. S'il exagère, je sais ce que je dois faire. Maintenant que j'ai la permission du parc, je m'en irai quand je le voudrai."

VIII

Un lierre d'été, presque noir, et une vigne vierge qui tourne au pourpre se disputent la façade de la maison de Tiercé. Toutes les persiennes sont fermées sauf celles de la bibliothèque; sur les rayons, douze centimètres supplémentaires de *Revue juridique de France*. Tassé dans son fauteuil, devant le bureau qu'Arthur a forcé, Robert Gérane fête ce morne anniversaire. Sa fille, qui croise les jambes, les décroise, les recroise, tricote nerveusement un de ces pull-overs à mailles inégales dont elle a le secret. Elle songe : " Depuis que papa se teint les cheveux, il paraît beaucoup plus vieux. Il ferait aussi bien d'avouer qu'il a blanchi. S'il voulait vraiment oublier cette histoire, nous pourrions être tranquilles. Mais il se contente d'éliminer Arthur de notre vie, d'envelopper de silence cette affection malade. Abcès mal pansé : le pus coule en dedans. " Brusquement, Roberte avoue, tout haut :

— Tu sais, papa, il y a une chose que je ne m'explique pas. J'écris toutes les semaines à Arthur : il ne m'a jamais répondu.

Le magistrat tourne la tête avec la lenteur maussade des bœufs que l'on dérange en pleine rumination. Sa main droite, alourdie par les rhumatismes déformants, taquine le coupe-papier d'ivoire à manche d'argent, que nul n'a passé à l'Argentil depuis la mort de sa femme et qui laisse toujours dans sa paume moite une trace noirâtre.

— Je t'avais pourtant défendu d'écrire, répond-il d'une voix morne. Naturellement, le médecin chef m'a renvoyé toutes tes lettres : elles sont là, dans le tiroir. Salomon estime qu'il ne faut pas donner à un malade l'impression que sa famille est divisée à son sujet. Laissons cela, veux-tu?

Roberte détricote tout un rang, embrouille sa laine et riposte :

— Non. Je sais que tu as changé d'avis.

Cette fois son père s'emporte :

— Que chantes-tu là? Ma position ne varie pas. Je fais mon devoir, j'entretiens ton frère à l'asile, confortablement. Mais je ne veux ni le voir, ni lui écrire. Quand ton frère...

— Appelle-le Arthur, coupe la jeune fille. On dirait que son nom t'écorche la langue.

— ... Quand ton frère, continue le magistrat sans sourciller, nous aura donné des preuves de sa bonne volonté, je lui pardonnerai volontiers. Encore faudrait-il qu'il me le demande! Ses lettres ne sont que promesses, cajoleries gratuites : je n'y ai jamais trouvé la trace d'un remords. Comment! Voilà un garçon qui depuis dix ans nous fait vivre dans l'inquiétude, qui fiche le camp à dix-huit ans sans fournir d'explications, qui reste quatre ans sans donner de ses nouvelles, se vautre dans toutes les poubelles, risque chaque jour la correctionnelle, compromet ton mariage ainsi que ma situation, réapparaît pour cambrioler son propre père, s'amuse par méchanceté pure à lui jeter une vilaine affaire sur les bras... et il ose, la bouche en cœur, commencer sa dernière lettre par ces mots : " Mon cher papa, j'espère que vous allez bien... " Mais ce n'est pas tout : à l'asile même, il a tenu sur mon compte des propos effarants. Salomon me l'a dit sans vouloir me donner de précisions... Et tu veux maintenant que je tue le veau gras. Ah! non, ma petite fille, la vache n'a pas encore vêlé.

Roberte laisse la tirade se refroidir, puis contre-attaque :

— Si tu ne considères pas Arthur comme irresponsable, pourquoi l'as-tu fait interner?

— Le moyen, je te prie, de faire autrement? L'ir-res-pon-sa-bi-li-té! Je sais ce qu'en vaut l'aune. Arthur se rend compte de ce qu'il dit, de ce qu'il fait...

Ce n'est pas un dément, ce n'est qu'un déséquilibré. Il souffre de ses nerfs comme d'autres souffrent du foie. Dans ce cas-là on suit un régime, si l'on veut guérir. Arthur n'a jamais fait attention à lui-même. Voilà ce que je lui reproche.

— *La plupart des reproches sont valables pour celui qui les prononce.*

— Quoi!... Me dire ça, à moi, ton père!

Le juge s'est lourdement soulevé. Ses dix doigts noueux se crispent sur le rebord du bureau et sa lippe violette s'allonge, tremble d'indignation. Roberte jette son ouvrage, bondit et vient offrir à son père une moue criblée de taches de rousseur.

— Dis au juge d'instruction qu'il s'en aille. C'est à notre père que je parle. A-t-il pensé, notre père, que s'il avait fait soigner son fils à temps, nous n'en serions pas là? Enfin, oui ou non, maman était-elle neurasthénique? Grand-père Hurlaud est-il mort du tabès?

La jeune fille, moins câline que honteuse, s'effondre contre le veston de son père et se met à renifler, le nez contre la Légion d'honneur, dont la couleur monte aux joues du magistrat.

— L'hérédité... l'hérédité... savoir! bougonne-t-il en tripotant les cheveux de la petite... Mais tu savais tout cela et tu m'as laissé te le cacher! On ment trop bien dans cette maison.

Ses doigts infirmes s'empêtrent dans les boucles

et ses pensées dans un fouillis de scrupules, de rancunes et d'incertitudes. Il plonge son regard jaune dans la buée bleuâtre des prunelles de Roberte et articule péniblement :

— Tu crois, vraiment, tu crois que nous aurions dû...

Roberte relève aussitôt la tête, accepte ce " nous " par lequel son père se décharge instinctivement d'une partie de ses responsabilités, conclut d'une voix fougueuse :

— Oui, nous aurions dû... mais nous ne négligerons plus rien. Dimanche prochain, nous irons à Sainte-Gemmes.

Elle se relève d'un bond, secoue sa flamboyante crinière et danse une sorte de gigue devant le juge qui la considère avec un mélange d'inquiétude et d'amusement. Elle fredonne ou, plutôt, elle émet un faible gargouillis cristallin, elle *trutine* sur le mode de la mésange en train d'écheniller l'écorce du pommier et finalement se précipite sur le crâne paternel pour y piquer une série de petits baisers.

*

En fait, Arthur reçut la visite des siens un mois plus tard. Il ne s'y attendait plus et ne comprit pas le geste de Jacques qui, de l'autre bout du parc, lui faisait signe de le rejoindre.

— Ce doit être pour vous, colonel, jeta-t-il à Donnadieu qui se promenait à son côté.

Le rouquin dut s'approcher à portée de voix.

— Gérane, au parloir. Allons, vite!

Tout de suite, Arthur s'affola. Tandis qu'il enfilait le chemin de ronde au pas gymnastique, il s'interrogeait avec anxiété. Était-ce son père, ou Roberte, ou les deux ensemble? Quelle attitude convenait-il d'adopter? Fallait-il demander pardon au vieux? Depuis un an, il n'avait pas jugé utile d'y réfléchir; comme toujours, il se trouvait pris de court au dernier moment. Il balançait entre deux extrémités, entre deux poses : celle du révolté et celle de l'enfant prodigue. Par bonheur, dominé par ses sentiments, il joua très naturellement celle du pauvre type.

Son irruption dans le parloir par la porte réservée aux visiteurs fit sensation. Toutes les têtes se retournèrent. Il y avait là, comme chaque dimanche, la très fidèle Mme Larribat, que son époux assassinait de reproches; la mère du petit Graule, écroulée dans ses parfums Prisunic; la mère de l'ardoisier, veuve inondée de jais; la sœur de l'instituteur Bonal, institutrice elle-même, affligée d'un léger goitre et donnant l'impression d'avoir avalé sa gomme. Dans le coin gauche, près de la porte, se tenait Belléchut, à la fois raide et obséquieux, le trousseau de clefs tintant à la ceinture. Au fond, tournant le dos, attentifs à ne pas se laisser dévisager, les Gérane, père et fille, se recroquevillaient dans la gêne et l'impatience.

— Ah! te voilà enfin!

Roberte se leva, embrassa son frère, le poussa vers le juge qui lui donna rapidement un petit coup de moustaches.

— Je suis navré, papa, de...

— Laissons cela, coupa Robert Gérane sans se demander si son fils s'excusait de ses frasques passées ou de son retard présent. Tu vas mieux, c'est le principal. Ta sœur et moi avons tout oublié.

Il n'avait rien oublié, cet homme, et sa moue le disait assez clairement; en vain arborait-il un sourire bienveillant dès que son fils levait le nez. Ses gros doigts se rétractaient dans la moiteur de ses paumes, ses prunelles conservaient cette minceur hostile propre aux chats et aux hommes de loi. " S'il savait tout ce que j'ai fait dehors... " songeait Arthur. Robert Gérane y pensait, justement, et le juge reprochait au père la satisfaction, pourtant bien tiède, qu'il éprouvait à revoir ce garçon disparu depuis cinq ans. Plus accueillant, encore qu'un peu sinueux, le regard de Roberte cherchait celui d'Arthur, l'évitait, le retrouvait, s'y enroulait longuement, lui dédiait ses deux pervenches... Curiosité? Indulgence féminine? Compli cité totale du sang? La sœur n'est-elle pas la plus faible et la plus proche parente?

— Je voulais t'écrire, je t'ai même écrit..., fit-elle dans un souffle.

Le juge toussa : sa fille se tut. Arthur, édifié, se rembrunit. La conversation devint pénible, tira quelque parti de la pluie et du beau temps.

— Les dahlias du grand massif vont bientôt fleurir : ils sont très en avance cette année. Mais nous n'avons pas eu de prunes. Sais-tu que papa va être nommé à Paris?

Comment l'aurait-il su? Arthur fronça les sourcils, et laissa tomber du bout des lèvres :

— Bel avancement. Paris est un poste hors classe, si je ne m'abuse. Toi, Roberte, tu t'y marieras plus facilement.

— Hum! répondit le magistrat, ta présence ici décourage les épouseurs.

Sentant qu'il avait gaffé, il ajouta :

— Enfin, c'est provisoire.

La corvée dura encore une demi-heure. "Qu'ils s'en aillent, rageait Arthur, qu'ils s'en aillent vite ou je vais éclater!... Aucun reproche, aucune précision sur la date de ma libération. Alors, que sont-ils venus faire?" Il retint à grand-peine un soupir de satisfaction quand la cloche sonna.

— Visites terminées, messieurs-dames! glapit Belléchut.

— Nous sommes venus trop tard, aujourd'hui, fit benoîtement le juge, se levant aussitôt.

Les autres visiteurs se préparaient mollement. Les Gérane, sans attendre le second avertissement, s'éloignèrent. Sur le pas de la porte, toutefois, Roberte pivota, fouilla dans son sac, revint en courant vers son frère.

— J'ai oublié de te donner ces paquets de Craven.

Elle ajouta, plus bas, en imprimant son rouge derrière l'oreille de son frère :

— Ne te casse pas la tête, mon chou. Ça s'arrange.

Mais cette gentillesse ne fit qu'exaspérer Arthur, fort expert dans l'art de fracasser les porcelaines de la tendresse.

— En effet, grinça-t-il, ça s'arrange! Que serait-ce alors si ça ne s'arrangeait pas? Fous-moi le camp, je t'en prie, fous-moi le camp!

— Mon pauvre chéri, fit seulement Roberte, en l'embrassant sous l'autre oreille.

Sur une pirouette qui fit voler le bas de sa robe d'organdi, elle se retourna et disparut, laissant Arthur ronchonner entre ses dents :

— Ils m'aiment peut-être... En tout cas, ils se moquent de moi!

Puis, soudain, il pouffa. Il venait d'apercevoir Mme Larribat, la Messaline, une quadragénaire du genre grenadier, toute en peau et en os, louchonne

au surplus et affublée d'un chignon gris d'où
s'échappaient quelques mèches cireuses.

*

Avant de partir pour Paris, le magistrat et sa
fille revinrent trois ou quatre fois. Arthur s'autorisa
lui-même à les recevoir dans le parc. Ses prérogatives de bibliothécaire lui laissaient maintenant une
liberté presque complète. Sarulin, après huit ans
de séjour, venait enfin de recevoir son bulletin de
sortie; le jeune homme avait pris sa succession.

Son rôle était d'ailleurs fort simple, presque
manuel et, de ce fait, conforme à ses goûts : il
s'agissait de ranger les livres sur les rayons, de
tenir à jour les répertoires, de distribuer dans les
quartiers les fiches de commande, de livrer les
ouvrages et de les reprendre huit jours après.
Arthur les feuilletait rarement pour son propre
compte, sauf quelques romans policiers. Il trottait
dans tout l'asile, se faisant ouvrir les portes, empruntant même de temps en temps un passe-partout ou une clef triangulaire de crémone. Les
infirmiers étaient aussi ses clients : il ne tarda
point à les traiter familièrement, à leur rendre de
petits services, tels que courses, rédaction de lettres
remplacement discret de livres perdus ou déchirés.
En contrepartie, on lui offrait dans la pénombre

des bureaux de quartier un verre de rosé, une tasse de café — deux liquides proscrits. Il n'y avait pas grand-chose à glaner aux *Agités* et aux *Gâteux*, mais il s'était ménagé de solides amitiés dans les sections de travailleurs, ainsi qu'à la cuisine, à la lingerie, à l'économat. Il connaissait tous les internes, qui flânaient longuement devant les " rayons réservés " où s'alignaient les ouvrages médicaux qui ne devaient en aucun cas être communiqués aux malades. Salomon lui-même passait régulièrement ou téléphonait pour se faire apporter un ouvrage dans son bureau.

Un demi-chapelet de semaines fut ainsi récité, puis — suprême faveur! — le médecin chef signa ce rarissime bulletin blanc qui autorisait Gérane à sortir de l'asile pour une promenade de trois heures. Le comte de Chambrelle, nanti du même papier, franchit les portes en même temps que lui. Mais, comme par hasard, Jacques le rouquin se trouvait sur la route et les accompagna bénévolement jusqu'aux Ponts-de-Cé, où le trio fit un sort à deux fillettes d'Anjou. Mis en verve, le comte se mit à résumer son dernier chapitre.

— Figurez-vous, Gérane, que j'ai fait une découverte : le fou de génie n'existe pas. Erreur populaire, consolation pour les familles, légende entretenue par le complexe d'infériorité de nos collègues. La folie ne fournit aucun état de grâce particulier, n'enrichit pas mais diminue, n'exalte pas mais exacerbe. Les surréalistes ont vainement prétendu le contraire. J'ai examiné tous les cas célèbres, établi une statistique. On a confondu : aucun fou de génie, mais beaucoup de génies qui sont devenus fous et qui, dès ce jour, n'ont plus rien produit. Ainsi Comte, Nietzsche...

— Ce pinard est parfait, dit le rouquin.

— Verlaine ne doit rien à la muse verte, continuait l'incorrigible bavard. C'est elle qui a tué son talent. Baudelaire syphilitique s'est tu. La folie n'est pas le bouillonnement, mais l'écume de l'intelligence. Ce serait un peu vexant pour nous, si j'admettais que nous fussions réellement...

Gérane, peu soucieux de prolonger ce cours, jeta un billet de cinquante francs sur la table. L'infirmier ne sourcilla pas : un bibliothécaire a ses petits trafics, où il est malséant de fourrer le nez. L'article qui interdit la détention d'argent de poche ne lui est plus applicable. Au retour, dans l'allée d'honneur encombrée par le second automne qu'Arthur voyait s'effeuiller sur l'asile, Anna Bigeac croisa le groupe.

— Alors, Gérane, comment s'est passée cette petite balade?

— En supprimant le retour, ça irait tout à fait bien.

Le surveillant général le prit sur le même ton :

— J'espère qu'une bordée par mois vous suffira!

Même chanson au pavillon, le soir. Belléchut lui tapa dans le dos :

— Sacré farceur! Ça se plaint d'être interné, on lui ouvre la porte et Monsieur revient gentiment manger la bonne sousoupe dans la satanée baraque!

*

" La satanée baraque, tu peux le dire! ronchonnait Arthur le lendemain après-midi en traversant le parc à grandes enjambées. Salomon se fout de moi. J'en ai assez de ses gentillesses, de ses demi-mesures, de ses atermoiements. "

Depuis la veille, il ne décolérait pas. L'expérience du médecin chef semblait avoir réussi. En fait, elle n'aboutissait qu'à réveiller chez Gérane une nostalgie aiguë de la liberté et cette agressivité du puma à qui l'on a sottement laissé manger de la viande crue. Le temps maussade encourageait l'humeur du jeune homme, fort perméable à ces sortes d'influences. L'équinoxe agitait frénétiquement les loques incolores du vent, éparpillait l'ouate malpropre des nimbus. Les arbres gémissaient comme des rhumatisants. Arthur, parvenu à la murette qui surplombe la Loire, empoigna une chaise de jardin et se jucha sur cet observatoire. Le fleuve n'était plus qu'une immense infusion de feuilles mortes. L'eau clapotait à moins de cinq mètres contre le chemin de halage désert. Un canot se dandinait au bout d'une corde.

— Un rétablissement pour communiante, estima le reclus. Un bond. Un saut dans la barque. Et c'est fini!

Il n'en fit rien. Au contraire, craignant sans doute de céder à la tentation, il détala vers le potager. Chambrelle, emmitouflé dans sa cape, s'y penchait sur une citrouille fessue.

— *Le potiron pose culotte*, cita cet érudit.

Arthur haussa les épaules et ne s'arrêta point. Sa prudence n'apaisait pas sa rancune. "Il faut pourtant que je me venge! monologuait-il. *Gauche*, que me suggères-tu?" La gauche réfléchit, puis lui souffla une idée sans doute intéressante, car le jeune homme retraversa le parc en toute hâte et fila jusqu'au jardin personnel de Salomon. La gauche ne s'était pas trompée. De beaux châssis, inutiles en cette saison, étaient accotés à la haie de lauriers. Arthur inspecta les alentours, se vit seul et, glissant vivement la main à travers les branches, repoussa violemment quatre châssis qui s'écroulèrent dans un fracas de verre sacrifié. "Le vent et le jardinier auront bon dos, conclut-il en galopant vers la bibliothèque. Quant à l'évasion, je vais l'étudier sérieusement."

*

Il l'étudia, mais ne s'y résolut point. Si les exemples d'internement de longue durée n'étaient pas encourageants, ses appréhensions ne l'étaient guère plus. Prendre le large restait un jeu, soit! Mais où aller? Que faire dehors? Chez qui se réfugier? Son père n'accepterait pas d'entériner une situation illégale. S'il était repris, quelles représailles! Arthur avait eu plusieurs fois l'occasion d'apprécier les *soins* dont bénéficient les évadés qui se laissent rattraper. Il ne tenait pas à perdre tous ses avantages pour atterrir dans un cabanon. Mais surtout (car enfin Gérane restait Gérane, instable, impulsif, peu enclin aux réflexions salutaires) il s'enlisait dans sa tranquillité, s'opposait à lui-même les vertus flasques de l'attente qui reconduit éternellement ses projets et se contente de les rêver.

Au surplus, si Arthur détestait Salomon, il n'était pas encore mithridatisé contre les bonnes paroles et les promesses du médecin chef, toujours soucieux de tenir ses clients en haleine, langue bien tirée devant la moindre goutte d'espérance. Gérane ne considérait pas l'évasion comme l'unique moyen de recouvrer la liberté, mais seulement comme une chance de la hâter.

Encore ne le pensait-il que par intermittence,

les jours où protestaient ses tendons d'Achille. Les autres jours, sans estimer pour autant que son internement fût efficace ou légitime, il le supportait, lui opposait la patience grincheuse des plâtrés. Très confortablement installé, très au-dessus du *commun des bérets*, Arthur n'éprouvait plus alors que l'impression lassante de doubler, de tripler une classe. En somme, il avait changé de camp. Il était devenu celui dont on ne s'occupe plus, celui dont nul n'interroge les prunelles, celui dont les internes disent dans la salle de garde :

— Je me demande ce qu'il fout encore ici.

*

CETTE question, toutefois, est de celles qui peuvent se poser longtemps dans un asile. Les semaines, ajoutées aux semaines, allaient porter à deux ans la durée du séjour d'Arthur... Deux ans! Raison de plus pour ne rien tenter.

Enfin les " signes des temps " s'affirmèrent. René Cheune fut libéré. Or son cas était apparemment plus grave. Un suppléant fut nommé à la bibliothèque. " Pour vous, c'est du peu! " se mit à répéter Belléchut avec l'amabilité que l'on doit aux sortants. " Je vais me marier et tu ne tarderas pas à connaître mon fiancé ", assuraient les lettres de Roberte. Salomon lui-même n'avouait-il pas, un œil à demi fermé pour donner plus d'acuité au regard de l'autre :

— Je voudrais être sûr que vous vous tiendrez dehors aussi convenablement que chez nous. Je ne vous le cache pas : ce sera beaucoup plus probant. Il est vrai que, le dos tourné, ce grand amateur de truismes ajoutait pour l'édification de ses internes :

— Beaucoup plus probant, en effet. Les garçons de ce genre ne se conduisent bien que là où ils sont entièrement conduits. Pour les redresser, la discipline est un corset plus sûr que la bonne volonté.

IX

Le frère et la sœur s'étaient casés dans le fond de la voiture. Arthur, avec un plaisir non dissimulé, retouchait son nœud de cravate, louchait sur la bague de fiançailles de Roberte, risquait de temps en temps un coup d'œil du côté de son père. Salomon, une fois de plus, se triait la barbe, debout contre la portière.

— Voilà six mois, assurait-il, que M. Gérane et moi sommes d'accord pour vous rendre à la vie civile. Mais il me fallait attendre les vacances judiciaires, pour vous remettre entre ses mains. D'autre part, nous vous avons donné ici l'habitude, sinon le goût, d'un travail suivi et nous désirions que vous fussiez pourvu d'un emploi. Vos références ne rendaient pas la chose facile. M. Gérane vous expliquera ce qu'il a trouvé... Et, maintenant, bonne chance! Vous ne vous rendez certainement pas compte des avantages dont vous avez bénéficié ici. Vous n'avez pas connu les désagréments que supportent la plupart de vos camarades. J'ai fait de mon mieux. Néanmoins, je ne vous demande pas de me remercier. Les clients que je conserve me détestent et les clients que je perds préfèrent toujours m'oublier.

Arthur remercia quand même, mais sa politesse, déjà, devenait distante. Le psychiatre se pencha vers le magistrat et lui glissa dans l'oreille une dernière recommandation. Le jeune homme ne put entendre que le début et la fin de la phrase : " Si............ phonez-moi. " Il n'eut aucune peine à remplir mentalement le pointillé. " Roberte, pensa-t-il, arbore un accroche-cœur sur le front. Moi, je dois avoir au même endroit un point d'interrogation. " Le juge hochait la tête avec gravité, avec ennui. Roberte froissait son mouchoir. Ils étaient tous pressés d'en finir. Salomon le sentit, fit un geste de la main et s'éclipsa.

" Allons, allons! " fit le magistrat, comme jadis, en passant la première vitesse. La voiture, une C4, qui semblait neuve au jeune homme mais avait déjà vingt-cinq mois de service, démarra, poussée, de soubresaut en soubresaut, par le grincheux effort des pignons maltraités. Les platanes de l'allée d'honneur défilèrent. Arthur salua d'un coup de menton très sec Chambrelle et Donnadieu, qui déambulaient gravement, mais il ne daigna point se retourner. A la grille, le portier le reconnut, lui lança un bonjour amical qu'il ne lui rendit point. Salomon ne s'était pas trompé : Arthur n'avait aucune envie de se souvenir de cette maison ni de ses habitants.

— Nous serons à Tiercé vers onze heures, fit Roberte. Henri arrive à midi, pour deux jours.

— Ton fiancé? demanda le libéré.

Les longs cils de Roberte s'écroulèrent, pour dire oui, mais la jeune fille ne fournit aucune autre précision. Elle semblait lointaine, inquiète. " Je vois, se dit Arthur. On se méfie. Quel désastre, si j'allais effaroucher le prétendant! Pourtant il faut bien qu'il me connaisse, qu'il se rassure. Cette invitation n'est pas l'effet du hasard : on exhibe le fauve. "

Un léger tic de Roberte fit dévier ces réflexions. "Tiens, tiens! Voilà qui intéresserait mon ami Salomon. Et ces prunelles, ces prunelles... On dirait que leur bleu s'est usé. Pourquoi Roberte fixe-t-elle éperdument ce point du ciel, où il n'y a rien à observer? Enfant, elle avait déjà cette manie. Nous disions alors, nous disions... "

Arthur fouilla dans sa mémoire, retrouva la formule.

— Tu cherches à savoir quelle hirondelle...

— ... Me rapportera deux rondelles d'azur pour remplacer mes yeux! acheva mécaniquement la jeune fille, qui sourit mais ne ramena point son regard perdu dans l'immensité.

La C4 roulait maintenant sur la route d'Angers. Le magistrat semblait faire corps avec sa voiture. Arthur remarqua la déformation de ses deux mains, posées l'une en face de l'autre, à mi-hauteur du volant. "On doit mettre la main gauche en bas et la main droite en haut : c'est la seule manière de prendre correctement les virages... Mais chut! Nous n'avons plus précisément qualité pour donner des conseils de ce genre."

Angers fut traversé... Toutefois, à deux reprises, le juge avait dû s'arrêter pour saluer des amis. Arthur, instinctivement, s'était abrité derrière sa sœur. Que savaient ces gens? Par bonheur, ils ne firent point attention à lui. "Simple politesse, estima-t-il. Je me suis bien aperçu de l'insistance de leur regard. D'ailleurs, papa me lance, lui aussi, dans le rétroviseur, d'éloquents coups de prunelle. Il se garde bien de m'adresser la parole, de me renseigner sur le nom, l'âge et la qualité du fiancé de Roberte. A mon arrivée à Sainte-Gemmes, cette grosse tomate de Salomon était toute farcie de réticences du même ordre. Ce n'est vraiment pas la peine d'être libéré pour retrouver au-dehors cette discrétion soupçonneuse dont j'étais parvenu à me défaire. Vont-ils enfin ouvrir la bouche? J'en ai assez de soliloquer."

On approcha bientôt de Tiercé. Sur le pont du Loir, soudain, le juge enfonça le frein d'un violent coup de talon.

— Imbécile de cabot! cria-t-il.

Le chien fut évité de justesse et Roberte, réveillée en sursaut, ne retint pas cet imprudent commentaire :

— Un nouvel accident d'auto, en ce moment, ce serait vraiment trop bête!

— C'est une allusion? ricana son frère.

— Tais-toi! soupira la jeune fille. Nous n'y pensons plus.

Le magistrat crut bon de détourner la conversation :

— Tu ne me demandes pas ce que nous t'avons trouvé, Arthur? Je crois que tu n'auras pas lieu de t'en plaindre. Ton futur patron est un homme charmant, un ami du docteur Salomon.

Pour Arthur, cette amitié ne constituait pas une référence : décidément on savait manier la gaffe dans la famille.

Sans se douter des réactions secrètes de son fils, Robert Gérane continuait :

— Il s'agit d'un apiculteur de Gené.

— Agriculteur! s'étonna le jeune homme, que le bruit du moteur avait empêché de bien comprendre.

— A-pi-cul-teur, fabricant de miel! scanda son père.

Roberte intervint :

— Ton patron s'occupe à la fois de ses abeilles et de la rédaction d'ouvrages scientifiques. Tu lui serviras de secrétaire. Cet apiculteur est un médecin en retraite.

— Un psychiatre ?

— Non, rassure-toi, un ancien gynécologue : le docteur Simert.

Il s'agissait tout de même d'un médecin et d'un médecin qui avait des relations douteuses, puisqu'il connaissait Salomon. Désirait-on prolonger la surveillance, sous une forme discrète ? Liberté officielle, mais précautions officieuses. Arthur se rembrunit, feignit de s'endormir jusqu'au moment où la chanson familière du gravier vint réveiller ses susceptibilités. La bonne était-elle au courant ? Et les voisins ? L'amour-propre exaspéré, le jeune homme ne savait quelle attitude prendre. A l'asile, au moins, il n'avait plus à se préoccuper de l'opinion publique, une fois pour toutes fixée sur son compte. Ce n'était pas sa conduite passée, mais sa conduite présente qui retenait l'attention de l'entourage. Le chemin parcouru sur la route de la confiance médicale, voilà qu'il fallait le refaire sur l'allée de la maison de Tiercé, sur cette allée même que bartait le souvenir du fameux sapin.

Dans le garage, en retirant la clef de contact (qu'il glissa dans son gousset et non plus sous la bande de son chapeau), le juge estima enfin nécessaire de prévenir son fils :

— Mon garçon, nous n'avons pu éviter l'enquête que déclenche tout internement. Les gendarmes ont été corrects, mais le village n'ignore pas d'où tu sors. Nous avons avoué le minimum : commotion cérébrale consécutive à un accident d'auto. Cela ne met en cause ni ton avenir ni celui de ta sœur. Du reste, tu ne resteras ici que deux jours, avant de rejoindre ton poste, à Gené. De cette façon, personne n'aura envie de jaser.

Arthur eut du mal à reconnaître la maison. Des meubles neufs garnissaient les pièces. Dans ce décor inattendu, son père et sa sœur lui firent soudain l'effet d'étrangers.

— J'ai déménagé mon mobilier, disait le magistrat, celui-ci appartient à ta sœur et à ton futur beau-frère, qui vont s'installer à Tiercé. Henri Broyal sort de l'Agro : il est donc tout désigné pour gérer le domaine, dont il compte faire une exploitation moderne.

Ainsi, après avoir attendu la dernière minute pour le mettre au courant de ces décisions familiales, on les lui servait d'un seul coup, en bloc, sans tenir compte de son opinion. Certes, quatre ans d'indifférence lui interdisaient de protester, de faire remarquer qu'il était l'aîné. Le jeune homme n'avait d'ailleurs jamais eu la moindre intention de revendiquer cette qualité, ni de se muer en gentleman-farmer. Mais oubliant ses goûts — et ses fautes — Arthur songeait aigrement à ses droits. Il n'en voulait pas à Roberte, gamine bien manœuvrée; ni même à son père, manœuvré, lui, par ses préjugés. Mais il détestait d'instinct l' " usurpateur ", qui avait raflé la confiance et l'affection dues, selon lui, au fils de la maison.

Il s'agissait pourtant d'un excellent garçon, un peu rond, un peu fade, mais riche de bonnes intentions. Il survint à bicyclette à l'instant même où Arthur constatait avec dépit que trois hortensias, jadis plantés de sa main, avaient été arrachés.

— Ils ont gelé cet hiver, avoua sa sœur. Henri m'a donné ces fuchsias bicolores, pour les remplacer.

— Espèce très rare, précisa le nouvel arrivant... Mais vous me voyez sincèrement heureux de faire enfin votre connaissance.

Cet " enfin " vexait Arthur qui tendit une main molle et s'éloigna vivement pour ne pas voir Roberte embrasser son fiancé.

— Attrape ça! maugréa-t-il un peu plus loin en allongeant traîtreusement un coup de pied au chien, acheté depuis deux ans pour empêcher un rôdeur éventuel de rééditer ses propres exploits.

— Pauvre garçon, il est gêné! murmurait sa sœur. Il faudra l'entourer d'attentions.

Dangereux programme, aussitôt appliqué! Pendant deux jours, Arthur fut en butte à l'inépuisable sollicitude du couple. Roberte et Henri évitaient l'allusion la moins transparente, lui souriaient de tous les côtés, lui prodiguaient en fait de discours tout ce que la langue a créé de plus sirupeux. Ses moues, ses reparties, ses sautes d'humeur furent ignorées, noyées dans la candeur. "Ma parole! pensait le jeune homme, on me disait jadis que j'étais épineux comme une châtaigne, mais ils sont en train de faire de moi un marron glacé."

Son père se montrait d'ailleurs beaucoup moins diplomate. Aux liqueurs, le magistrat, toujours faible envers le calvados, ne manquait pas de dire :

— Rien qu'une goutte, pour Arthur.

Et le soir, sur le coup de neuf heures :

— Mon garçon, va te coucher. Veiller ne te vaut rien.

Affection huileuse d'un côté, coups de lime bien intentionnés de l'autre : on lui faisait une vie de moteur fatigué, quand il aurait eu besoin d'un bon décalaminage de l'esprit. L'épiderme d'Arthur ne supportait ni les onctions écœurantes d'une tendresse apeurée ni les frictions de la maladresse. A l'asile il s'était accoutumé à une neutralité plus exacte. Silence, régularité inflexible des horaires, monotonie participent à la nature de l'ouate, enrobent l'énervement. Exister suffit. Arthur, maintenant, au milieu des vivants, repris par la tentation de vivre — qui n'abandonne jamais son homme —, s'irritait de tout, se méfiait de tous, en général, et de lui-même, en particulier. Mal interprétés, les moindres mots, les moindres gestes l'exaspéraient. " Ouf! Je m'en vais demain, confiait-il à son oreiller, la veille de son départ. J'étouffe ici. Je ne peux vraiment plus vivre là où je suis précédé par ma réputation. Il faudra que je coupe les ponts, tôt ou tard, avec tous ceux qui savent ce qui m'est arrivé. Je ne supporterai pas longtemps ces clins d'yeux, ces fausses gentillesses, cette menue monnaie d'inquisition. Partons bien vite chez le fabricant-de-moutards en retraite. Et s'il est aussi embêtant, nous lui brûlerons la politesse. Seul, je me referai une vie nette et normale. "

*

CEPENDANT, le lendemain, serré contre sa sœur au fond de la voiture, notre chimérique écoutait bien sagement la suprême homélie paternelle. Après quarante minutes de vicinales aux horizons confidentiels, Gené était apparu : trente maisons enchevêtrées, recroquevillées sous leurs longs toits d'ardoise délavée, vaguement rangées autour d'une église trapue, comme une bande d'orphelines en pèlerine bleue autour d'une dame patronnesse. La C4 s'était rangée le long d'une de ces barrières blanches qui, dans l'Ouest, confèrent le titre de bourgeois et affichent, accessoirement, la couleur des idées du propriétaire.

— Mon enfant, disait le magistrat, je ne m'étends pas sur les motifs qui m'empêchent de te trouver un emploi plus reluisant. L'essentiel est que tu sois casé honorablement avant le mariage de ta sœur, auquel tu assisteras, bien entendu. Le docteur Simert, à qui je te confie, est un excellent homme que...

Arthur n'écoutait plus. *A qui je te confie*... Son père venait de se trahir. *Avant le mariage de ta sœur*... Autre aveu. Il avait fallu libérer Arthur, du moins sur le papier, pour permettre à Roberte d'exhiber à ses noces un garçon d'honneur visiblement sain d'esprit. Bonne réponse à d'éventuelles insinuations : " Mon fils ? Mais il est secrétaire d'un médecin bien connu !... Oui, oui, il a naguère été commotionné, mais un accident n'est pas une tare. " Arthur, l'oreille à peine chatouillée par les recommandations de son père, considérait haineusement la propriété du docteur Simert, bâtie un peu à l'écart du village, derrière l'inévitable pelouse. Un catalpa riche de fausses noix, deux tulipiers, quatre vernis du Japon, un cèdre argenté — tous arbres distingués — ombrageaient dédaigneusement un pâtis à l'herbe inégale. Quelques vaches rousses, de race imprécise, les pattes de devant empêtrées dans une pièce de bois, les pattes de derrière encombrées par le pis, s'y traînaient bucoliquement, laissant tomber bouse sur pré comme cire sur baux.

— ... Tu ne gagneras que cinq cents francs par mois, mais tu te constitueras une référence qui te permettra de trouver bientôt une meilleure situation, terminait le magistrat. Mais, nom d'une pipe! m'écoutes-tu?

A tout hasard, Arthur approuva. Robert Gérane, d'aussi méchante humeur que sa boîte de vitesses, remit sa voiture en marche, la poussa jusqu'au perron à petits coups d'accélérateur, bloqua, puis d'un pouce énorme, enfonça le klaxon. Celui-ci meugla longuement, intéressa les vaches qui tournèrent la tête. Enfin, au bout de cinq minutes, une vieille servante boiteuse consentit à montrer son nez.

— Le docteur, annonça-t-elle, ne sera point là avant dîner. Il est parti donner un coup de main à la sage-femme du pays, je ne sais plus dans quelle ferme.

— Zut! bougonna le magistrat. Je ne peux pourtant pas attendre : je dois m'arrêter au Lion-d'Angers.

Il hésita quelques secondes, puis se décida :

— Arthur, prends ta valise dans le coffre et porte-la dans le vestibule. Je vais griffonner un mot pour le docteur Simert. Sa bonne le lui remettra.

Le stylo de Robert Gérane ne daigna pas fonctionner. Son crayon plat, extirpé de l'étui d'argent, dut être retaillé. Le juge n'avait pas d'enveloppe et Roberte fouilla longuement dans son sac. Toutes ces manœuvres prirent du temps et quand Arthur sortit de la maison, les bras ballants, il vit très bien les deux billets de mille francs que son père glissait sous l'enveloppe. "Tiens, tiens ! Je viens travailler, paraît-il, et l'on paie secrètement ma pension... ce n'est donc pas un patron, mais un gardien que l'on me donne... Il n'y a rien de fait ! "

— Allons, mon petit, embrassons-nous. Tâche de te montrer convenable. Je te fais confiance une dernière fois.

" Je crois en effet que c'est la dernière fois ", pensait le jeune homme, offrant une joue à la moustache de son père et l'autre au rouge de sa sœur. Celle-ci lui tripota le menton, inquiète :

— Je n'aime pas ce sourire-là, fit-elle. Ce n'est pas celui des bons jours.

— Sois tranquille, ma chérie, répondit Arthur, d'une voix neutre.

Il se détourna sans attendre le départ de la C4. Sa résolution était prise. Il importait donc de savoir où la bonne allait déposer cette lettre. N'aurait-elle pas la fâcheuse idée de la garder sur elle? Arthur rentra, sur ses talons, la suivit pas à pas dans le hall, où flottait une forte odeur de prunes cuites, et sourit enfin quand il vit la vieille jeter l'enveloppe sur le plateau de cuivre réservé aux cartes de visite.

— Monsieur veut-il que je lui tienne compagnie?

Gérane se fit tout aimable :

— Mais non, ne vous dérangez pas. Je vais faire un tour en attendant le docteur Simert. Ne laissez pas brûler vos confitures.

— Vous avez le nez fin!... Mais n'allez pas au fond du jardin, du côté des abeilles. Elles aussi ont reniflé ma bassine : elles sont folles.

"*Elles aussi... folles, folles!* maugréait Gérane, dégringolant discrètement le perron, valise en main, lettre en poche. Je ne me laisserai certainement pas enfermer dans ta ruche. J'avais jadis une bonne vieille amie qui dans les pires contrariétés lançait des *miel!* pudiques.

Miel pour Simert! J'emporte mon linge et

deux mille francs, tout va très bien. Par prudence, ne prenons pas la route du Lion, mais celle de Segré. "

Le vert bouteille de ses prunelles parvenait à l'éclat de l'émeraude et l'exaltation — orfèvre du regard — en multipliait les facettes, en dispersait l'inquiétante lueur.

Il jubilait soudain. Une foi d'émigrant en marche vers la terre promise le poussait aux épaules, lui donnait l'impression d'avoir le vent dans le dos. La poussière convenait à ses souliers comme la poudre de riz au visage de Roberte. Ses pas s'accordaient à une sorte de rythme intérieur, lui donnaient un plaisir analogue à celui de la possession. Un camion le dépassa et le chauffeur, le voyant encombré d'une valise, lui cria : " Veux-tu monter, gars ? " Mais Arthur ne répondit pas et continua, torse bombé, tête haute, tirant des plans, monologuant, jusqu'à la gare. " Déjà ! " fit-il en l'apercevant. Le premier train en partance allait à Nantes : il le prit. Et bientôt, la chanson des boggies scanda son enthousiasme. " Tu t'en vas, tu t'en vas, tu t'en vas, tu t'en vas, disaient-ils. Tu es libre, tu es libre, tu es libre. " Ce train n'était qu'un tortillard du bocage, mais la fumée se couchait bien noire sur les champs, les poteaux défilaient, les fils télégraphiques montaient, descendaient, remontaient. A cette vitesse poussive

Arthur s'éloignait de tout, s'éloignait de tous, entraîné vers une ville, vers un but dont le plus précieux avantage était précisément qu'il ne les connût point.

Il n'avait même pas ouvert la lettre. A Nantes, seulement, où il arriva très tard, il se souvint que le prix du voyage avait épuisé son argent de poche. Il décacheta l'enveloppe, s'empara des billets, puis, s'approchant d'un réverbère, lut ces lignes, qui l'étonnèrent :

Cher Monsieur,

Je suis navré de ne pas vous trouver. Comme convenu je vous laisse mon fils. J'espère qu'il vous sera vraiment utile. Votre bien reconnaissant

ROBERT GÉRANE

P.-S. — Trouvez ci-joints les 2 000 francs que nous vous devons pour les ruchers installés à Tiercé par vos soins.

" Salaud! " essaya de murmurer le jeune homme à son intention. Il n'y parvint pas : son allégresse refusait de le déserter. Le vin avait été tiré trop tôt, mais de toute façon ne fallait-il pas le boire un jour? Arthur ne regrettait rien. Il voulut penser à son père, à sa sœur, crut ressentir un vague picotement des paupières, fit le geste de s'essuyer la caroncule. Mais déjà son émotion prenait la tangente, proclamait : " Je ne peux pas faire autrement. " Il refusait d'entendre l'écho de sa pensée qui rétorquait : " Tu ne peux *plus* faire autrement. D'ailleurs, tu ne veux pas le pouvoir. Et, qui pis est, tu ne peux pas le vouloir... " Non et non! Il était l'élu de la fatalité. Il repensa aux deux mille francs, gage suffisant de sécurité, jeta un " Bah! " farouche et s'enfonça dans l'ombre où s'épanouissait la flore hôtelière du néon.

X

Alerté par le docteur Simert, Robert Gérane avait immédiatement téléphoné à Salomon.

— Je pensais bien, fit ce dernier, qu'Arthur ne tarderait pas à faire une nouvelle sottise. Il s'agit pour lui d'effacer jusqu'au souvenir de son internement. Réaction regrettable, mais classique. Reste à savoir s'il veut seulement s'éloigner de ceux qui ont trop bonne mémoire ou piquer une tête dans l'aventure. A cet égard, la disparition de l'enveloppe m'inquiète un peu.

— Que me conseillez-vous? implora le juge.

— Laissez-le courir. Tâchez de connaître sa retraite et faites-le surveiller discrètement. Si un fait nouveau légitime l'action de la Préfecture, retéléphonez-moi. Pour l'instant, il me semble prudent de prévoir un conseil judiciaire.

Mais la police privée ne trouva rien. Pour se bien cacher, il n'est pas besoin d'aller bien loin :

il suffit de rompre avec tous les gens qui vous connaissent (c'est précisément le plus difficile). Encore une fois la vie d'Arthur devenait obscure pour les siens — et pour lui-même —, tombait dans l'un de ces "trous", que n'évitent point ses pareils et qui donnent à la géographie de leurs souvenirs l'allure d'une carte de lune.

Robert Gérane n'insista pas : il ne tenait pas tellement à ce que son fils fût réinterné au moment du mariage de sa fille. Par prudence, la date de la cérémonie fut avancée et, le lendemain même, le magistrat regagnait Paris. Seul désormais avec sa bonne, il vécut de longs mois dans l'attente du pire, redoutant le téléphone, les télégrammes et les lettres portant la mention urgente. Par diversion, il redoubla de zèle, devint un terrible éplucheur de dossiers. Sa lippe, ses moustaches teintes, ses mains déformées semaient la terreur parmi les jeunes avocats qui le saluaient respectueusement dans les couloirs du Palais et murmuraient derrière lui :

— Cette rosse-là se venge de son fils sur le dos de nos clients. Mais le gaillard se chargera bien de lui tirer les moustaches.

Or, ce ne fut point Arthur, mais Roberte qui lui donna d'abord de nouveaux sujets d'inquiétude. La jeune femme, qui se proclamait très heureuse, n'avait point tardé à se trouver enceinte. Le juge s'en réjouissait, pensant que le sang frais des Broyal n'aurait aucune peine à noyer les restes d'une hérédité fâcheuse. Cependant la grossesse de Roberte devint pénible, son caractère changea : les " envies " classiques de son état prirent l'importance de véritables lubies.

" Figurez-vous, écrivait son mari, que ma femme refuse énergiquement toute autre nourriture que des légumes ou des fruits. Depuis quelques jours elle a même décrété qu'elle ne mangerait plus que des pommes de terre. Elle ne reçoit personne, m'assure que son enfant ne vivra pas, fond en larmes ou éclate de rire au moindre motif. Carré me dit de ne pas m'inquiéter outre mesure. Chez certaines nerveuses, prétend-il, la grossesse déclenche des troubles provisoires. Il semble néanmoins redouter une " psychose puerpérale. "

Par la suite, l'état de Roberte parut s'améliorer. Elle franchit sans accident le cap du septième mois. Elle n'était plus qu'à trois semaines de son terme, lorsqu'un soir en rentrant du Palais Robert Gérane la trouva chez lui. Énorme, souriante, vautrée sur le tapis du salon, elle en découpait patiemment les motifs avec un ciseau à dentelle.

— Bonjour, mon petit papa, minauda-t-elle. Je m'ennuyais à Tiercé. Je suis venue te rejoindre. En attendant, tu vois, je m'occupe, je prépare un grand puzzle.

L'incohérence de ses propos était moins effrayante que la couleur de ses prunelles, dont mouraient les turquoises. Le juge la releva doucement, la prit dans ses bras.

— A quoi penses-tu, Roberte? Ton mari, ton enfant...

— Quel mari? Quel enfant?

Affolé, Robert Gérane fit coucher sa fille, courut télégraphier à son gendre. Celui-ci roulait déjà vers la capitale. Le lendemain matin, il trouvait son beau-père effondré au chevet de Roberte encore endormie. Dans la matinée, les deux hommes la transportèrent à l'hôpital Henri-Rousselle qui est, dans l'enceinte même de Sainte-Anne, un établissement psychiatrique libre, où l'on peut entrer et d'où l'on peut sortir sans formalités préfectorales. Malheureusement au bout de quinze jours Roberte n'avait recouvré aucune lucidité et la parturiente dut être dirigée sur la maternité spéciale des aliénées, où elle accoucha d'un enfant mort. Ses relevailles ne lui apportèrent point la guérison. Finalement, les siens durent bien consentir à un nouveau transfert qui conduisit la malade à l'asile de Vaucluse, près d'Épinay.

*

Dès lors, un dimanche sur deux, le magistrat sacrifiait son après-midi, prenait le train, descendait à Sainte-Geneviève-des-Bois, poussait à pied jusqu'à l'asile. Sous l'uniforme ou plutôt sous les hardes réglementaires, Roberte ressemblait à une orpheline. Elle reconnaissait son père, mais lui parlait sans chaleur, avec ce calme un peu lointain, cette indifférence qui rendent tragiques certains égarements. Sa mémoire ne semblait pas détruite, mais rétrécie, stoppée à l'âge de seize ans, encore qu'elle fît état de beaucoup de notions acquises ultérieurement. Reconstruisant la réalité sur le thème du pensionnat, elle se plaignait de la vulgarité de ses compagnes, de la rudesse des surveillantes et de " l'ineptie d'un système d'éducation où l'on se bornait à lui faire ourler des draps toute la journée ". Elle se préoccupait peu des siens, continuait à tenir son mari pour inexistant et souriait mollement quand son père y faisait allusion. Elle se fâcha même le jour où Robert Gérane se crut obligé d'amener son gendre.

— Je ne te vois pas si souvent : pourquoi viens-tu avec un étranger?

Consternés, Robert Gérane et Henri Broyal ne trouvèrent aucune consolation auprès du professeur Émeril, médecin chef.

— Croyez-vous, demandait le mari, que cette amnésie soit rapidement curable?

— Certainement pas. D'ailleurs il ne s'agit pas d'amnésie, mais de confusion. Les troubles dont souffre Mme Broyal sont assez complexes. On peut craindre la *démence précoce*. L'évolution de la maladie nous l'apprendra. L'électro-choc, recommandable dans certains états confuso-oniriques, n'a rien donné. Nous essaierons l'insuline.

*

Le juge n'était pas au bout de ses peines. Il payait cher cette négligence systématique des familles tarées, qui refusent obstinément de se considérer comme telles, qui s'accoutument si bien à leurs monstres qu'elles finissent par les trouver inoffensifs, qui les marient froidement avec l'espoir naïf de les caser dans la bonne santé d'autrui. L'affection surprend facilement la bonne foi : Robert Gérane ne se le pardonnait pas. " Mes enfants, pensait-il, sont un danger public. Il faut que je mette la main sur Arthur. Dieu sait de quoi le malheureux est capable! Même s'il se range, quel sort réservera-t-il à sa femme? De quel avorton me rendra-t-il grand-père? "

*

Enfin, pour la première fois depuis plus d'un an, Arthur fut signalé dans la région de Nantes. Un ami du magistrat affirmait l'avoir rencontré, affublé d'un tablier blanc, près de la grande grille de l'hôpital général. Interpellé, le jeune homme avait feint de ne pas le reconnaître et s'était rapidement éclipsé. Robert Gérane n'hésita pas : usant du *carnet vert*, il remplit au nom de son propre fils une fiche de renseignements individuels. Comme d'usage, elle lui revint dans les quarante-huit heures ainsi remplie :

Gérane Arthur Guillaume, fils de Robert et de Marie Hurlaud, né le 13 juin 1908 à Tiercé, Maine-et-Loire, entré à l'hôpital général de Nantes, rue Saint-Jacques en qualité d'infirmier auxiliaire le 3 août 1932. A brusquement quitté son emploi le 4 septembre 1933. Réputation professionnelle médiocre. Pas de liaison connue. Moralité satisfaisante. Rien au Sommier.

Évidemment Arthur avait quitté la place le jour même où il avait été reconnu. Les renseignements n'étaient pas brillants, mais ils n'étaient pas désastreux. Qu'Arthur, fils de magistrat et bachelier, en fût réduit à vider les pots de chambre, cela n'avait rien de plaisant! Tout de même, il s'agissait d'un emploi, tenu depuis plus d'un an. Le paysan qui sommeillait en Robert Gérane estimait que tout travail peut ressusciter son homme. Son anxiété, soumise au régime de la douche écossaise, se détendit. Roberte était sans doute beaucoup plus atteinte qu'Arthur. Un déséquilibre n'est pas une démence et semble à première vue curable. La vie traite de tels malades en les maltraitant.

Hélas! cet optimisme fut de courte durée. A la fin d'octobre parvenait à Paris une lettre du procureur de Nantes, qui avait été le collègue de Robert Gérane à Laval.

Mon cher ami,

Votre fils Arthur, ayant " perdu son portefeuille ", m'a récemment prié de lui prêter un billet de mille. J'avais envie de refuser, mais il semblait si misérable que je lui ai avancé cinq cents francs. Bien entendu, je ne l'ai plus revu...

Le juge remboursa la somme, mais perdit ses brèves illusions. Quelques jours après, il était convoqué à Vaucluse par le professeur Émeril, qui lui avoua :

— Votre fille ne va pas du tout. Elle reste maintenant immobile et prostrée, avec de brusques bouffées délirantes. L'amaigrissement progressif de la malade, la stupeur qui la gagne sont des indices inquiétants. Je crains une évolution vers la forme catatonique de la démence précoce. L'insuline n'a pas plus réussi que l'électro-choc. Reste bien, en désespoir de cause, l'opération que nous appelons *leucotomie préfrontale*. Mais il s'agit d'une intervention grave, encore incertaine et que nous ne pratiquons d'ailleurs pas ici.

— Puis-je voir Roberte ? répondit simplement le magistrat.

— Ce n'est pas jour de visite : je vous y autorise à titre exceptionnel. On va vous conduire dans le service, car il n'est plus question de vous l'amener au parloir. Toutefois, je vous avertis : vous risquez une déception assez cruelle.

Effectivement, Roberte ne reconnut pas son père. Ses yeux donnaient l'impression d'avoir été javellisés : elle ne les détourna même pas et continua à regarder fixement le plafond. Sa tignasse rousse flambait encore sur le traversin, mais ses mains, ses joues, le sein qu'elle laissait jaillir de l'échancrure de sa chemise et que l'amaigrissement transformait en pis de chèvre, ses longues cuisses nues et repliées en épingle à cheveux semblaient pétris dans la cire odieuse de certains musées. Autour d'elle, les draps bouillonnaient comme de l'écume sale. Une forte odeur d'urine montait de l'alèse.

— Elle ne se sent plus, confirma l'infirmière, indifférente et nette.

Robert Gérane se détourna, moustaches et cils frémissants. Son regard erra à travers la salle, dont l'idiote traditionnelle épongeait le plancher, se posa sur quelques lits meublés d'impudeurs flasques, puis se recroquevilla vivement sous la paupière.

— Je vous remercie, madame, je vous remercie.
Sans embrasser sa fille, il s'enfuit.

*

Complice de cette déchéance, le calendrier s'effeuilla. Roberte s'enfonça lentement dans le gâtisme. Omniprésent mais toujours insaisissable, Arthur se mit à taper tous les amis de la famille. De nouvelles réclamations parvinrent d'Angers, de Rennes, de Nantes et même de Tiercé. Le curé du village, entrepris par le jeune homme qui, manifestement aux abois, perdait toute prudence, réussit à le boucler dans sa sacristie; mais Arthur se sauva par la fenêtre, tandis que le prêtre alertait son beau-frère.

Puis, de nouveau, l'on perdit sa trace. Il avait dû se rendre compte que le jeu devenait dangereux, qu'il n'avait plus rien à tirer de personne. Peut-être avait-il repris un emploi. Peut-être aussi s'était-il lancé de la mendicité dans le vol. Tremblant pour sa situation, le juge en arrivait à souhaiter pour son fils quelque maladie ou quelque accident qui l'obligeât à recourir aux siens. La Providence, qui apprécie souvent de telles prières, allait l'exaucer.

Un beau matin, en ouvrant son journal, Robert Gérane tomba nez à nez avec son fils qui avait les honneurs de *la une*. Le jeune homme n'avait pas cherché à dissimuler son visage devant l'objectif : il semblait au contraire tirer quelque fierté de son œil poché et de l'article qui relatait son dernier exploit :

Bagarre a la Bastille.

Hier soir, 29 août, vers minuit, deux agents cyclistes découvraient un homme endormi sur un banc du boulevard Richard-Lenoir. Interpellé, l'inconnu se sauva à toutes jambes. Poursuivi et rejoint dans un café où il s'était réfugié, il saisit une bouteille sur le comptoir et blessa sérieusement à la tête l'un des gardiens de la paix. Enfin maîtrisé et emmené au poste, il a déclaré se nommer Arthur Gérane, vingt-six ans, sans profession ni domicile fixe. Le forcené, qui n'était pas ivre mais qui ne semble pas jouir de toutes ses facultés mentales, a été envoyé au Dépôt.

Contrairement à toute prévision, le juge ne s'effondra pas. Certes, il avait un fond de romantisme bourgeois, qui lui fit murmurer : " L'apoplexie sauve bien des situations. Pourquoi ne suis-je pas tombé raide ? " Mais son attitude de père outragé trouva une plus juste expression dans cette seconde remarque : " Mon fils arrêté dans la Seine, passible du tribunal même où j'exerce... cette fois, je n'y coupe pas. Démission obligatoire, si je ne parviens pas à le faire réinterner ! " Enfin la critique professionnelle reprit le dessus : " Quel délit stupide ! Arthur pouvait faire beaucoup mieux. " Dans son trouble, il ne s'aperçut pas de ce que cette phrase avait de cocasse. Depuis quelque temps d'ailleurs, il tombait (à l'usage des siens seulement) dans cette fausse indulgence qu'alimente la lassitude. Évolution courante : la jeune femme, qu'épouvantait une chiure de mouche, plonge allégrement les mains dans la crotte de bébé. Le censeur le plus rigide, contraint par ses enfants à mettre le nez dans l'immoralité, n'en renifle bientôt plus toute l'odeur.

Il fallait faire vite. Robert Gérane, juge, tira la solide montre d'acier de Robert Gérane, fermier. Onze heures, affirmait cette centenaire. Il avait le temps de toucher un avocat avant midi. Après le déjeuner, il s'arrangerait pour retarder ses propres audiences et se glisser dans le cabinet du collègue chargé de l'affaire. A cette idée, la honte lui rendit des couleurs, le jeta vers la photo d'Arthur, campée sur son bureau.

— Tu serais bien mieux dans un asile, vagabond ! Comment ne t'en aperçois-tu pas toi-même ? Comment peux-tu défendre avec tant de rage une liberté misérable ?

XI

Arthur se confie à un codétenu qu'il connaît depuis un quart d'heure. Sans craindre la contradiction qu'administre l'état de ses hardes, il invente noblement :

— Quelle malchance! J'avais près d'un million sur moi; i'allais quitter l'hôtel, filer dans le Midi. Si je n'avais pas perdu cinq minutes à refaire ma raie, les poulets arrivaient trop tard. Une raie d'un million, tu te rends compte!

L'autre hoche la tête, suce son mégot, écoute une nouvelle histoire. Ils sont vingt dans un espace de dix mètres carrés. Descendu du panier à salade qui collecte les inculpés dans les différents commissariats, Arthur vient de faire connaissance avec l'une des cellules d'attente qui s'ouvrent derrière les colonnes carrées de la grande salle du Dépôt. Il attend son tour de passer devant le juge de service. Déjà fouillé par les agents du " car ", il vient de subir une seconde inspection de ses poches

et de ses doublures. Comme à l'asile, on lui a enlevé
ses lacets, sa cravate, sa ceinture, mais laissé son
portefeuille et son porte-cigarettes, d'ailleurs vides.
Maintenant, il étouffe dans ce réduit prévu jadis
pour un seul détenu et meublé d'une étroite banquette
où les hommes s'assoient à tour de rôle.
Dans l'ombre grouille la faune habituelle, le brelan
de récidivistes qui s'interpellent presque joyeusement;
le bon bougre qui s'est fait ramasser pour
bris de glace et se fout royalement d'une si mince
affaire; le distingué monsieur qui, la veille encore,
portait une serviette bourrée de valeurs illusoires
et qui s'isole dans un coin en éternuant de dépit
et de dégoût; le petit gars de Ménilmontant qui
a fauché un vélo; l'interdit de séjour, cueilli pour
la n^e fois dans son bistrot favori; l'accablé, le type
qui a eu des malheurs, le type qui n'en revient
pas et qui lit avec effarement sur les murs crasseux
l'histoire plus crasseuse encore des abonnés aux
menottes. *Bébert, des Buttes-Chaumont, tombé le
6-5-28 pour casse* Ou encore : *Roger, pour sa trique,
17-4-32.* Graffiti cocasses, résignés, obscènes. Aveux
inconscients qui ont tant intéressé les pontifes
de l'école de Lombroso. Citations à l'ordre des
franches compagnies. *Murs, papier de la canaille.*

Tout est nouveau pour Arthur, qui joue au dur,
cherche un auditoire, se compose une légende digne
du lieu. En réalité, il n'est rien moins que rassuré :

son estomac subit cette crampe particulière qui prépare fort heureusement les arrivants au menu spartiate des prisons, en leur procurant l'illusion de ne pas avoir faim.

De temps en temps, le guichet s'ouvre. L'*auxi*, un de ces gars condamnés à huit ou quinze jours en *flagrant délit*, montre son nez, crie : " A la flotte! ", puis tend un quart à moitié plein. Les moins dégoûtés boivent tout de suite. Les autres ronchonnent, en disent long sur l'hygiène pénitentiaire, mais finalement s'approchent : si l'on n'a pas faim au lendemain d'une arrestation, on a presque toujours très soif. L'eau coule dans l'œsophage, tiédasse, vaguement parfumée à la rouille ou au restant de bouillon de chou oublié dans le broc. C'est de l'eau quand même, potable puisque l'étiquette émaillée du robinet l'affirme; ça vous dissout derrière la luette ces mucosités que reniflent sournoisement l'émotion, la peur et peut-être le regret.

Au bout de plusieurs heures d'attente — là aussi, le temps ne compte plus —, des talons ébranlent les dalles.

— Les *cipaux*. fait un habitué.

La porte s'ouvre. " Dufarret! " braille une voix. Arthur aperçoit un garde, bien sanglé, placide, jouant avec une chaînette. Dès lors, de cinq minutes en cinq minutes, la cellule va perdre un locataire. Un va-et-vient continuel brasse les détenus, qui descendent vers les souterrains ou qui en remontent, leur mandat d'arrêt transformé en mandat de dépôt.

— Gérane... ou Cérane, crie-t-on enfin.

Arthur offre son poignet droit, comme il l'a vu faire à d'autres : geste négligent tout à fait "en avant, mademoiselle, pour la pavane"! Le municipal assujettit la chaînette, fait un tour de sécurité qui imprime les maillons dans la peau d'Arthur et le remorque silencieusement dans le dédale des couloirs, frais et suintants, qui font communiquer le Dépôt avec les divers services du palais. Un tour à droite, deux tours à gauche, embranchements évités, portes condamnées, marches, dénivellations... Gérane se sent écrasé par un poids prodigieux de temps et de pierre.

— Où allons-nous? s'informe-t-il poliment.
— Tu le verras bien.

Arthur est mal tombé. Il y a deux races de municipaux : les nonchalants, toujours en retard d'un pas et qui tiennent mollement la chaînette; les rogues, qui entraînent le client en direction de l'abattoir rouge des simarres et qui méritent l'apostrophe célèbre : "Ici, c'est la vache qui tient la longe!" Arthur n'insiste pas, se laisse étirer le grand palmaire, trébuche deux ou trois fois sans mot dire. Enfin voici la salle du petit parquet où bourdonne le public. Le couple, toujours siamois, s'assied sur la banquette, face à la porte du magistrat et attend la sortie de la fournée précédente, qui ne tarde pas.

— A qui le tour? grasseye l'huissier.

— Gérane Arthur, crie le garde en tendant une fiche blanche.

Le jeune homme repère deux crânes lisses, arrosés de lumière verdâtre par la très haute fenêtre et penchés sur deux bureaux surchargés de dossiers multicolores. Un greffier marmonne à toute vitesse :

— Gérane Arthur, vingt-six ans. Vous êtes inculpé de coups et blessures, rébellion et vagabondage. Vous maintenez votre déposition. Oui?... Bon... Signez-la.

Le garde enlève la chaînette. Arthur signe.

— Voici la copie de votre *mandat de dépôt*. Ne l'égarez pas. Vous pouvez disposer.

La chaînette incontinent retrouve son poignet.

— C'est fini, grogne le garde. Dépêchons-nous.

Retour au dépôt. Le municipal, qui a pris Arthur en consigne, s'en fait donner décharge. Un gardien en blouse grise pousse Gérane dans une nouvelle cellule d'attente, également surpeuplée, où il retrouve deux ou trois occupants de la précédente, mêlés à d'autres qui sont tous bons pour la Santé. Une demi-heure passe. Puis la porte s'ouvre, toute grande cette fois. L'homme à la blouse brandit une liste, gueule des noms, les coche au fur et à mesure. Une file se forme, dont Arthur fait partie. Elle est aussitôt encadrée par une douzaine de municipaux qui attendaient, flegmatiques, jambes écartées, bras croisés, képi et cigarette de travers.

— Anthropométrie, murmurent les initiés.

La colonne s'ébranle, enfile un bout de couloir, puis s'engage dans l'étroit, l'interminable colimaçon de la Tour-Pointue, qui mène aux services d'identification. Des rigolos comptent les marches. La cohorte débouche finalement dans une pièce carrée, divisée en boxes, analogue à un vestiaire de terrain de jeux.

— A poil jusqu'à la ceinture! Ceux qui sont déjà venus, à gauche. Les primaires, à droite. Enlevez aussi vos souliers.

Arthur, qui fait partie de la seconde catégorie — de beaucoup la moins nombreuse — a droit au grand jeu. Les autres ne sont là que pour contrôle, examen rapide des empreintes, enregistrement des nouveaux tatouages. En vain certains d'entre eux se sont-ils poncé le bout des doigts sur le ciment des cellules : ils seront infailliblement reconnus. On échappe parfois à son destin, mais jamais à ses fiches.

Les hommes se déshabillent. Bien entendu, il n'y a pas assez de patères. La moitié des torses sont illustrés : généralement avec un goût déplorable. Un voilier, qui cingle sur le dos d'un Annamite, est l'objet d'appréciations flatteuses. Brouhaha. " Vos gueules, nom de Dieu! " répètent les municipaux. On entend à peine les noms que glapit un maigre bonhomme en blouse grise. Celui de l'honorable magistrat est enfin prononcé : Arthur se laisse entraîner dans une pièce carrée, très sombre, où griffonnent quelques bureaucrates qui sont à leur manière de vertigineux techniciens.

— Ton mandat de dépôt! réclame l'un d'eux qui saisit, consulte et rend à Gérane ce bout de papier bulle qui sert de pièce d'identité à tout détenu. Arthur reçoit son carton de contrôle, qu'il doit immédiatement authentifier du bout de l'index et qui l'accompagnera jusqu'au dernier bureau. La fameuse *fiche signalétique* apparaît, enregistre toutes les précisions d'état civil et le premier chef d'inculpation. " J'ai du pain sur la planche ", constate Arthur, apercevant sous la mention " coups et blessures, 29-8-34 " onze lignes de pointillé. Poussé dans une autre salle, plus claire, encombrée d'appareils et dont les murs sont garnis jusqu'au plafond de casiers poussiéreux, Gérane passe sous la toise, monte sur la bascule. Il pourrait se croire au conseil de revision. Mais voilà que s'approche et s'empare de lui un jeune homme suave, en blouse blanche, armé d'instruments singuliers. Tour de poitrine, longueur des mains et des avant-bras, largeur du front, des sourcils, du menton, de l'occiput, des épaules... compas, réglettes et pinces graduées voltigent autour du délinquant. L'inspecteur dicte à toute vitesse à un collègue qui complète la fiche. Voyons les oreilles : description des bordures, du pavillon, du tragus, de l'hélix, du lobule, de la conque. Voyons les dents : une molaire plombée, une œillère ébréchée. Voyons les yeux : dix phrases au moins sont nécessaires pour décrire ceux d'Arthur, qui n'en revient pas. Il les croyait verts, tout bonnement; il apprend qu'une prunelle a un bord interne, un bord externe, de nuances différentes, et une zone médiane, complexe, moins foncée, riche de fibrilles, de points, de lacunes. Voyons les signes particuliers : cicatrices d'abord. Gérane en est prodigue depuis son accident. "Pas de tatouages", annonce l'explorateur des peaux. Le petit carton blanc, qui a tout noté, tout résumé au moyen d'abréviations inintelligibles pour les profanes, doit avoir fait son plein. Erreur! Ce point bleu à la base de l'auriculaire, souvenir d'un geste maladroit de l'écolier qui s'enfonça une plume dans la paume, ce point bleu est indélébile. Ces éphélides dont nul visage n'est exempt, ces grains de beauté, à telle distance de la commissure des lèvres ou de l'aile du nez, valent d'être retenus.

Troisième pièce : établissement de la fiche dactyloscopique. Le rouleau encreur se balade inlassablement sur la plaque de cuivre. Le préposé saisit les doigts d'Arthur en lui recommandant de ne pas les raidir, les dépose dans la case attitrée, les roule à gauche, les roule à droite. La dizaine épuisée, il exige la main entière, la serre, l'aplatit, l'encre jusqu'aux rascettes, l'imprime au verso. " Essuie-toi ", conclut-il en montrant la serviette qui pend à un clou, innommable.

Quatrième et dernière épreuve : la photo. Gérane rend son carton de contrôle, qui sera photographié en même temps que lui, prend place sur la chaise métallique, colle la nuque à l'appuie-tête. Deux projecteurs le mitraillent de lumière bleue. Déclic pour l'épreuve de face : le siège fait automatiquement un quart de tour. Second déclic pour le profil et nouveau changement de cap. Troisième déclic pour le trois quarts. Arthur cille éperdument, essaie de sourire. Il a bien souvent entendu dire à son père que la photographie est le moyen d'identification le plus répandu, mais le moins convaincant : on ne supprime pas impunément une des trois dimensions de la ressemblance. Mal lavé, décravaté, hirsute, pommelé de *cocards*, il ne saurait fournir qu'une tête de gangster.

— Une belle bille de clochard! rectifie l'opérateur, qui ajoute : Va te refringuer.

Ce tutoiement, qui marque l'intimité du mépris,

hérisse Gérane. Il regagne son box, enfile rageusement sa chemise pour cacher cette peau numérotée, cette peau qu'il ne pourra jamais plus dépouiller. Que n'a-t-il des gants pour enfouir ses doigts, ces traîtres qui ont signé malgré lui la seule signature qui ne puisse ni se refuser ni s'imiter! Mais le brigadier rassemble son monde. Il faut descendre, subir un nouveau pointage, échouer dans une troisième cellule d'attente, accepter par courtoisie la " touche " que propose un voisin, bon-petit-cœur de Belleville qui offre à tous un dernier mégot enduit de vingt salives différentes.

Enfin la sonnerie rituelle annonce l'arrivée du premier panier. Repointage. Formation en colonne par deux. La grande porte de la cour s'ouvre largement, découvrant l'arrière de la voiture cellulaire qui a reculé au ras des trois marches. Les hommes montent, en criant leur nom. Par économie de temps, de place et d'essence, le garde convoyeur fait entrer deux détenus dans chaque logette, tasse cette viande en forçant le portillon de fer.

— As-tu les papiers? crie le brigadier au chauffeur, car le panier sert aussi de courrier entre le Palais et la Santé.

La voiture démarre, manœuvre, s'engage sur le pont Saint-Michel. Impossible de rien voir à travers l'étroite bande de verre dépoli qui sert de lucarne. Gérane, plaqué sur les cloisons dans les virages, identifie tant bien que mal la place de l'Observatoire, la rue de la Santé. Son compagnon se tait obstinément, louche sur ses loques. Heureusement le trajet n'est pas long. Déjà, la cellulaire passe sous la voûte, s'accote au perron. On entend tomber l'escalier mobile. Les portillons s'ouvrent un à un.

— Vos mandats de dépôt à la main! hurle le surveillant de faction à la porte qui, lui aussi, réclame les noms, les pointe sur sa liste.

La cohue, à grand renfort de bourrades, est alors poussée dans de nouvelles cellules d'attente où la compression atteint son maximum. "Nous n'en finirons jamais, halète Gérane. Encagé, passe encore! Encaqué, ça ne va plus." Au bout de vingt minutes, une première fournée est admise au greffe : par chance, il est du nombre.

La pièce est immense, très longue, séparée en deux par une balustrade. D'un côté, trônent les commis greffiers, avachis sur leurs registres où leur plume court à toute vitesse. Ils sont cinq, dont trois maigres et deux gras. Le galon d'or cerclant la manche, toutes médailles dehors, la lippe studieuse, l'oreille susceptible, ils se passent les arrivants qui défilent un à un devant eux, raides et tête nue. Gérane regarde avec effroi les gros livres d'écrou qui s'étagent contre les murs, année par année, comme dans la salle des archives d'une mairie. "Formalités pour le divorce d'avec la liberté", lui souffle son imagination. "Non, simple séparation de corps", proteste sa jeunesse. Mais son tour est venu : Arthur se laisse happer par l'engrenage.

— Nom, prénoms, profession, adresse, nom et prénoms du père et de la mère! réclame le premier greffier.

— Argent et bijoux, sauf les alliances, exige le second qui inscrit "métal jaune" ou "métal blanc", les seuls que l'administration connaisse.

— Avez-vous déjà été condamné? Quand? Où? Par qui? A combien? Pourquoi? s'enquiert le troisième.

— Posez votre pouce ici, commande le quatrième.

— Degré d'instruction?... Culte?... Nom et adresse de votre avocat?... Maladies contagieuses à déclarer?... débite le cinquième.

Tous ces renseignements sont arrachés, bout par bout, comme on vide un poulet. Ces aruspices semblent flairer une bonne petite odeur de scandale. Ils s'interpellent. Un gros rire gargouille sous leur moustache.

— Tu es le fils du juge d'instruction?... Bravo! ton père est celui qui nous envoie le plus de clients... Allez, ouste! Va les rejoindre.

Ahuri, Arthur se retrouve dans un petit paquet

d'hommes que pilote un gardien très jeune; un stagiaire sans doute, car il est en civil et ne porte même pas la casquette plate de type américain, mais un vieux képi à visière fendillée. " Par ici, messieurs ! " fait-il avec une telle candeur que les chevaux de retour la prennent pour de l'ironie. Néanmoins, Arthur flageole : pour la première fois, il vient d'apercevoir *du dedans* l'enceinte de onze mètres et les perspectives du chemin de ronde, plus rigoureuses que des épures. La première grille monumentale, dont les barreaux ont l'épaisseur d'un baliveau, vient renforcer l'impression. Une force inconnue lui comprime les côtes : la pesanteur horizontale de l'angoisse. Une autre force lui écrase la plante des pieds : la pesanteur verticale de la honte. Une nette envie de vomir lui soulève l'estomac quand apparaît, peint en noir au-dessus de la porte ronde de la prison proprement dite, le mot DÉTENTION.

— A la file indienne ! grince un nouveau surveillant.

Les arrivants débouchent dans le rond-point. Fraîcheur épaisse, silence à couper au couteau, climat de ciment. Double pointage à voix basse. Le scribouillard de la rotonde ne manque pas de réclamer l'éternel mandat de dépôt. Arthur reprend le sien, adorné d'un énorme 14-39. Puis le brigadier s'en mêle :

— Nom, prénoms, profession... (voir plus haut)?

C'est un géant roux, au faciès vultueux, qui se gargarise avec sa salive et tire continuellement son mouchoir pour éponger sur son front une sueur absente. Il conclut aimablement :

— Allez vous laver le cul.

D'autres formalités toutefois précèdent la douche. Gérane pénètre dans l'antre du fouilleur, qu'assistent un gardien et un auxiliaire en droguet marron. " A poil. Mets tes affaires en tas ", lui intime ce dernier. Arthur obtempère et grelotte longuement sur place. Un des gardiens daigne enfin s'approcher, lui fait ouvrir la bouche, lorgne le creux des oreilles, la raie des fesses, le dessous des bras. Puis il commence à trier les effets, les épluche, les froisse, retourne les poches, dépose sur la table ce qui n'a pas cours dans une cellule, c'est-à-dire à peu près tout. Le fouilleur, d'une écriture laborieuse, établit l'inventaire, le signe et réclame le paraphe d'Arthur, toujours nu.

— Passe de l'autre côté, conclut-il, en ouvrant une porte.

— Par ici! précise un nouvel auxiliaire, qui émerge de la buée et reçoit de son collègue les vêtements de Gérane.

Il s'agit d'une douche de principe : les pommes ne pissent que trois gouttes. L'affluence oblige le doucheur à pousser trois arrivants dans le même compartiment. Très vite, la pression tombe à zéro. Chacun se rhabille après s'être essuyé à la diable.

Les formalités continuent. Station devant l'auxiliaire-linger qui distribue une serviette, un mouchoir à carreaux et deux draps. Station devant l'auxiliaire du matériel qui tend un quart et une cuiller de fer, jadis étamés. Station devant l'auxiliaire-panetier qui répartit les *boules*.

— Une chance que nous ayons pris le premier panier, opine un voisin. Nous arrivons avant la *fermeture* : nous pourrons coucher en cellule. Où crèches-tu, toi ?

— Comment veux-tu que je le sache? s'étonne Gérane.

— Regarde ton mandat de dépôt... 14-39 : le petit veinard! Il va au *quartier haut*. Moi, je reste au *quartier bas* dans une *triplée*.

La file indienne s'est reformée, revient au rond-point. Appel. Pointage. Les locataires du quartier haut franchissent la porte à deux battants qui donne dans le large couloir des parloirs, garni de ses logettes à double treillage. Voici la seconde grille monumentale, fermée de nuit. Voici l'escalier de pierre aux marches usées par des milliers de talons. La sonnerie de contrôle retentit, tandis que s'allume une lampe rouge à feux oscillants. Gérane stoppe devant la petite rotonde. Nouvel interrogatoire, nouvel examen du mandat de dépôt.

— Prenez vos gamelles, ordonne le chef de poste.

Un auxiliaire, plus rogue que lui, offre des gamelles qu'un radiateur maintenait tiédasses. Arthur prend la sienne, s'aperçoit que ses camarades s'égaillent et reste sur place, indécis.

— A votre cellule! braille le chef. La 14-39 est au fond de la galerie, au premier, à gauche.

Après tous ces contrôles, ces pas comptés, ces cheminements stricts, Gérane s'étonne de pouvoir faire cinquante mètres sans être accompagné. Il se rend vaguement compte que les surveillants lorgnent de loin sa progression vers la quatorzième. Il va doucettement, pour crâner. Mais il regarde, avec plus de crainte que d'intérêt, cette architecture singulière, creuse en quelque sorte, ces trois étages de balcons intérieurs éclairés de très haut par la verrière et dont les rampes servent de rails aux chariots de distribution, ainsi suspendus dans le vide. Un nombre prodigieux de portes exige la comparaison avec la ruche et Gérane imagine la justice sous la forme d'une reine d'abeilles qui pond intarissablement des mandats de dépôt. Le voici qui grimpe au premier, interviewe les plaquettes émaillées, se penche, renifle l'invincible odeur de chou, s'arrête devant la 39. Les draps sur le bras gauche, la gamelle dans la main droite, il attend que le gardien d'étage veuille bien se déplacer. Enfin celui-ci s'approche, nonchalant, faisant tinter sa clef contre la balustrade, considère l'arrivant du haut de son mégot, lui tâte les poches et réclame, pour le principe, son mandat.

— *Primaire*, ricane-t-il. Je te souhaite bien du plaisir, tout seul.

Coup de clef : toutes les clefs du monde font le même bruit. Arthur n'y fait pas attention et se retrouve dans une cellule de 4 sur 4, nantie d'étroites lucarnes jumelées, d'un lit et d'une table à charnières relevés contre la paroi. Une chaise trapue est enchaînée au plancher qui a la prétention d'être ciré. La tinette de porcelaine jaunâtre bâille, encastrée dans le coin gauche, côté galerie : un anneau permet de déclencher la chasse d'eau, située à l'extérieur. Une immense affiche préside au silence : elle s'appelle R-È-G-L-E-M-E-N-T. Malgré l'article dudit règlement qui interdit cette gymnastique, Gérane se hisse à la force des poignets jusqu'aux barreaux. Il n'aperçoit que la grande horloge, bloquée depuis longtemps à onze heures moins cinq pour ne pas renseigner les amateurs d'évasion, et l'enchevêtrement de murettes qui subdivise la grande cour.

— Zut! grogne-t-il, je ne suis pas du côté du boulevard Arago.

La fermeture n'est pas encore sonnée, mais le prisonnier ignore qu'on doit l'attendre pour se coucher. Il a la tête cassée, bourdonnante. La pitance à peine flairée passe dans la tinette. Le lit, décroché, tombe sur le parquet avec un grand bruit de ferraille. Gérane déploie les draps rugueux, les couvertures rapiécées, se déshabille et s'assoupit aussitôt. A plusieurs reprises, il sera réveillé par le tintamarre des sortants, par la sonnerie tardive du dernier panier. Puis il n'entendra plus que le chicotement des souris qui font l'amour sous les lattes du parquet, le chuintement interminable des chasses d'eau, le pas lourd des veilleurs dont les prunelles se rivent aux œilletons. A mi-distance du rêve et de la réalité, il murmurera en se retournant sur le côté gauche : " Quoi ! Je croyais pourtant bien être sorti de Sainte-Gemmes. "

Erreur ! Il n'en est jamais sorti. La bouche rouillée des serrures paraphrase pour lui le verset : *Les murs sont avant tout tes murs. Ils peuvent reculer devant tes pas, mais ta liberté même reste une enceinte, si tu ne sors pas de toi-même.*

XII

Pour la vingtième fois, le soleil, se hissant par-dessus les toits de la détention, venait de projeter sur la cloison l'ombre des barreaux. Arthur, qui tournait en rond, considéra sans aménité ce symbole lumineux. " De quoi Mahomet se mêle-t-il? Je le sais bien, maugréa-t-il, que je suis en cage! Le plus étonnant, c'est que je m'y retrouve comme chez moi. On dirait que depuis deux ans je n'ai pas vécu, que je suis seulement allé voir un film un peu long, joué par un type qui me ressemble. Un film idiot, d'ailleurs... "

Il éprouvait l'impression singulière d'être *rentré dans le temps*. Dans ce temps mort, insensible, cadencé par l'horaire de la discipline. Dans ce temps sec en dehors duquel il n'y avait pour lui que l'incohérence vivante de sa liberté ou, si l'on veut, sa merveilleuse insouciance à l'égard des pendules.

Il continuait à tourner, les bras croisés, remontant sans cesse son pantalon, veuf de ceinture. " C'est pourtant vrai, reprit-il, je suis en prison. " Il tâta les murs, couverts de calendriers cochés jour à jour par d'ineffables patiences. A quoi bon tenir le sien? Nulle date, même lointaine, ne s'offrait à lui. Soudain, il se rendait compte. Une chose est de savoir, une autre de concevoir, surtout pour un Gérane. La mécanique de ses pas devint précise. Arthur se découvrait, tel le flâneur devant la panthère noire du Zoo, éternellement balancée de gauche à droite par l'impuissance de ses griffes. Il redoutait ces minutes de grâce, les plus dures, les seules déchirantes. " Voilà que je rends visite à mon fauve. Que puis-je lui donner? Quelle consolation, quel os à ronger? Serai-je... "

Un brusque coup de clef interrompit la tirade. Sarcel ou *le miauleur* ouvrait la porte, jetait d'une voix suraiguë :

— Je t'ai déjà dit de reculer au fond de la carrée et de te mettre au garde-à-vous quand j'entre ici... Ouste! A l'avocat.

Il tutoyait Gérane, malgré l'usage, souriait méchamment en prospectant ses poches et, ne trouvant rien, le poussait dehors. Arthur descendit jusqu'au rond-point, sautant par-dessus les flaques malodorantes entretenues par les éternelles fuites de chasses d'eau. Au passage, il refila trois *pipes* à l'auxiliaire pour l'inciter à de plus substantiels coups de louche.

Aux abords des parloirs, de longues files de détenus assaillaient les avocats qui avaient alors la cote ou la réputation d'être arrangeants, c'est-à-dire d'accepter lettres et commissions interdites. Gérane remarqua que ces robins occupaient de préférence les cellules situées sous l'escalier, moins faciles à surveiller.

— Gérane Arthur, 14-39, pour maître Tarzin, annonça réglementairement le préposé au pointage des permis de visite. Attendez devant le 5... Et silence! Face au mur!

Par la lucarne percée au centre de la porte, Arthur aperçut son défenseur, conversant avec un autre client. Un brigadier passa, répéta : " Face au mur! " Un drapeau, analogue à celui des taxis, se déclencha, se balança quelques secondes au-dessus du parloir voisin, d'où sortit un des plus grands ténors du palais, poussant devant lui son ventre et sa célébrité. Il serrait longuement la main d'une vedette des prochaines assises. Puis Tarzin à son tour appuya sur le bouton : Gérane fut introduit.

— Avez-vous vu l'expert? demanda tout de suite l'avocat.

Le défenseur d'Arthur était un petit bonhomme à grosse tête, tout en crinière : une gueule de lion sur un corps de macaque. Spécialisé dans les affaires civiles, il n'avait accepté celle-ci que par amitié : Robert Gérane avait été son condisciple à la Faculté de droit.

— Non, fit Arthur en s'asseyant.

Sauf pour les promenades, il n'avait quitté que deux fois la 14-39. La première, pour faire connaissance avec Tarzin, dans ce même parloir. La seconde, pour se rendre à la Souricière, antichambre des cabinets d'instruction. Un juge pressant, précis, pointant l'ongle, habile à faire éclater l'anthrax des aveux, l'avait torturé pendant deux heures pour le convaincre d'autres méfaits. Finalement, assuré de n'avoir devant lui qu'un méprisable petit délinquant, le magistrat avait haussé les épaules et commis le professeur Émeril pour examiner Arthur au point de vue mental.

— Nous ne doutons pas, reprit Tarzin, des conclusions de l'expert, à qui le docteur Salomon a transmis votre dossier. Le professeur Émeril interne facilement. C'est lui qui a déclaré en plein Club du Faubourg : " Tous les artistes sont des schizophrènes. " Au surplus, il soigne votre sœur.

— Roberte ! A quel titre ?

Arthur tombait des nues. Tarzin, lors de sa première visite, ne l'avait pas renseigné.

— Au même titre que vous, soupira l'avocat. Votre père m'a chargé de vous l'apprendre.

Installé de l'autre côté de la table, Tarzin s'accoudait sur sa serviette : une moleskine de juriste besogneux, jalouse de ces peaux de porc réservées aux toges de premier plan. Gérane, l'œil embué par une émotion qui n'était pas feinte, écouta le récit de l'effondrement familial.

— Votre sœur, conclut l'avocat, est beaucoup plus atteinte que vous. Mais son état doit vous persuader du vôtre, vous inciter à ne plus refuser les soins nécessaires... Allons, je vous quitte. Prévenez-moi dès que le professeur Émeril sera passé. J'activerai le dépôt du rapport et la délivrance du non-lieu. J'allais oublier deux détails... La bonne se présentera demain au guichet de l'échange du linge : vous en avez grand besoin. D'autre part, je dépose au greffe une petite somme que votre père m'a confiée : vous pourrez ainsi cantiner jusqu'à votre transfert à Sainte-Anne.

Arthur, à pas lents, regagna sa cellule. Absorbé dans ses pensées, il évita de justesse un lourd panier de linge, que transportaient deux auxiliaires en treillis, flanqués d'un " comptable " aux manches galonnées de rouge.

— Tu ne peux pas faire attention, idiot! beugla ce dernier, qui s'arrêta, eut un haut-le-corps et s'exclama sur un autre ton : C'est Gérane!

— René Cheune! Que fous-tu là?

L'ancien pensionnaire du pavillon se mit à rire :

— Mon petit père, tu le sais aussi bien que moi l'asile, la prison sont des inconvénients du métier. Cette fois, les toubibs n'ont pas marché. Tous comptes faits, cela vaut mieux. L'internement ne charge pas le casier mais dure trop longtemps. J'en ai pris pour un an. Avec le bénéfice du quart cellulaire, je ne fais que neuf mois. Mes sœurs m'assistent. Enfin, comme je suis *classé* comptable, il n'y a vraiment pas grand mal. Pour deux cent mille francs, je veux bien remettre ça tous les cinq ou six ans.

Dans les étages une voix glapit :

— Dites donc, comptable! Vous voulez que je vous flanque un rapport? Foutez-moi le camp à votre boulot.

Cheune s'éclipsa en chuchotant : " Je vais toujours à la grand-messe le dimanche. " Gérane, qui se targuait lui-même d'exploits illusoires, rentra chez lui en ricanant : " Deux cent mille francs... ouais! Il a peut-être fauché mille balles dans un tiroir-caisse. Mais ce qu'il dit est juste : les juges sont moins sévères que les psychiatres. "

Dans sa cellule, il développa ce thème, puis se souvint de Roberte et s'apostropha vivement : " Tu ne penses même pas à ta sœur, salaud! " Ses réflexions se voulurent moroses, essayèrent des " Pauvre chou! Pauvre gosse! " et autres formules décentes. Très vite, elles revinrent à leur point de départ. Arthur aimait sa sœur, mais le frère de sa sœur l'intéressait plus encore; ce frère se cabrait, repoussait une confirmation gênante, une humiliation plus personnelle encore que familiale. Non seulement Arthur ne croyait pas à son irresponsabilité — dont il acceptait de se servir — mais *il ne voulait pas* y croire. Irresponsabilité, cancer de l'esprit! Plutôt croire à sa propre mort. " Roberte folle? Non, non, elle a dû faire quelque sottise secrète; elle a dû prendre un amant ou se faire avorter. On la boucle pour arranger l'affaire. " Il préférait salir sa plus pure, sa plus sincère affection plutôt que d'en partager le sort, au nom du sang commun. Sentant cette position fragile, il prit bientôt la tangente : " Roberte, folle! Et après! Est-ce que je délire, moi? Est-ce que je ne sais pas ce que je fais? Égoïste, pervers, paillard, ingrat, fainéant, je suis tout ce qu'on voudra, mais je ne suis pas fou. " Tous les péchés capitaux lui semblaient préférables à la seule épithète qui pût les excuser. Pour faire taire sa droite, il prit des résolutions de pacotille : " Oui, j'en ai trop fait, j'en ai tant fait que je donne raison aux médecins. Simple apparence! Je changerai. Je leur prouverai à tous que je suis normal... dès que j'en aurai l'occasion. Pour l'instant laissons-nous interner. Il y a une chose que Cheune n'a pas remarquée : les asiles n'ont que de petits murs. Cette fois-ci, je m'évaderai, je dois m'évader : sinon, je resterais interné au moins quatre ou cinq ans... Dingo, moi? D'accord! Dingo jusqu'au non-lieu. Amène-toi, mon petit Émeril! "

Trois jours après, c'est chose faite. Sur le coup d'onze heures, Gérane a été introduit dans le cabinet médical situé au rez-de-chaussée de la cinquième division, en face des cellules de haute surveillance. La pièce est claire, fraîchement repeinte, meublée d'une table et de deux chaises. Sur l'une d'elles se campe l'expert, les bras croisés, le menton relevé, le sourire pointu, un crayon parallèle à la tempe. Sec, jaune, impénétrable, vêtu de noir et cravaté de gris, Émeril ne ressemble en rien à Salomon. L'autorité lui sue par tous les pores. Il n'offre à la critique que deux points faibles : la frémissante patte-d'oie de l'homme qui s'est trop servi de ses yeux et, du côté de la boutonnière, une autre patte-d'oie : un éventail de minces rubans.

— Asseyez-vous, mon ami.

Sa voix, perchée haut, a des inflexions féminines. Arthur respire.

— Votre juge d'instruction m'a commis pour vous examiner. J'ai pris connaissance de votre dossier... Vous êtes bien le frère de Mme Broyal, internée dans mes services?

— Oui... docteur, avoue Gérane, affectant le mode pénible.

— Votre mère a-t-elle aussi été internée?

— Non, non, proteste Gérane, comme s'il voulait sauver l'honneur familial.

— Mais vous-même l'avez été pendant deux ans?

Simple signe de tête désolé. Arthur vient de se juger dans l'obligation de simuler. " La simulation, pense-t-il, ne consiste pas à rouler des yeux blancs ni à tenir des propos incohérents devant un bonhomme qui connaît son métier et a vite fait de vous démasquer. Pour qu'on me pardonne ma lucidité, il faut donner à mes actes des mobiles insuffisants : il faut que le monsieur d'en face les attribue à l'instabilité, à l'impulsivité, à la perversité instinctive dont il est friand. Mais gardons-nous d'exagérer : la simulation doit me permettre d'échapper d'abord à la justice, ensuite à la psychiatrie. " Il ne croit pas nécessaire d'échapper à lui-même : il ignore que les psychiatres sont rarement dupes de cette littérature, de cette pseudo-simulation. Un médecin lui-même ne parviendrait pas facilement à les tromper : les déclarations ne sont qu'un élément mineur du diagnostic. Cette pauvre ruse est au contraire significative : elle souligne cette obnubilation du réel, si profonde, si candide que le malade croit rouler le médecin alors qu'il lui fournit un nouvel élément d'appréciation.

— Racontez-moi rapidement votre existence.

Ce " rapidement " se montre plein d'indulgence, supporte les digressions dont Gérane s'offre le luxe. Il ne lui faut en effet pas moins d'une demi-heure pour parvenir de sa naissance à ses fugues, puis à ses frasques, enfin, au délit le plus récent. Le professeur a tiré de sa poche un simple bloc-notes. Le nez baissé pour ne pas troubler le conférencier, il picore vaguement dans cette poussière de mots. Excédé, il lève la main.

— Je vous remercie. En somme, vous avez vécu une vie de bâton de chaise. Pourquoi? Vous n'aimez pas les vôtres?

Arthur se jette sur cette occasion d'être tout à la fois habile, absurde et sincère. Une moue navrée dégringole sur son menton d'enfant sage.

— Si, docteur! J'aime beaucoup papa et Roberte Cela n'a rien à voir.

— Comment, rien à voir! L'affection que vous leur portez ne vous retient pas?

Arthur se tait, accentue sa moue. Le professeur n'insiste pas, se lève, fait le tour de la table. " Voilà le grand jeu ", se dit le patient. Émeril en effet empoigne l'indispensable marteau de caoutchouc.

— Les genoux ballants. Détendez-vous bien.

Le marteau consulte les rotules.

— Mettez-vous à genoux sur la chaise.

Le marteau interroge les talons, les coudes, l'occiput.

— Debout !... Tirez la langue... Rentrez-la. Tirez-la. Fermez les yeux. Ouvrez-les. Fermez. Ouvrez.

C'est la lampe électrique qui maintenant inspecte les pupilles d'Arthur, chaque fois qu'il soulève les paupières.

— Bon. Marchez au pas d'un mur à l'autre. Une deux, une deux... Ça suffit... Torse nu !

Gérane dépouille une chemise sale, une veste chiffonnée, découvre un buste qui manque de poil et dont les côtes, les clavicules, les omoplates percent la peau très blanche. Émeril le contemple un instant, s'incline, pose un peu partout le stéthoscope sans jeter le " toussez " traditionnel. Nul commentaire, sauf ceux de la patte-d'oie qui se plisse et se déplisse. Économe de temps et de phrases, il se relève.

— Tendez le bras gauche.

L'expert saisit ce bras, le plie, le déplie, malaxe le muscle. Puis le tensiomètre apparaît. Un beau tensiomètre arborant ce rouge indien qui dénote la bonne santé du caoutchouc. Émeril le gonfle en pressant la poire à petits coups. L'aiguille hésite, se décide par saccades, choisit un chiffre, que Gérane essaie de lire. Mais, déjà, la pression tombe à zéro; Émeril récupère son instrument, retourne à la table, relève le menton et fait soudain crépiter un feu roulant de questions, savamment entremêlées et répétées.

— Avez-vous eu la rougeole? La scarlatine? La typhoïde? Quel âge avez-vous? Quelles opérations avez-vous subies? Vous a-t-on fait une prise de sang, une ponction lombaire? Donnez-moi votre date de naissance. Celle de votre sœur, de votre père, de votre mère. Pas de blennorragie, pas de chancres? Combien pesez-vous? Quelle est votre taille? Avez-vous fait votre service? Dans quelle arme? Avec quel grade? Vous êtes-vous évadé lors de votre dernier internement? Quel âge avez-vous? Quel est votre degré d'instruction? Êtes-vous interdit, êtes-vous pourvu d'un conseil judiciaire? Avez-vous déjà été condamné? Quel délit exact avez-vous commis? Le plaignant est-il guéri? Qui a réclamé cette expertise? Désirez-vous être interné?

L'imagination à court, prise de vitesse, Arthur se contente de oui, de non, de monosyllabes. A la dernière question, il ne sait que répondre. Le professeur insiste, sous une autre forme :

— Vous avez peur d'être condamné?

Alors Gérane croit avoir un trait de génie.

— Ma foi, non! Une condamnation dure moins longtemps qu'un internement.

Émeril semble satisfait. Gérane l'est aussi. Il s'est rhabillé et se croit quitte. Mais le professeur lui jette au nez de nouvelles questions, apparemment puériles :

— 4 fois 4 ?

— 16, répond Arthur, outré.

Émeril presse le mouvement, voltige sur la table de multiplication.

— 8 fois 8 ?

— 64.

— 8 fois 9 ?

— 72.

— 11 fois 11 ?

— 144, lance Arthur, qui s'est piqué au jeu et veut absolument répondre du tac au tac. Non, 121, corrige-t-il trop tard.

— Combien rapportent 4 000 francs à 4 % pendant 4 ans à 4 personnes qui partagent les intérêts en 4 parts égales ?

Arthur, qui résoudrait en trois secondes ce problème élémentaire, s'embrouille dans la donnée dictée à toute vitesse et se jette dans le calcul mental comme un chauffard sur l'obstacle.

— 640, annonce-t-il triomphalement.

— Non, 160, rétorque sèchement le professeur, qui reprend sa voix de tête pour ajouter : Au revoir, mon pauvre ami.

Gérane recule vers la porte, se glisse dans la

galerie. Il ne sait plus s'il doit s'affliger ou se réjouir. Il est vexé. " Pourtant, je l'ai eu, prétend-il. *Mon pauvre ami...* L'affaire est dans le sac. "

*

Arthur n'avait plus qu'à attendre : la rédaction, le dépôt d'un rapport, les formalités consécutives exigent rarement moins d'un mois. Son avocat espaça ses visites. Bien entendu, il n'était pas question qu'Arthur en reçût de son père. Un magistrat ne peut guère mettre les pieds dans une maison qu'il contribue à remplir ni même compromettre son honorable signature au bas d'une lettre vouée au " Vu " du censeur.

Seul en cellule, le prisonnier s'ennuyait ferme. Il refusa pourtant de fabriquer ces couronnes en papier doré, ces accessoires de cotillon qu'une ironie du sort réserve à la main-d'œuvre pénale. Il n'avait pas besoin de la rétribution dérisoire qu'accordent les concessionnaires, ces négriers des prisons. La somme déposée au greffe par maître Tarzin ne lui permettait pas de s'inscrire au restaurant, mais restait suffisante pour lui assurer le bénéfice de la cantine, alors florissante. Arthur jouissait donc du confort relatif que permet l'argent sur la paille — toute verbale — des cachots et ne touchait guère à la boule de pain gris, à la soupe claire du matin, à la peu engageante *pitance* du soir.

Sa seule distraction était la promenade, qu'il attendait toujours avec impatience, bien que le mot ne répondît guère à la chose. La promenade n'était qu'une descente de cinq minutes dans la grande cour centrale, profondément encaissée entre de hauts bâtiments et subdivisée comme marais salants par des murettes de trois mètres. Impossible de faire plus de quinze pas en ligne droite dans chaque compartiment, véritable cellule à l'air libre. Mais là se relâchait pour Arthur cette consigne de silence qui a pour but de protéger les délinquants primaires du contact des récidivistes. Là seulement, il pouvait ébaucher quelques-unes de ces amitiés, qui n'ont de l'amitié que l'écorce, qui se nouent avec une aisance désastreuse et se dénouent, il est vrai, avec la même facilité. Il se frottait complaisamment à cette mentalité des prisons, plus pénétrante que l'huile. Lui aussi approuvait l'inversion des valeurs, l'orgueil du mauvais coup bien fait, le mépris de toute sentimentalité. Lui aussi entreprenait l'apologie de la prodigalité et de la paresse, vices *nobles*, par opposition à l'assiduité et à l'économie des petites gens. A peine choqué par certaines outrances, Gérane était complètement dupe de cet air bon enfant, de cette gouaille, de cette camaraderie rapide, de cette bravoure du geste qui rendent généralement sympathiques les véritables truands et peu banale leur intimité. " Comme ils savent vivre, comme ils sont peu fiers ! " pensait-il. Il ne savait si bien dire, car avant tout le négativisme des mauvais garçons est une maladie de la fierté.

De temps en temps, le dimanche, Arthur se rendait à la messe, lieu classique de rendez-vous. De son éducation religieuse, plus administrative que fervente, Gérane conservait le souvenir d'agréables solennités, passant de chaire en bonne chère ; il éprouvait encore du respect envers certains saints spécialisés, tels saint Antoine ou saint Christophe, dans les tâches pratiques d'assistance aux fidèles, ou, telle sainte Thérèse, dans les grâces étourdissantes qui renversent les situations les plus désespérées. C'est pourquoi, en arrivant à la chapelle, Arthur n'omettait point d'adresser une pressante oraison jaculatoire au plâtre bariolé de la petite carmélite. Il communiait aussi, pour se faire bien voir de l'aumônier qui prêtait des livres à ses ouailles. Mais surtout, il manœuvrait pour se trouver auprès de René Cheune. Ce n'était pas toujours facile, car la chapelle de la Santé est trop petite et entièrement découpée en stalles cellulaires, séparées par des portillons de bois. Il fallait s'arranger pour faire partie des fidèles en surnombre et se laisser refouler sur les bas-côtés, où l'on peut bavarder tranquillement. L'expérience lui enseigna que, pour atteindre ce but, il suffisait d'aller se confesser avant la messe, tandis que l'on plaçait les copains. De cette façon, il put avoir d'importantes conversations avec son ancien et nouveau camarade.

— Quand tu auras réussi à t'évader de l'asile, disait ce dernier très intéressé par les " références " de Gérane, fonce chez moi, rue des Fossés-Saint-Jacques. Nous ferons du beau travail ensemble.

Autour d'eux, les langues marchaient bon train et l'harmonium s'essoufflait à les couvrir. Quelquefois, interrompant les prières de la consécration, le prêtre se retournait et criait : " Silence ! " Gérane plongeait alors le nez dans l'un de ces missels que l'on distribue à l'entrée et que l'on reprend à la sortie. Il lisait machinalement la suite du canon : *Quelle serait désormais ma malice ou mon ingratitude, si je consentais à vous offenser...* " Mais si Cheune sort après moi, pensait-il, que ferai-je en l'attendant ? " *Que cette bénédiction se répande, ô mon Dieu, sur les âmes des fidèles... et particulièrement sur l'âme de N et N...* " Sur moi, Seigneur, cela ne me ferait aucun mal. " ... *accordez-leur, Seigneur, en vertu de ce sacrifice, la délivrance de leur peine.* " Cheune, reprenait-il très bas, que te reste-t-il à faire ? " *Daignez nous accorder un jour cette grâce à nous-mêmes, père infiniment bon...*

XIII

Cinq heures du soir. Du rez-de-chaussée monte soudain cet ordre :

— *Au second!* le 14-56 *ter*, Dubois, à l'avocat. *Au premier!* le 14-39, Gérane, *à la table*, avec toutes ses affaires.

Arthur, prévenu le matin même par Tarzin de la signature de son non-lieu et de l'imminence de son transfert, a parfaitement entendu. Son bagage est prêt. Il se précipite sur les draps, la serviette, le quart et la cuiller, s'assure de son mandat de dépôt. Quand *le miauleur* ouvre la porte, il lui offre un ironique et dernier garde-à-vous.

— A la table! Prends tout ton barda, grince le gardien.

La table est une sorte de bureau mobile, placé contre le mur de la galerie : le brigadier s'y tient devant les répertoires et la paperasserie de la division. Arthur, sans un regard pour ces murs qu'il quitte pour d'autres murs, descend lentement, gagne l'angle du couloir, s'immobilise à quatre pas du galonné qui converse avec un subordonné et triture une fiche de papier rose.

— C'est vous, Gérane ?

Sur réponse affirmative, s'allume dans ses yeux un mélange de malice, d'attention et de curiosité. Arthur connaît bien cette agaçante lueur-là. Le voilà de nouveau *dingue*. Ces gens qui, cinq minutes auparavant, n'eussent pas mis en doute ses facultés, trouveront désormais bizarres ses gestes les plus simples, interpréteront ses paroles dans le sens le plus équivoque et son silence même comme un signe d'abrutissement.

— Suivez le gardien, mon garçon. Vous, Laurent, ouvrez l'œil.

Le brigadier se renverse sur sa chaise, suit du regard le couple qui s'éloigne et disparaît au tournant de la galerie.

— Ces types-là, murmure-t-il, on ferait mieux de les piquer.

Gérane refait en sens inverse le périple de l'arrivée, se laisse pointer à la rotonde, puis au rond-point, rend sa gamelle, son quart, son linge, reçoit sa " fouille " dont le surveillant s'empare aussitôt, parvient au greffe où on lui fait répéter à titre de contrôle toutes les indications données sur lui-même et sur sa famille. Il appose sur le registre d'écrou une seconde empreinte de son pouce que le greffier compare attentivement avec la première. Son ange gardien touche à sa place le solde de son pécule et le pousse dans le vestibule en criant : " Une sortie! Une! " Mais à l'instant où sa poigne quitte l'épaule gauche d'Arthur, une nouvelle main s'abat sur son épaule droite : celle d'un infirmier en grande tenue. La porte s'ouvre, découvrant l'arrière de la cellulaire capitonnée qui fait la navette entre les prisons et Sainte-Anne. Gérane entend crier : " Il y en a trois autres. " Il ne verra pas monter ses collègues. Déjà, l'infirmier-convoyeur l'a bouclé dans une logette analogue à celle des paniers mais entièrement ouatinée.

La voiture démarre. Le trajet, très court, est rendu inappréciable par l'excellence de la suspension et le rembourrage des cloisons. " En fait de cellulaire, gouaille le transféré pour se donner du cœur, voilà du grand luxe! " Cependant il réfléchit, il se souvient brusquement des propos du colonel Donnadieu faisant aux asiles de la Seine la réputation d'être " beaucoup plus démocratiques " et de la phrase prononcée par Salomon lors de son départ : " Vous ne vous rendez pas compte des avantages dont vous avez bénéficié ici. " Il le sent confusément : Sainte-Gemmes, c'était la folie facile et confortable. Cette fois, il est interné judiciaire :

il entre dans l'une de ces grandes usines de l'insanité, qui dépendent de la toute-puissante Assistance publique et où le manque de crédits, de temps et de personnel ne permet plus de fignoler le décor, de maintenir les classes sociales, de faire des exceptions en faveur des gens bien apparentés.

Attention! Le bruit du moteur vient de s'arrêter : l'échelle métallique s'abaisse; un commandement bref retentit :

— Envoie-les, un par un.

Gérane se lève, sort de sa logette, abandonne son épaule ou, plutôt, son épaulette de veston à une serre anonyme. Devant lui s'étalent des sourires soignés et les géraniums non moins soignés d'un parterre administratif, les uns et les autres indifférents. Ici le préfet de police, par personne interposée, cède ses droits au préfet de la Seine. Ici ne règne plus la rudesse moustachue des képis, mais l'engageante et narquoise fermeté des blouses blanches, pour qui Gérane n'est, une fois de plus, qu'un arrivant. Un arrivant d'ailleurs bien poli, bien calme, qui s'incline devant le chef de quartier avec un " bonjour, monsieur " attendrissant, tandis qu'un immense appétit de liberté proteste en lui et crie secrètement : " Tiens-moi, corniaud, tiens-moi bien! J'ai le pied léger. "

*

Sortirait-il de sa propre baignoire, nul interné ne peut être accepté dans un service avant d'avoir subi un nouveau baptême par immersion. A peine descendu de la capitonnée, Arthur fut conduit à la salle de bains de l'*Admission*. Un infirmier le déshabilla, le savonna lui-même, cependant que le chef de quartier s'emparait de ses effets, les entassait dans la veste retournée, ficelait le tout, l'étiquetait, le mettait sous clef dans un placard. Amolli par l'eau chaude, Gérane observait les gardiens : leur attitude, leur tenue, la précision professionnelle de leurs gestes lui faisaient comprendre qu'il se trouvait en face d'un personnel " de choc ".

— Quel arrivage depuis trois jours ! Nous n'avons presque plus de linge, grognait le soigneur.

Essuyé dans un drap, Arthur fut revêtu de la chemise largement timbrée aux initiales de l'A. P., puis conduit par la manche à son lit. " Fichtre ! " murmura-t-il en pénétrant dans la grande salle d'observation, où s'alignaient deux rangées parallèles de polochons. Une demi-douzaine d'abrutis bavaient silencieusement ; d'autres gesticulaient, maniant l'air à pleins doigts ; un plombier de Belleville en pleine crise de *delirium tremens* et un

Malgache du vingt-troisième colonial en proie au *délire aigu* vociféraient à s'en faire éclater les joues.

— Tu vas la fermer, ta gueule! jeta le chef au plombier en installant Gérane à son côté.

Arthur n'en menait pas large. Son voisin se contractait dans tous les sens, tirait désespérément sur les cordes, se soulevait, retombait, débitait une épouvantable litanie :

— Je tuerai la vieille! Je tuerai le vieux! Je tuerai ma femme! Je tuerai la gosse... non non, la gosse au bordel!

— Est-elle bien, au moins, la gosse? ricana le chef. On pourrait s'arranger dans ce cas-là... Roland, reprit-il en s'adressant à un tout jeune infirmier, mets-lui un drap mouillé. Toi, Gérane, couche-toi et reste tranquille. Les W.-C. sont au fond à droite. Tu peux y griller une cigarette de temps en temps. Voici ton tabac, ton papier à lettres et tes timbres Si tu veux écrire, on te prêtera un crayon.

Gérane s'assit, le dos calé par son traversin, considéra le dément dont les cris et les convulsions ne cessaient pas. " Il va finir par briser les lacets de sa camisole et me sauter dessus. Pas d'erreur. Cette fois, je suis bien chez les fous. "

— Ça fait toujours impression, hein, quand on arrive?

Arthur se retourna. Son voisin de droite venait de lui adresser la parole. Assis dans son lit, lui aussi, il semblait tout à fait à son aise. Parfaitement chauve, même sur l'occiput, il pouvait avoir cinquante ans.

— Ne t'affole pas, reprit-il. Ce zèbre a l'air terrible, mais si on le mettait debout, il s'écroulerait. Il ne peut même pas pisser tout seul. D'ailleurs nous ne resterons pas là. Demain matin, visite : le toubib nous fera certainement monter au premier étage. J'arrive de la Santé. Toi aussi?

— Oui, répondit Arthur, très bas.

— Qu'avais-tu fait?

— Bagarre, avoua Gérane, qui ajouta : pour une femme.

— *Ils* t'ont *reconnu?* C'est plutôt rare.

— Ma famille a des relations.

Cette troisième réplique méritait d'être lancée à la cantonade, pour que nul n'en ignore.

— Ça ne t'empêchera pas d'être tondu, ricana le bonhomme.

Arthur passa longuement la main dans ses beaux cheveux, où quelques dames un peu mûres avaient aimablement fourragé et qui pouvaient à ce titre être considérés comme instrument de travail.

— Tu crois qu'on va me les faire tomber?

— Ici, non. A destination, sans aucun doute.

Arthur soupira :

— En province, on me les avait laissés. Mais le pavillon était une villégiature auprès de...

— Je sais, coupa l'autre. Je suis passé dans des boîtes de ce genre. D'ailleurs je suis passé partout. Heurtevent... je m'appelle Heurtevent.

Le chauve se rengorgeait, faraud. Gérane le regardait avec étonnement : il n'avait pas encore rencontré ce type d'habitué, qui ne commet jamais de gros méfaits, se fait ramasser pour ivresse et, selon l'humeur des agents, échoue tantôt à la Santé, tantôt à l'infirmerie spéciale.

Heurtevent arborait la joue ronde et l'optimisme béat du bon bougre qui a fini par comprendre qu'une administration l'hébergera toujours, qui connaît tous les rouages et toutes les combines *intra muros*, qui est prêt à rendre de petits services ou à faire de petites saloperies pour un paquet de gauloises.

— Je m'appelle Heurtevent, continuait-il. Je te jure que je n'ai pas volé mon nom. J'ai eu plus d'une fois le vent dans le nez, quand je prenais la route... J'étais forain, j'avais un tir. Dans ce temps-là on pouvait boire un coup de trop sans que les flics vous livrent aux toubibs. Je ne peux plus faire ce métier. Je suis trop vieux, mais je regrette mes kilomètres. Moi, je suis un gars qui a toujours suivi ses jambes.

Arthur écoutait, remué par le sentiment vague d'une parenté.

— Je me demande, bougonna-t-il, pourquoi on m'a couché. Je me porte à merveille.

— Règle absolue, mon petit père! Un arrivant est toujours couché, même s'il pète de santé.

Gérane bâilla, loucha du côté des portes, implora de nouveaux renseignements.

— Où sommes-nous exactement?

— A l'admission de Sainte-Anne. Nous n'y resterons pas. L'admission est un centre distributeur. On nous trie avant de nous expédier sur les asiles de banlieue. Tu ne t'es jamais évadé?

— Non.

— Alors, il y a peu de chances que tu ailles à la section Henri-Colin, à Villejuif. Tant mieux pour toi! Il paraît que c'est un bagne.

— Mais où irons-nous?

— Mystère! On ne sait jamais où l'on est affecté, comme dans l'armée. La famille elle-même n'y peut rien. Mais tu n'iras certainement pas à Saint-Maurice : cet asile-là est réservé aux anciens combattants, les seuls que l'on chouchoute. Ni à Clermont dans l'Oise : le dernier transfert y est allé. Ni à Ville-Evrard : c'est plein. Restent Vaucluse ou Villejuif, section ordinaire. Mieux vaudrait Villejuif, si tu reçois des visites de Paris.

— Je ne pense pas.

— Alors, Vaucluse est préférable. On y a plus de chances d'être employé, à cause de la ferme et des jardins.

Les précédents séjours d'Arthur à l'asile ou en prison l'avaient accoutumé à se lier très vite, avec le premier venu. Les deux hommes se firent de longues confidences. Cette conversation, à demi chuchotée, dura jusqu'au souper. Panade, ragoût, pomme, arrosés de tisane amère de gentiane : le menu ne parut pas brillant à Gérane qui se souvenait de ceux du Pavillon.

— Ici, précisait Heurtevent, il n'y a ni riches ni pauvres. Pas de classes. Un seul tarif. Que tu paies ta pension en totalité, en partie ou pas du tout, tu n'en seras ni mieux ni moins bien traité.

Leur dîner expédié, Heurtevent et Gérane décidèrent de fumer une cigarette dans les W.-C. Ils n'eurent aucune peine à obtenir du feu : le personnel, occupé par les agités, leur accordait le préjugé favorable. " Cela laisse supposer, estime Gérane, qu'il ne doit pas y avoir grandes chances d'évasion dans ce service. " Il n'y en avait même aucune. Tromper une surveillance directe est malaisé. Ensuite, les fenêtres métalliques et garnies de glaces épaisses ne s'ouvraient pas à l'aide d'un passe-partout triangulaire, mais avec une véritable clef, à très gros tube et petit panneton. Leurs impostes, bloquées à douze centimètres par des chaînes de fer, étaient inaccessibles sans échelle. Enfin, même si par le plus grand des hasards Arthur avait pu se retrouver dans la cour, il lui eût fallu franchir le mur du quartier, puis le mur d'enceinte pour atterrir finalement en bannière devant les passants médusés de la rue Cabanis ou de la rue de Tolbiac. " N'y pensons plus, conclut ce sage. J'ai le temps : Cheune ne sort que dans trois semaines. " L'occasion Cheune, qui aurait pu être tout autre, restait pour lui, comme bien d'autres pierres sèches ramassées au cours de sa vie, celle qui devait lui permettre de lapider sa mauvaise chance. Il ne fallait point la gâcher. En lui s'installait cette sourde attente, cet esprit de guet qui deviendrait plus tard une obsession lancinante et qui donnait déjà à son regard une anguleuse efficacité.

Arthur fuma deux gauloises, en vrai fumeur qui tient à ce qu'on le voit rejeter la fumée par le nez. Il s'apprêtait à en allumer une troisième quand survinrent les veilleurs.

— Vous, là-bas, éteignez vos pipes, crièrent-ils. Tout le monde au lit.

Heurtevent s'endormit très vite. Gérane fermait en vain les yeux. La chasse d'eau s'écroulait, puis suçait sans discrétion la tuyauterie. La veilleuse, trop forte, lui brûlait les paupières. Les agités criaient toujours; d'autres malades ronflaient. Les veilleurs discutaient à haute voix d'une grève éventuelle. " Tu me fais marrer, protestait un vieux aux sourcils énormes. Nous autres et les flics, on ne peut jamais abandonner le service. " Puis ils jouèrent à la belote, plaquant fortement leurs atouts, s'esclaffant quand fusait sous une couverture un pet réussi.

Enfin, vers une heure du matin, le plombier exténué s'assoupit. Les veilleurs s'installèrent dans les fauteuils de moleskine, jambes allongées, képi sur le sourcil. Arthur perdit progressivement conscience, se mit à rêver.

Il rêva d'échelles qui tombaient du ciel, spectaculaires comme celle de Jacob, et parcourues par des anges vêtus de droguet bleu. Il rêva de murs lézardés où s'enfonçaient des crânes plus puissants que des béliers. Il se retrouva nu, tondu, grelottant, sur une grande place déserte, entendit soudain un concert de sifflets, détala, détala, détala sur une sorte de trottoir roulant que sa course remontait en vain et qui le ramenait insensiblement vers ses poursuivants. L'un d'eux le saisit enfin par les cheveux en criant : " Il n'y a pas de soupe dehors! " Gérane trébucha, se réveilla... L'œil violet de la veilleuse le regardait fixement.

XIV

" La visite " ne passait point dans les salles. Maintenus par un gardien, tous les arrivants se présentèrent le lendemain matin, entre dix et onze, devant le médecin de service, le chef, deux internes et une assistante, réunis dans le bureau. Les formalités se révélèrent d'abord moins cliniques qu'administratives : toise, balance, mensurations, photo. En somme, une séance d'anthropométrie élémentaire. Puis Gérane, toujours dans la tenue des bourgeois de Calais, dut répondre à la plupart des questions posées par le professeur Émeril. Le rapport de ce dernier figurait dans le dossier. Mais, dernier filtre de la simulation, ce comité désirait évidemment confronter ses déclarations avec les précédentes. Au bout d'un quart d'heure, le médecin conclut :

— Montez-le au premier.

— Inutile, rétorqua le chef. Le convoi de Vaucluse est prévu pour le début de l'après-midi.

A deux heures, effectivement, le chef ouvrait l'armoire, en tirait un certain nombre de paquets et rendait leurs effets, chiffonnés, à Heurtevent, Gérane et neuf autres malades. Le Malgache et le plombier étaient du nombre; ils restèrent camisolés sous la veste. Un chef et trois gardiens, revêtus de l'uniforme bleu marine à passepoil rouge, encadrèrent les onze malades, les poussèrent dans une camionnette vitrée analogue aux petits cars de campagne. A la dernière minute un cinquième surveillant, en veste kaki, s'installa près du chauffeur.

— Loisel, lui jeta le chef, la tenue d'hiver est obligatoire depuis le 15.

La voiture démarra doucement, longea l'église, le théâtre, vingt autres bâtiments de Sainte-Anne, cette petite ville, et sortit par la rue Broussais. La rue d'Alésia fut remontée rapidement et la camionnette dévala la grouillante avenue d'Orléans, franchit la porte. Heurtevent s'écrasait le nez contre la glace.

— Au moins, gloussait-il, on voit du monde.

Pour Arthur, au contraire, le trajet fut beaucoup plus pénible que les voyages effectués en voiture cellulaire. Là, au moins, on ne voyait rien, on n'éprouvait pas dans les jambes ces frémissements d'envie que faisait naître la provocante nonchalance des passants, si libres, si proches et pourtant plus lointains que des personnages de légendes. Irritante et poignante impuissance! Une sourde fureur l'habitait, une fureur sans adresse, non pas dirigée contre lui-même, ni contre les juges, ni contre les médecins qui avaient fait leur boulot, ni contre les infirmiers, ces pâles exécutants, mais contre ce comité de mesures coercitives replié dans son labyrinthe de la rue Lobau, abrité derrière le P majuscule de la préfecture. Quelle odieuse solidité peuvent présenter quinze millimètres de verre Securit interposés entre l'homme qui n'a plus droit à l'horizon et l'horizon qui a toujours droit à cet homme! Pourquoi ne peut-on pas jeter les yeux, jeter la tête, jeter le corps tout entier à la remorque du regard qui, lui, a traversé la vitre et se retourne vers son propriétaire en criant : "Alors, tu ne me suis pas?" La robe à petites fleurs de la pucelle du coin que le vent seul a le droit de soulever, le chien sans chaîne capable d'aboyer à pleins crocs, l'oiseau qui a le toupet d'avoir des ailes et de s'envoler à vingt centimètres des pneus, ces champs très plats, très longs, contradiction de tous les murs, le poteau télégraphique où s'est enroulé un liseron blanc, le tas de cailloux, le chemineau assis sur le tas de cailloux, le litre de vin rouge dans la poche du chemineau... tout cela, fichtre! est à Gérane. Tout cela et bien d'autres choses, devenues précieuses depuis qu'il les croise à soixante à l'heure, tout cela est à Gérane. Nul n'a le droit de l'en priver, sauf lui-même, qui ne s'en ferait point faute s'il était libre, mais qui n'a donné à personne le droit de le faire en son nom.

— Qu'elle est donc moche par ici, la campagne ! dit un infirmier. Chez moi, en Auvergne, c'est autre chose.

Arthur lui jeta un mauvais regard. "Idiot ! S'il avait réellement vu son pays avec les yeux que j'offre à celui-ci, il ne serait jamais venu à Paris endosser la blouse, il se jetterait ce soir même dans le rapide de Clermont-Ferrand ! Arrivons, arrivons vite ! Je ne jouerai pas longtemps le rôle de Tantale. Mais tant que je suis obligé d'en assurer la doublure, j'aime mieux exercer mes talents dans un décor bien cimenté, où l'appel de la nature se réduise aux quatre feuilles poudreuses en train de crever sur les moignons de marronniers des cours."

En fait, dès la grille, Gérane put constater que l'asile de Vaucluse était noyé parmi les frondaisons. L'établissement ne présentait pas comme tant d'autres l'aspect chaotique des constructions successives. Il étalait à flanc de coteau une démonstration assez réussie des vertus architecturales du parallélogramme.

Tandis que la voiture remontait l'allée, Heurtevent expliquait, tout fier :

— Au centre, les services généraux : direction, économat, bureaux. A gauche, les divisions de femmes. A droite, celles des hommes. La rivière, au bas de la pelouse, s'appelle l'Orge. Plus loin, derrière les boqueteaux, il y a la *Colonie*, pour les gosses arriérés.

Gérane observait surtout les murs, assez débonnaires, assaillis par un excès de lierre et, par endroits, nettement dégradés. Il s'orientait, prenait des repères, semait sur son passage ces regards obstinés qui valent les cailloux blancs du petit Poucet. Enfin, la voiture stoppa dans la courette de la chapelle.

— Croisez les bras et descendez!

Les hommes, impressionnés, descendirent. Le Malgache roulait des yeux hagards. Le plombier s'effondra, fut empoigné par les cordons de camisole et rudement remis sur pieds. De nouveaux infirmiers surgissaient de tous côtés, entouraient les malades, contraignaient ce bétail à se ranger sur une seule file.

— Voilà le lot, monsieur le surveillant général, grogna le convoyeur, tourné vers le képi le plus chargé de galons.

Son propriétaire s'avança, ouvrit un dossier que lui tendait son collègue, compara longuement les hommes avec leurs photos, lissa son bouc et bêla :

— Bien, bien... au bain !

— Encore, maugréa Gérane.

— Tais-toi, souffla Heurtevent, qui jetait du sourire à tous les vents.

La colonne, flanquée de six gardiens, enfila une de ces galeries couvertes qui font communiquer tous les quartiers de l'asile, s'engouffra dans la vapeur. Une fois de plus déshabillé, Gérane assista au ficelage de ses vêtements, que le préposé au vestiaire emporta sur-le-champ. D'une claque sur les fesses, un auxiliaire le poussa dans une baignoire, tandis que ses camarades plongeaient dans la leur, de gré ou de force. Bien entendu, nul ne s'y lavait : tremper suffisait, pour la consigne.

— Allô ! le 6e ! Allô ! l'infirmerie ! braillait le surveillant de service dans le téléphone. Onze hommes pour vous.

— Debout ! crièrent les auxiliaires en jetant à chacun une chemise et une paire de savates.

— Où allons-nous ? gémit Gérane.

— ... Nous recoucher, pardi ! quinze jours de lit, sans jeux, sans visites, c'est la durée de l'observation à Vaucluse. Demain la tonte, la purge, l'examen de l'interne et le contrôle du patron. L'arrivée, ce n'est jamais marrant... surtout, ne rouspète pas.

*

Gérane se plia sans trop de mauvaise grâce à toutes ces formalités. Seul, le massacre de ses ondulations lui arracha des gémissements.

— Ferme-la, répétait Heurtevent, c'est la seule politique intelligente. D'ailleurs, dès que tu seras employé, on te laissera tes cheveux.

Le professeur Émeril, sous une forme plus académique, lui tint à peu près le même langage :

— Mon garçon, vous voilà tiré d'une méchante affaire. Vous échouez par hasard dans mes services. Tâchez d'être acceptable et je vous caserai en conséquence.

— Pourrai-je voir ma sœur? demanda Gérane.

Cette préoccupation parut plaire au professeur dont le sourire froid devint un instant paternel :

— Je crains que non. Votre sœur ne se lève plus et vous ne pouvez pénétrer dans un quartier de femmes.

— Mais quand papa viendra, ne pourra-t-il pas nous appeler en même temps?

Émeril réfléchit. Cet homme avait huit enfants dont les plus jeunes piaillaient sur les pelouses de l'Administration : quiconque touchait à cette fibre était sûr de l'intéresser.

— En principe, reprit-il, les parloirs sont distincts. Si votre sœur va mieux, j'aviserai. En ce moment, votre père ne vient guère la voir; elle ne le reconnaît plus. D'autre part, aux dernières nouvelles, M. Gérane attendait sa nomination pour Nantes. Il a jugé utile de réclamer son déplacement afin de couper court à certains commentaires. Votre arrestation ruine son avancement et le met dans une position délicate. Laissez-le se reprendre. Écrivez-lui... dans quelques semaines. "

"On m'a déjà chanté la même chanson, au pavillon ", ronchonna le jeune homme en regagnant son lit. L'État lui pardonnait. Pourquoi son père n'en faisait-il pas autant? Pourquoi n'acceptait-il pas de couler sa lessive privée dans la lessive légale de l'irresponsabilité? Le faux dilemme dont il avait déjà bien abusé tournait dans sa tête : " Ou j'y ai droit ou je n'y ai pas droit. Si oui, qu'on m'ouvre les bras; sinon, qu'on m'ouvre la porte. " Il n'admettait pas une attitude plus nuancée.

Les quinze jours d'observation passèrent lentement. Comme à l'Administration, les W.-C. servaient de lieu de réunion : on pouvait fumer, bavarder un peu. La fenêtre donnait sur le bois. " Si j'avais la clef de crémone, songeait Arthur, ce serait vite fait. Un homme en chemise passe plus facilement inaperçu à la campagne qu'à la ville. Il peut s'habiller en chipant les frusques de quelque épouvantail. Mais patience! Nous serons bientôt en mesure de nous évader tout habillé. " En attendant, il se documentait, se faisait expliquer le plan de l'asile. La plupart de ses camarades ne le connaissaient pas ou se trouvaient dans un état excluant toute conversation utile. Le plombier s'était remis à délirer. Le Malgache, prostré, observait maintenant un mutisme absolu et faisait la grève de la faim. Son gavage à la sonde, deux fois par jour, fournissait un appréciable intermède. Il ne fallait pas moins de deux infirmiers pour lui tenir la tête et lui enfoncer dans le nez le long tube de caoutchouc.

— Quatre mois, il peut tenir quatre mois, assurait Heurtevent.

Arthur se méfiait de cet intarissable : depuis Chambrelle il savait que bavards et mouchards se confondent souvent. Mais le chauve connaissait l'asile et lui décrivit les lieux en détail. Son indiscrétion même allait rendre à Gérane le plus grand service. Un soir, ce dernier vit arriver près de son lit le massif Révillon, veilleur de nuit.

— Est-ce vrai, Gérane, ce que m'a dit Heurtevent ? Tu as été infirmier ?...

— Oui, auxiliaire à l'hôpital de Nantes, avoua le jeune homme qui ne songeait point à s'en prévaloir.

Il avait tort : la référence était de premier ordre. Non pas au titre professionnel, mais au titre sentimental. Tout le monde sait à quel point joue la solidarité des blouses blanches. Les bons bougres qui ont attendu trois heures leur tour de consultation dans un hôpital et qui voient passer devant eux le dernier arrivé, petit-cousin de la soigneuse, en savent quelque chose. Gérane devenait aux yeux du petit personnel un collègue malheureux. Certes, les recommandations d'infirmiers ne sont jamais décisives, mais dans les asiles de la Seine elles comptent plus qu'ailleurs : le médecin surchargé est bien obligé de faire confiance au surveillant chef et l'oreille de ce dernier est naturellement favorable aux propos de ses subordonnés. " J'en parlerai aux collègues ", avait dit Révillon. Il tint parole. Le surlendemain, Gérane se voyait offrir la brosse à parquet : faveur notoire qui faisait du brosseur un homme de confiance, lui permettait de ne plus s'user les fesses dans les toilettes. Arthur bientôt s'empara du balai et du torchon. Émeril, survenant à l'improviste, le surprit en train d'essuyer les carreaux.

— Bien, bien, fit-il, j'aime qu'on s'occupe. Tout de même, nous vous donnerons mieux que cela.

Le jeune homme accueillit modestement cette réflexion qui rehaussait son prestige et valait une promesse. Il s'acharna sur les croisées en s'interdisant de sourire. L'automne dépouillait les arbres. Entre les troncs il pouvait apercevoir le mur d'enceinte : le nettoyage des carreaux fournissait donc un bon prétexte pour examiner les alentours. "Cheune sortira la semaine prochaine. Je veux l'avoir rejoint dans les quinze jours", se jura Gérane.

Le dix-septième jour, les arrivants furent répartis dans les différents services, sauf le Malgache dont l'état continuait à réclamer des soins particuliers. Le plombier prit la direction des cellules; deux persécutés et un suspect échouèrent au *Troisième* quartier, un P. G. au *Cinquième*, un idiot au *Quatrième*. Le reste du lot eut les honneurs du *Second*, quartier réservé aux malades calmes et à certains travailleurs. Nul ne rejoignit directement le *Premier*, où l'on ne pénètre pas sans avoir montré patte blanche.

Ni Gérane ni Heurtevent n'avaient été pourvus d'un emploi : leur nouveau chef de quartier leur confia quelques tâches serviles. Gérane avait compris : il fallait suivre le *cursus honorum*. Le maniement de la serpillière, puis la distribution de la soupe, enfin les corvées extérieures s'octroyaient comme des témoignages d'estime et de satisfaction. Si le Pavillon de Sainte-Gemmes pouvait être comparé à une pension de famille un peu stricte, le *Second* devait être considéré comme un camp de travail : ce travail était en lui-même une récompense, un jalon sur le chemin du poste officiel.

Le Second était plein, comme tous les quartiers; le nombre de lits insuffisant. Une partie des malades couchait sur deux matelas jetés à même le plancher des dortoirs. Réfectoires et salles de jeux étaient bondés. Parmi cette foule que contenait une discipline régimentaire, Gérane ne trouvait que peu de ressources. Il s'étonnait du petit nombre de malades susceptibles de tenir une conversation. La moitié d'entre eux cultivaient le genre hébété. Presque tous présentaient des anomalies du langage ou de l'attitude, des tics, des blésités, des prurits, des mimiques peu spectaculaires mais significatives, des signes de dégénérescence à quoi se reconnaissait immédiatement le bien-fondé de leur présence. Pour quelques francs par semaine, la plupart travaillaient aux terrassements, à la ferme ou au jardin. Absorbés ou marmonnant pour eux seuls dans une barbe de huit jours, remontant sans cesse leur pantalon trop court mais ample du fond comme un séroual, les bras ballants, la chaussette retournée sur le cou-de-pied, ils s'en allaient à la queue leu leu, satisfaits du quart de pinard exceptionnel, de la ration de gros-cul et de cette vie intermédiaire entre l'automatisme de la bête de somme et la sainteté suante du chartreux.

Point de frénétiques, peu de cas impressionnants : Gérane savait maintenant que les capitonnées conservent bien leurs monstres. Quelques gros propriétaires en Espagne. Quelques plus petits chimériques. Beaucoup de manies lassantes dont l'intérêt s'épuisait vite pour faire place à l'agacement. La faune habituelle des ratatinés, des squelettiques, des stupides, des amorphes, des anonymes, des miteux, entièrement définis par leurs hardes couleur d'ardoise sale et par cet immense béret alpin, qui semble s'étaler sur les nuques, dans la mesure même où la cervelle qu'il protège se rétrécit.

— Je crois que tout le monde ici est sérieusement touché, gémissait Gérane.

— Avoue, grognait Heurtevent, que si nous avons une chance de rencontrer des dingues, c'est bien ici. Des simulateurs et des planqués, il y en a, comme partout ailleurs. Mais on les rencontre généralement en province : le régime des asiles de la Seine ne les attire pas. Pour *battre le dingue*, il faut vraiment que l'affaire en vaille le coup : dans ce cas, les toubibs se méfient. Périodiquement, la presse monte un scandale autour d'un internement de complaisance. Il n'est pas faux qu'il y en ait. Mais le contraire est fréquent. On ne peut pas savoir... Tu parles avec un type pendant des mois, tu te dis qu'il est normal, que son internement est une séquestration. Un beau jour, le zèbre sort et zigouille aussitôt papa et maman. Nous sommes tous suspects, tous ! Toi pour moi. Moi pour toi.

On ne fait jamais d'exception que pour soi-même...

Gérane réfléchissait : à l'usage d'autrui il était toujours riche de réflexions. "Au fait... que peut bien avoir Heurtevent? Je ne l'ai jamais entendu dérailler." Le chauve continuait :

— Tous ces gars bien sonnés pensent de nous ce que nous pensons d'eux, surtout si nous avons le tort de ne pas les croire sur parole, quand ils nous confient le chiffre de leurs revenus.

Gérane s'esclaffait :

— Ces pouilleux! Tu as raison... Nous sommes submergés sous le nombre des millionnaires. Les *mégalos* ambitionnaient jadis la couronne de Louis XIV ou la tiare de Pie XI. Maintenant ils se proclament capitalistes.

Gérane, que la mentalité du comte de Chambrelle gagnait peu à peu, analysait cette tendance :

— ... Des capitalistes qui se précipitent sur la moindre corvée de cuisine et qui épluchent férocement leurs petits comptes de pécule! Sauf quelques judiciaires, il n'y a parmi nous que de petites gens.

— Pardi, s'exclamait le forain, les rupins peuvent s'offrir les maisons de santé, mais l'employé du gaz ou le métallo sont bien obligés de passer par Sainte-Anne. Un ouvrier n'a pas les moyens de s'offrir une folie discutable, un déséquilibre, un truc à la noix pour petits malins dans mon genre. S'il est un peu timbré, on ne l'excuse pas. Au premier délit, il va en prison, il n'est pas interné pour si peu. Un riche peut passer pour cleptomane, mais un pauvre est toujours un voleur. Nos gars, ici, sont de vrais fous, des purs. Nous, dans un sens, nous sommes des resquilleurs. Pourtant, nous en avons certainement fait beaucoup plus que la plupart d'entre eux.

" C'est vrai ", pensait Gérane. Mais ni l'un ni l'autre ne se rendaient compte que précisément ce *surplus* légitimait leur présence, qu'ils étaient socialement beaucoup plus dangereux que ces malheureux dociles et confus. La lucidité de Gérane et de Heurtevent leur donnait l'impression d'être d'une autre race et ils l'étaient en effet, comme un fléau est différent d'un autre fléau.

Enfin, Gérane fut affecté au bureau du surveillant chef et, le même jour, Heurtevent à la porcherie (il y en a toujours une, florissante, dans les asiles ou les centrales, riches en eaux grasses et en déchets). Bien entendu, cette affectation comportait le transfert au Premier. Arthur, qui s'impatientait et tirait déjà des plans pour s'évader du quartier même, respira : il ne serait pas obligé de piquer un cent mètres rageur à l'occasion de quelque corvée ou de forcer nuitamment une serrure de crémone à l'aide d'une demi-pièce de cinq sous. Il ne s'agissait plus d'une évasion véritable mais d'un simple départ, en temps voulu, avec une avance suffisante et dans des conditions optima.

Le passage du Second au Premier s'opéra sur le coup de midi et Gérane, tout de suite, reconquit le privilège de l'assiette en faïence, du verre, de la fourchette. Autour de lui, vieux internés à manie douce, faibles d'esprit qui ne l'étaient pas de bras, convalescents, candidats à une sortie prochaine devisaient tranquillement. Les gardiens ne surveillaient pratiquement pas grand-chose sauf la bonne marche du service. L'un d'eux s'approcha d'Arthur, loucha sur sa veste trop courte, sur ses chaussons qui perdaient leur tresse.

— Vous ne pouvez pas travailler au bureau du chef dans cette tenue, dit-il. Vous passerez au magasin avant deux heures.

Aussitôt après le déjeuner — soupe, hachis Parmentier, haricots rouges, marmelade et quart de jus — les collègues de Gérane l'entourèrent. Ils étaient trois : un clerc de notaire d'une soixantaine d'années, un dessinateur et un comptable qui frisaient tous deux la trentaine. Aimables mais discrets, ils ne lui posèrent aucune question, ne lui fournirent aucun renseignement qui pût lui permettre de savoir depuis quand et pour quels motifs ils étaient internés. Accueillir les tiers et converser avec eux comme si la chose se passait dans la rue, c'est, à l'asile, le premier article de la civilité.

— Nous sortons toujours vers une heure pour faire une belote dans notre bureau, dit le clerc qui semblait jouir d'une certaine autorité. Vous pouvez nous accompagner dès aujourd'hui.

Arthur fit observer qu'il devait se rendre au magasin.

— Alors, je vous accompagne, par prudence. Plus tard, nous tâcherons d'obtenir un bon pour un costume neuf sur mesure. Le tailleur se laisse faire quelquefois, quand il a de l'étoffe... Je vous préviens tout de suite : nous sortons librement sous les galeries et même dans le parc. Il ne s'agit pas d'un droit mais d'une tolérance. Évitez donc de passer sous les fenêtres, de vous exposer à la jalousie de certains regards. Je vais vous indiquer d'ailleurs les limites offertes à vos jambes.

Le magasinier se montra coulant. Mieux nippé, Gérane voyait augmenter ses chances. Le clerc, étalant sa connaissance des lieux, acheva de lui fournir les renseignements nécessaires. "Cheune a dû sortir avant-hier, cornait l'oreille gauche. Ne te laisse pas oublier. L'idiot peut se faire coffrer avant de t'avoir tiré d'embarras. N'attends pas." Mais l'oreille droite protestait : "On te propose une bonne petite vie. Accepte-la. Dehors, c'est l'aventure, la faim, le froid. Partiras-tu sans avoir revu Roberte ? "

— ... Au loin là-bas, la tour de Montlhéry, expliquait le clerc. Ce trait noir à l'horizon est la ligne de Paris. La station où descendent les visiteurs se trouve à votre droite, derrière ce bouquet d'arbres. On y cueille tous les ans quelques évadés qui croient candidement pouvoir y prendre le train. Dernièrement, l'un deux, plus malin, a voulu emprunter le ballast pour couper au plus court. Des cheminots lui ont mis la main dessus. Tout le monde sait dans le coin qu'il y a une prime à toucher.

Soudain sa voix sembla se fêler.

— Je puis bien vous le dire, il y a aussi des primes pour nous maintenir ici. Des primes plus ou moins élevées selon la gravité de la séquestration. C'est pourquoi il y a si peu de sorties. Je sais que je mourrai à Vaucluse. Je suis une rente pour ces messieurs. Par principe, j'écris chaque semaine au procureur. En vain : il touche son pourcentage. Tout de même on a peur de moi, on me ménage, on m'accorde de petits avantages. Je ne suis pas dupe. Jusqu'à mon dernier souffle, je protesterai. J'aurais pu m'évader ; je ne le ferai pas : c'est une lâcheté. Il faut protester, vous devez protester, calmement, fermement, d'homme à homme... Voilà deux heures qui sonnent. Rentrons. J'aime la ponctualité.

Les collègues du clerc souriaient discrètement. Gérane aussi. Non, il ne renoncerait point comme ce petit persécuté, comme ce chien de garde qui aboyait contre le berger mais ne tolérait sans doute pas qu'un bélier s'échappât du troupeau. Il n'y a pires mouchards que ces spécialistes de la revendication platonique et de l'aigreur résignée. Arthur se garda bien de répondre. Il commençait à connaître ces gens-là : la moindre contradiction les décide à vous ranger au nombre des " complices ". Il ne faut pas non plus abonder dans leur sens. Une réaction bizarre les pousse à vous dire : " Ne vous foutez pas de moi! Vous pensez que le bonhomme est cinglé, qu'on peut lui passer sa petite marotte. "

Le quatuor rentra. Rasséréné, guilleret, la pipe aux dents, très " employé de confiance ", le clerc reprenait :

— Ici notre bureau. Celui d'en face est le bureau du surveillant général. Dans ce classeur se trouvent tous les dossiers, sauf les nôtres, bien entendu. Nous avons chacun une machine à écrire; nous tapons des bulletins de santé en ce moment. Travail facile. Nous ne connaissons que trois mentions : " Confus, mais calme " pour les arrivants de bonne composition; " Agité, fait l'objet d'une surveillance attentive " pour les emmerdeurs; " S'améliore lentement " pour tous les autres... Installez-vous à cette table. Comme vous ne savez pas taper, vous collationnerez les doubles de ces rapports, qui datent de la Grande Guerre et dont le patron a l'intention de tirer les éléments d'un ouvrage... Les W.-C. sont un peu plus loin dans la galerie. Nous allons souper au Premier à six heures. Ensuite, par faveur spéciale, nous revenons jouer aux cartes ou aux échecs jusqu'à neuf heures. Le *général* nous reconduit lui-même au dortoir.

Quelque chose bougeait sous la septième côte d'Arthur. " Après souper... neuf heures ! Il fait nuit à cette heure-là, en novembre. Les cabinets fourniront un prétexte d'absence très suffisant. Combien de temps peut-on rester sur le trône sans éveiller l'attention ? Disons : un quart d'heure. Voilà une avance suffisante pour mon copain Gérane. Je ferai une répétition ce soir et je partirai demain... Non, pas demain, c'est dimanche : inutile de me fourrer dans les pattes des promeneurs attardés. Je filerai après-demain. Providence, soyez chouette, faites qu'il ne pleuve pas ! "

Arthur se jeta sur son travail, collationna avec une ardeur exemplaire. Le surveillant chef survint, posa devant lui trois paquets de gros-cul.

— Tenez, dit-il, je ne rationne pas mes employés... Vous avez déjà fait tout ça ?... Prenez votre temps, vous n'êtes pas à la chaîne.

*

Le soir, Arthur se laissa mettre échec et mat, puis repoussant l'échiquier se leva, se plaignit d'avoir mal au ventre.

— Toujours cette gentiane, bougonna le vieux; je suis sûr qu'on y met du bromure.

Gérane sortit, fit claquer la porte des cabinets, sans y pénétrer. Les galeries étaient désertes, le temps couvert, très sombre, mais sec. " Il pourrait pleuvoir après-demain, se dit-il. De toute façon, reconnaissons les lieux. "

Humant l'air, fouillant l'ombre propice, il s'avança, longea la chapelle, prit le sentier qui traverse le bois, puis soudain ricana : " Deux jours de gagnés, après tout ! " et détala à fond de train.

XV

Alice Cheune, en combinaison de pilou blanc, ses tresses de madone dodue coulant du bronze entre ses seins, croquait des radis, deux par deux, sans les saler.

René, qui n'aimait pas ces crucifères, fumait la pipe en attendant l'inévitable bouilli du dimanche et, surtout, l'os à moelle. Édith, plate et pâle, ronchonnait :

— Tu aurais tout de même pu mettre une robe, Lica. Toi, René, je t'ai dit cent fois de ne pas nous empester à table.

— Oui, ma chatte! répondit mollement son frère, en tirant de plus belle sur sa Ropp.

L'aînée des Cheune ne s'en soucia pas. Elle se mit à trier les légumes, destinant à ses cadets les poireaux, les carottes, les plus belles pommes de terre et se réservant les navets, que ceux-ci dédaignaient et qu'elle n'aimait pas non plus, du reste. Édith était une de ces femmes sérieuses qui font des saintes à l'usage du milieu.

— Allons, servez-vous, reprit-elle en soulevant le plat... Mais qui peut bien sonner à cette heure-ci ? Vous attendez quelqu'un, vous autres ?

La sonnette grésillait faiblement. Alice fit un bond, se jeta dans la chambre contiguë. "Laisse, j'y vais", décréta René. Édith resta seule, l'oreille braquée, inquiète, car son frère lui avait remis trois mille francs la veille. Elle entendit un prudent "Qui est-ce ?", puis un "Moi, Gérane" inattendu et, enfin, ce jovial et rassurant "Merde, alors !" qui lui suggéra de mettre aussitôt un couvert de plus.

Arthur parut, le large béret de l'Assistance publique enfoncé jusqu'aux oreilles. Apercevant Édith, il l'arracha vivement et passa la main sur son crâne, qui déjà n'était plus lisse et lui étrillait la paume.

— Édith, ma sœur ou ma mère, comme tu voudras, présentait Cheune, hilare, tendre à sa façon. Tourné vers la benjamine qui reparaissait, de plus en plus candide sous une robe ingénue des Galeries Lafayette, il ajouta : "Alice, mon autre sœur ou ma copine, comme tu voudras également. Vous, les filles, admirez Arthur Gérane, en tête de veau.

Sans plus de manières, Gérane s'écroula devant son assiette, tandis que les Cheune se mettaient à piocher dans le bouilli.

— Je suis vanné. J'ai fait au moins soixante kilomètres depuis hier soir. J'ai sauté le mur avant neuf heures et pris à travers champs. Je ne sais pas si l'on m'a poursuivi sur la route de Paris. En tout cas, je n'ai rien vu ni entendu. Il est vrai qu'au lieu de foncer directement sur la capitale, j'ai fait un crochet par Corbeil, après avoir jeté ma veste et fauché des bleus de travail qui séchaient dans un jardin.

— Bien manœuvré, conclut Cheune, en kidnappant l'os, dans le plat.

Arthur, levant les yeux, rencontra dans six prunelles un témoignage d'estime. Estime assez particulière, sans doute, mais bien agréable à ce garçon peu exigeant sur la qualité des sentiments qu'il pouvait inspirer.

— Édith, donne-moi une aiguille à tricoter, reprit René. Je ne peux pas arriver à sortir la moelle... Tu sais, Arthur, il va falloir faire très attention pendant quelques semaines, jusqu'à ce que la brigade des aliénés abandonne les recherches. On parle d'un délai de trois mois... En fait, je crois que la loi de 1838 est assez vague sur ce point. Comme un aliéné est irresponsable des actes qu'il commet en état d'évasion, l'Administration, pour éviter de fournir une véritable prime à la délinquance, signe sa sortie au bout d'une huitaine. Mais le dossier reste ouvert et porte la mention menaçante : " A réinterner. " Il n'y a qu'un seul truc pour régulariser ta situation : obtenir d'un psychiatre un certificat constatant que tu es en parfaite santé mentale et produire cette pièce en cas d'ennuis. Tu trouveras toujours un médecin pour te la signer, en y mettant le prix, mais pas avant l'année prochaine.

René suça l'os, souffla dedans avec une satisfaction de petit fauve.

— Mieux vaut prendre ses risques que de rester quatre ou cinq ans à Vaucluse et te retrouver dehors avec un beau bulletin de sortie qui te donnerait droit à la résidence surveillée et à la visite mensuelle d'une moucharde de la Préfecture. Quand je suis sorti de Sainte-Gemmes, j'ai été enquiquiné durant six mois par une vieille taupe de cette race-là : " Buvez-vous ? A quelle heure vous couchez-vous ? Travaillez-vous ? Chez qui ? Faites-vous l'amour ? Combien de fois par semaine ? " Édith a fini par la jeter sur le palier... Dis donc, Lica ! Je croyais que tu avais un rendez-vous à deux heures ?

— Ce type m'ennuie, bâilla la jeune fille, dont le regard s'attardait sournoisement sur les ongles impeccables d'Arthur, la fossette de son menton et ses deux petites oreilles, agrippées au crâne nu comme deux patelles à un galet.

Gavé, somnolent, celui-ci considérait avec sympathie cette étrange famille, dont l'union n'était point discutable. " Comme ils sont simples, comme ils sont libres! pensait-il, confondant avec béatitude licence et liberté. Il ne connaissait rien de ces gens, qui l'accueillaient ainsi sans le connaître comme si ce fût une chose toute naturelle que d'organiser un recel d'aliéné, assimilé par la loi à un rapt de mineur. Leur insouciance convenait à la sienne, leur bonne grâce exaltait en lui l'amitié qu'il vouait facilement à des visages nouveaux. Friand de joies immédiates, il goûtait pleinement celle de se sentir en sécurité, même provisoire; il ne s'embarrassait pas de savoir ce qu'allait devenir sa vie à la remorque et même à la merci de ces étrangers, de leur humeur, de leurs calculs, des complications de leur existence. Dans ce cœur d'oiseau — de Kiwi sans ailes, piétant sa vie — ne battait pour l'instant qu'un seul regret et, ce regret, il l'exprima trop vite.

— Dommage, soupira-t-il soudain, que ma sœur soit restée à Vaucluse!

— Hein, fit Cheune, stupéfait, ta sœur aussi est internée? Tu ne me l'avais jamais dit.

Gérane, aussitôt, rattrapa sa gaffe.

— Ce ne sont pas des choses qu'on aime à dire.

Ma sœur s'est fracturé le crâne en tombant d'une échelle, il y a des années : elle ne s'en est jamais remise. J'en ai profité pour me faire interner chaque fois que j'ai eu maille à partir avec la justice. Tu sais bien que les psychiatres aiment ce genre de références.

Pas question de dire la vérité : l'état de Roberte permettait de soupçonner le sien. Pour les Cheune, il convenait qu'il fût un simulateur comme René. Ils n'insistèrent pas, d'ailleurs. Édith servit le café prévu pour trois personnes, remplit les tasses de chacun, sauf la sienne.

— Comment nous arrangeons-nous? fit-elle. Vous connaissez notre principe, Arthur? Moi, je ne sais rien, je ne sais jamais rien.

René, l'index dans le nez, réfléchissait. En peu de mots, Édith venait de résumer toute l'astuce d'une politique qui depuis des années lui permettait de profiter des razzias de son frère sans être inquiétée. Elle était, elle devait rester l'irréprochable, l'aînée qui s'est sacrifiée (et cela était vrai) pour élever ses cadets, la malheureuse qui se précipite devant juges ou médecins, se lamente et ruisselle de larmes, en criant : " Quelle récompense à mon dévouement! Ayez pitié de lui, n'est-ce pas? C'est mon frère. " On se demande souvent comment tiennent certains mauvais garçons, du type non romantique, c'est-à-dire le plus répandu, amateurs de bonne soupe et de chaussons tièdes, soucieux de gagner très vite la somme nécessaire à l'achat d'une bicoque de banlieue où ils prendront leur retraite. C'est uniquement grâce à de telles femmes — mères, sœurs, épouses ou maîtresses durables — qui, elles-mêmes, n'ont jamais volé une pomme, qui jouissent de l'estime de leur concierge, connaissent les vertus du carnet de caisse d'épargne, " déplacent " sou par sou pour " assister " les hommes quand il leur arrive un coup dur et les stoppent au besoin sur des voies trop dangereuses. Le matriarcat est beaucoup plus fréquent qu'on ne le croit chez les malfaiteurs. Le déclassé, l'isolé, là comme ailleurs, sont broyés. Le truand, le vrai truand a un sens très vif de la famille et ce sens tient lieu chez lui de sens moral. De ce fait, ce sont les plus raisonnables d'entre eux qui sont les plus imperméables aux efforts des rééducateurs : leur conscience ne leur reproche rien. Leur conscience à eux, une conscience dont les bénéficiaires sont limités, mais bien servis et qui n'estime pas nécessaire une " catholicité " de ses principes. Des peuples entiers ont eu, ont encore cette mentalité de prédateur sanctifié par son nid.

— Pour la concierge, fit enfin René, Gérane est un ami qui prend pension chez nous. Comme nous n'avons que trois pièces, il couchera sur le lit pliant dans le vestibule. Si l'on s'étonne de ses cheveux, répondez qu'il vient de faire son service militaire. De toute façon, si ce que je mijote réussit, nous n'en avons plus pour longtemps à grimper nos cinq étages. Je rêve d'un petit bistrot dans la vallée de Chevreuse.

— Méfie-toi, répondit lentement Édith, de ne pas atterrir à côté, à Fresnes. Quoi qu'il arrive, je garderai toujours ma couture.

— Moi, je te le jure, s'écria Alice, je ne pose plus!

Édith, qui commençait à desservir, haussa les épaules.

— Si tu avais été plus fine, il y a longtemps que tu ne poserais plus. Les occasions sérieuses ne t'ont pas manqué, mais tu choisis les autres.

Arthur, qui avait écouté avec un certain mépris les projets des Cheune, mesquins selon lui, ne put s'empêcher de sourire. La voix d'Édith se faisait sévère pour des recommandations qui ne l'étaient pas. La fantaisie d'Alice mériterait sans doute qu'il s'y intéressât, qu'il la dirigeât vers de plus brillantes destinées. Pour l'instant il se sentait trop éloigné des grâces d'Absalon et se tourna vers René.

— De quoi s'agit-il?

Mais cette paraphrase du maréchal n'obtint aucune précision :

— Va d'abord dormir. Je t'expliquerai ensuite.

Nous avons tout le temps. Il faut que tes cheveux puissent être coiffés en brosse.

Ses yeux ajoutaient :

— On ne compromet pas les femmes en parlant d'affaires devant elles.

*

Au bout de trois semaines Gérane faisait partie de l'intimité des Cheune. Par prudence, il ne sortait guère et tenait compagnie à Édith qui, toute la journée, pédalait sur sa machine à coudre. René s'en allait vers dix heures, rentrait pour déjeuner, repartait aussitôt. On ne le revoyait plus que très tard. Parfois, il remettait un billet de mille à sa sœur, sans jamais lui en expliquer la provenance. Alice, beaucoup plus irrégulière, se levait tantôt à sept heures, tantôt à midi, s'absentait vingt minutes ou ne rentrait pas de la nuit. Elle ne ramenait guère que des billets de cent francs, sans fournir, elle non plus, aucun détail sur son emploi du temps. Le dimanche, en principe, tout le monde restait à la maison. Édith, bonne cuisinière, se surpassait et la famille s'offrait le cinéma ou une petite balade très bourgeoise.

Au début Gérane marchait à côté de René. Par la suite, il offrit indifféremment son bras à l'une des deux sœurs. Enfin, il ne remorqua plus qu'Alice.

Il était à peu près satisfait de son sort, mais ses cheveux le désespéraient.

— Ne t'en fais donc pas, répétait Cheune. Ils seront à point pour le premier janvier.

Le jour de l'An était la date prévue pour l'*affaire*. Une affaire très banale, mais excellente. René *fréquentait* depuis très longtemps la bonne d'une antiquaire juive.

— La patronne, avait-il expliqué, doit aller aux sports d'hiver, après Noël. La petite gardera l'appartement pendant deux mois. Je l'emmènerai un soir au cinéma, pendant que tu opéreras. J'ai pris les empreintes et fait faire les clefs : tout le travail consiste à trouver le coffret à bijoux. Tu dois le dénicher dans l'armoire ou dans un des tiroirs d'une certaine commode Louis XV. Tu l'emporteras et nous le forcerons ici...

Le mois de décembre s'écoula. Arthur commençait à s'enhardir et le prouva de trois façons : la première, en refusant de se calfeutrer plus longtemps; la seconde, en pelotant de plus près la nonchalante Alice; la troisième, en ramenant de ses sorties quelque butin. Vexé de tout devoir aux Cheune et soucieux de mériter leur sœur, il se mit à écumer les chambres de bonne. Les propriétaires ont généralement la manie de garnir celles-ci de serrures anodines, que le passe-partout à deux dents ouvre presque toujours. Arthur choisissait de préférence les immeubles dépourvus d'escalier de service et garnis d'une plaque de dentiste ou d'avocat, ou d'homme d'affaires : dans ces maisons se produit un va-et-vient considérable que la concierge ne contrôle pas. Les *bonichiers* sont généralement vides. Il opérait sans gros risques, après avoir discrètement frappé. Son inconscience lui tenait de sang-froid; il redescendait bientôt, sa serviette de cuir sous le bras, très digne.

— Ça ne vaut pas le coup, protestait Cheune, soucieux cependant de le laisser se faire la main.

De fait, Gérane ne ramenait guère que des sacs à main, de la lingerie, des babioles, dont la valeur ne lui permettait même pas de payer son écot. Un soir, enfin, il rapporta un manteau de skunks, *piqué* dans une Chrysler, et le jeta sur les épaules d'Alice. Édith se précipita, les ciseaux en bataille, pour découdre la marque du fourreur, cependant que la benjamine lui sautait au cou. Comme on décrochait son bas presque aussi vite que son cœur, Arthur se trouva le surlendemain pourvu d'une maîtresse et décréta la vie charmante. Édith et René, prévenus, réagirent bien.

— Moi, fit René, je m'en fous. Ce n'est pas mon rayon.

Il daigna même ajouter :

— Je préfère que ce soit toi.

Édith se montra plus réservée :

— Lica est majeure, dit-elle.

Mais l'avant-veille de Noël, après le dîner, elle se tourna vers sa sœur, en souriant.

— Tu changeras les draps du lit-cage, Alice. Désormais, je coucherai dans le vestibule.

— Décidément, vous êtes tous épatants, s'écria Gérane. J'aime les gens qui ont les idées larges.

*

Cette hospitalité écossaise prit fin brusquement dans la nuit de Noël.

Rendez-vous avait été pris à minuit moins le quart, au " Pile ou Face ". Les Cheune, que nul n'avait tenus sur les fonts baptismaux et que n'encombrait pas la moindre notion d'histoire sainte, réveillonnaient toujours scrupuleusement. René, puis ses sœurs, arrivés en ordre dispersé, s'étaient déjà retrouvés depuis une heure. Arthur se faisait attendre.

— Je me demande ce qu'il peut bien faire, répétait Alice, nerveuse.

— J'espère, répondit Édith, très calme, qu'il n'a pas eu l'idée d'ouvrir une portière. Il y a des bagnoles splendides dans la rue.

La réplique contrastait d'une façon singulière avec l'allure du trio. Ni cocottes ni fausses grandes dames ni midinettes en tenue de gala, les deux sœurs arboraient des robes du soir acceptables, confectionnées par Édith, dans un taffetas noir pour elle-même, dans un crêpe de chine gris perle pour Alice. Aucun bijou : l'une et l'autre méprisaient ce toc, dont les faux carats flambent sur des onglées de dactylos. Même pourvues d'une quincaillerie royale, elles en eussent redouté l'étalage. René portait le smoking avec la désinvolture souhaitable et avait su éviter le nœud garçon de café qui papillonne sous la pomme d'Adam de maint hobereau en goguette. La salle était peuplée d'élégances du même ordre et certaines fausses notes semblaient plutôt le fait de distingués négligents. Si l'on excepte la petite pègre tatouée, il faut convenir que la légende s'effrite : les complets de coupe excentrique et les bouchons de carafe, qui intéressaient beaucoup trop les indicateurs, sont en voie de disparition. On ne peut même plus dans une boîte de nuit classer les gens dans telle ou telle classe sociale, en regardant leurs mains qui sont toutes soignées ou en se référant au débraillé du langage qu'affectent les malfaiteurs de la bourgeoisie et qu'évite dans la mesure du possible la bourgeoisie des malfaiteurs (cette dernière réservant l'argot pour l'intimité, comme les paysans lui réservent le patois). De plus en plus les modes verbales ou vestimentaires donnent raison au proverbe. C'est une certaine qualité du geste ou de la voix qui sacre maintenant l'élite et distingue la femme qui a de la bonté de celle qui a des bontés, l'homme de bien de l'homme de biens.

— Je vais voir ce qui se passe, fit enfin René.

Cinq minutes s'écoulèrent, rythmées par les pets nobles de la Veuve Cliquot. Les spécialistes de l'ennui joyeux commençaient à tourner sur les parquets et les roulettes de bois dans les coupes de demi-cristal. Cheune revint, la mine longue.

— Sale histoire! Il y a rafle, place Pigalle : je parie qu'Arthur est dans le coup. Pourvu qu'il ne parle pas!

XVI

Engoncés dans leurs vêtements de deuil, trop vite taillés dans ce drap noir qui est toujours plus noir quand il est neuf (comme les regrets dont il est le symbole), Robert Gérane et son gendre revenaient lentement du petit cimetière, où la tombe encore ouverte recevait la seconde absoute de la pluie. Trois malades déclouaient les tentures funèbres de la chapelle. La neige retirait aussi les siennes, fondait sous l'averse, offrait sa boue aux bottines à boutons du magistrat. La douleur de ce dernier restait sèche et raide, seulement signalée par le tremblement de ses grosses mains, maintenant si déformées qu'elles avaient beaucoup de peine à se refermer sur un objet. Henri Broyal suivait, la paupière gonflée par des larmes qui avaient perdu leur sel. Deux ans d'une séparation pire que la mort autorisaient cette souffrance polie, qui précède les grandes délivrances. Le sous-directeur, représentant l'administration, s'approcha :

— Le docteur n'a pu assister à la cérémonie, dit-il. C'était l'heure de la visite. Mais il l'a écourtée afin de vous recevoir.

Toujours muets, les deux hommes se laissèrent conduire jusqu'au bureau du médecin chef, qui venait d'arriver. Il leur serra la main avec cette insistance courbée qui suffit aux condoléances professionnelles.

Le juge s'écroula dans un fauteuil de velours grenat et sa mâchoire inférieure, à son tour, se mit à trembler.

— Nous avons fait l'impossible, assurait Émeril d'une voix feutrée. Il n'y avait plus aucun espoir : Mme Broyal était incurable. Comme toujours, elle a succombé à une maladie intercurrente. Sa faiblesse ne lui a pas permis de résister à une grippe banale qui est devenue une...

Les mains posées sur leurs chapeaux, les deux veufs s'absorbaient dans la contemplation de la moquette, usée par endroits jusqu'à la trame.

— Mon beau-père, coupa le gendre, a l'intention de transférer le corps de Roberte à Tiercé.

— Ceci n'est pas de mon ressort. Il faudra faire le nécessaire rue Lobau.

Peu désireux d'entrer dans le détail des formalités funéraires, toujours plus ou moins offensantes pour un médecin, Émeril ouvrit discrètement le tiroir de son bureau, en tira un dossier et reprit, toujours à mi-voix :

— Je voudrais...

Il s'interrompit, s'apercevant qu'il allait dire : " Je voudrais profiter de l'occasion pour... "

— Je voudrais... également vous parler d'Arthur et vous demander si vous n'avez pas l'intention de lui rendre visite.

— O... u... i, acquiesça Robert Gérane, avec tant d'hésitation ou de découragement qu'il prononça les trois voyelles à la file.

— Je vous le demande expressément, insista le psychiatre. Vous seul, en ce triste moment, pouvez sans doute faire cesser son mutisme.

— ... Mutisme? s'étonna le magistrat. Comment cela? Arthur a perdu l'usage de la parole?

— L'usage, non, mais le goût... Vous savez qu'il s'est évadé en novembre et qu'il a été repris un mois après, place Blanche. L'officier de police qui avait organisé la rafle lui a fait décliner ses nom et prénoms, mais n'a pu obtenir aucune adresse. Consultant alors la liste des personnes recherchées, il s'est aperçu qu'Arthur s'était échappé de mes services. Il l'a immédiatement dirigé sur l'infirmerie spéciale du Dépôt, après lui avoir vainement posé de nouvelles questions sur son emploi du temps, l'identité des personnes qui l'ont recueilli et l'origine de la petite somme trouvée sur lui. Mes collègues de l'infirmerie spéciale ou de Sainte-Anne, mes internes et moi-même n'avons rien pu en tirer. Votre fils affecte l'amnésie. Nous sommes en présence d'un choix délibéré du silence.

— A première vue, ne put s'empêcher de murmurer Henri Broyal, cette attitude m'étonne. Arthur, cet impulsif, aurait-il acquis du caractère?

— *A première vue*, reprit impatiemment le psychiatre. Cette contradiction me sert de clef. Arthur ne se rebelle pas, mange, dort, ne présente aucun trouble nouveau. Actuellement affecté au troisième quartier, il y est l'objet d'une surveillance étroite. Depuis qu'il est autorisé à se lever, il s'isole sur un banc ou dans un coin de salle. Les infirmiers n'ont surpris aucune conversation avec ses camarades. Toutefois l'un d'eux affirme l'avoir vu faire un signe d'amitié à travers les vitres à un malade employé à la porcherie. On a aussi trouvé sur lui au cours d'une fouille une sorte de mastic fait avec de la mie de pain et vraisemblablement destiné à prendre une empreinte de serrure. Depuis lors, pour donner le change, il passe son temps à modeler des figurines dans le même mastic. Je crains une nouvelle évasion, peut-être aidée par ces inconnus qui l'ont hébergé et qui doivent être peu recommandables. Dans ces conditions, je me demande si je ne devrais pas le faire transférer à la section Henri-Colin, à Villejuif.

Robert Gérane protesta aussitôt :

— Tout de même, docteur, mon fils n'est pas un criminel.

— Il n'y a pas que des criminels à Henri-Colin; il y a surtout des *aliénés difficiles*. Mais revenons-en au but de notre entretien... Je n'ai pas annoncé à votre fils la mort de sa sœur : je vous en laisse le soin. Si son attitude ne cède pas au chagrin et à l'affection qu'il vous porte, nous nous trouverons en face d'une idée fixe d'évasion... Excusez-moi une seconde : je téléphone au troisième quartier.

*

Tandis que se tient ce conseil de guerre, Arthur se promène de long en large sous le préau du Troisième. Son silence est une contrainte plus insupportable que toutes les autres, mais il est bien décidé à ne pas s'en affranchir. Il sait très bien que son attitude défie toute vraisemblance; il sait aussi qu'il ne peut rien expliquer sans compromettre des gens qui restent sa suprême espérance. S'il parle, croit-il (et il ne se trompe sans doute pas sur ce point), il parlera jusqu'au bout. Selon sa nature, il a donc forcé la note.

" Je n'ai plus les bracelets, je ne suis plus ficelé sur mon lit. Je suis presque libre, estime-t-il. Jusqu'ici, j'étais une mauviette. Au lendemain de ma première évasion, j'aurais dû faire faire une clef de crémone et me l'introduire dans le trou du cul, comme les " plans " de forçat. Enfin, il me reste cette pièce de cinq sous à trou, qui est à peu près limée et que cet imbécile de fouilleur n'a pas trouvée. Cette nuit ou une autre, j'essaierai de crocheter une fenêtre du dortoir. Les infirmiers ont beau me faire coucher près de cet idiot qui leur sert de roquet, je trouverai bien un moment propice entre les rondes. L'ennuyeux, c'est que ces salauds nous retirent nos frusques tous les soirs. Il faudra filer en liquette. Par le temps qui court, la plaisanterie n'est pas drôle. "

— Gérane! crie un gardien dans la salle.

A l'autre bout du préau, Arthur feint de ne pas entendre. Il continue à marcher, il coudoie ces agités dont il n'a plus peur. Les uns conversent, ou plutôt soliloquent à plusieurs, indifférents aux répliques de leur interlocuteur; les autres engueulent leurs souliers, les arbres, les êtres invisibles qu'habille le vent; d'autres enfin, les plus dangereux, se replient dans leur silence comme dans une bauge, retroussent les lèvres sur de longues canines.

— Gérane, répète rudement le gardien, alors

quoi! Tu étais déjà muet; voilà que tu deviens sourd.

Il s'agit de Feracci, un jeune Corse, plus agressif que solide et généralement affecté au Second. Aujourd'hui il fait un remplacement. Il ne daigne même pas annoncer : " Parloir! " Il prend le bras d'Arthur et l'entraîne. A la porte, le chef grince : " Attention à cet oiseau-là! " Feracci hausse les épaules, serre un peu plus fort et remorque Gérane sous la galerie couverte.

Il pleut toujours. Les jardins sont déserts : aucun travailleur n'a pu mettre le nez dehors. Arthur se demande ce qu'on lui veut : ce n'est ni le jour ni l'heure des visites. Il n'est certainement pas question de lui faire réintégrer le Premier. Le transférerait-on? Arthur connaît de réputation Hœrdt et Henri-Colin, ces *sections de sécurité* que l'imagination fertile de ses camarades considère comme des bagnes. Henri-Colin! L'évasion impossible, l'internement interminable, la discipline de fer, les camisolages gratuits... Henri-Colin? Non et non! Son sang ne fait qu'un tour. Son poing — le poing droit, car Feracci a commis l'imprudence de saisir le bras gauche — fait un crochet foudroyant, ramasse tous les kilogrammètres de la rage et les dédie au menton du Corse.

*

"C'est de la folie, c'est de la folie! J'ai bien mérité un mois de ficelles!" s'avoue lui-même Arthur en détalant. Instinctivement, il reprend l'itinéraire de sa première évasion; il oblique à droite, remonte la galerie qui longe le Cinquième, en face de la chapelle. Là, il y a un espace découvert, généralement plein de monde. Mais il pleut, n'est-ce pas? Gérane ne croise qu'un bonhomme en sabots qui transporte des seaux d'ordures et les laisse tomber de saisissement. Cet imbécile braille, mais Arthur a déjà franchi le passage dangereux, gagné les abords du bois; il fonce vers le château d'eau, vers cette partie du mur couverte de lierre et qui s'escalade aisément. De l'autre côté, il y a les champs où l'on ne court pas facilement en plein jour, car dans les champs il y a des paysans... Non! Il n'y a pas de paysans. Il pleut, il pleut. Jamais la pluie n'a été si douce à ses épaules, à son crâne retondu qui ruisselle, à ses chaussettes plus riches que des éponges.

Il trébuche sur une branche morte, s'écroule, se relève, arrive au pied du mur et s'envole en ricanant.

Ne ricanons pas si fort, Gérane! La partie n'est pas gagnée. Feracci s'est vite relevé. Il siffle. Il siffle avec une telle fureur que la roulette de son sifflet se coince dans la fente. Il court aussi en agitant les bras, il crie, il jure, il resiffle, il promet camisole et correction. Il court, il suit, mais d'assez loin, parce qu'un malade en pleine rébellion peut ramasser quelque pierre et s'en servir en guise de casse-tête; parce que ses jambes (malgré le blâme qui menace le dossier Feracci à la Préfecture) n'éprouvent pas le désespoir qui alimente un tel rush.

Les portes des quartiers se sont ouvertes précipitamment : cris, nouveaux coups de sifflet, talonnade affolée. Les infirmiers sortent de partout, se concertent, s'interpellent, s'élancent vers le bois. L'un d'eux trottine sous un parapluie. Tous sacrent, car, encore une fois, il pleut et l'enthousiasme n'est pas grand.

Feracci, qui vient de voir disparaître Gérane de l'autre côté du mur, se retourne, fait de grands signes qui sont correctement interprétés : "Les uns à gauche, par la grille; les autres à droite par l'autre entrée de l'asile. Manœuvre enveloppante; nous le cueillerons sur la route."

Reflux des blouses blanches, dont un grand nombre se précipite vers la remise où les vélos sont suspendus par la roue avant. Tiré de son bureau par ce bruyant remue-ménage, le professeur Émeril apparaît.

— C'est Gérane, lui crie le galonné du Troisième. Il a frappé Feracci et s'est sauvé.

Le juge, entendant prononcer son nom, sort à son tour, effaré.

— Le malheureux! Il choisit bien son heure!

— Voilà qu'il devient dangereux, murmure Émeril avec une moue prometteuse. Ne vous inquiétez pas, monsieur le juge. En plein jour, un évadé ne va jamais bien loin. Votre fils n'a pas trois cents mètres d'avance et mes hommes ont leurs bicyclettes.

Il ne se trompe pas, en principe : la tentative d'Arthur est puérile. Mais il se trompe, en fait : le hasard joue en faveur de l'évadé. De l'autre côté de l'enceinte, Arthur, à bout de souffle, la cuisse sciée par un début de crampe, n'a pu reprendre sa course. Se lancer sur le macadam est inutile : le meilleur champion ne lutte pas contre le quarante à l'heure d'un vélo. Gérane cherche une cachette, en vain : l'hiver a dégarni les buissons, que les infirmiers fouilleront d'ailleurs un par un. Les quelques maisons qui bordent la route sont toutes occupées par leurs familles. S'y réfugier, c'est se jeter dans la gueule du loup. Reste une manœuvre désespérée qui consiste à repasser le mur un peu plus loin, à rentrer dans le parc d'où Feracci vient de le voir sortir, à se cacher quelque part jusqu'à la nuit, par exemple dans ce petit bâtiment annexe où l'on entasse la paille nécessaire à la réfection mensuelle des paillasses de gâteux.

Mais voici que s'avance un lourd camion de fagots, qui ralentit pour prendre le tournant. Arthur n'hésite pas, le laisse passer, ramasse ses dernières forces, pousse un sprint final et s'accroche aux ridelles. Le conducteur l'a peut-être aperçu dans le rétroviseur, le camion se rend peut-être à l'asile même... Tant pis ! C'est une chance à courir. Gérane déplace deux fagots, se glisse dessous, s'égratigne atrocement... A la réflexion ces bourrées d'épines, destinées à quelque boulanger, sont cruellement rassurantes : l'administration n'en use pas. Au moment où le chargement passe devant la grille, trois pelotons de poursuivants s'en échappent, se lancent dans les trois directions qui s'offrent à eux. Pourquoi soupçonneraient-ils ce camion débonnaire qui les éclabousse au passage ? A travers les branchages, Arthur voit les gardiens s'éloigner, inondés, rageurs, vainement courbés sur leurs pédales. Il voit aussi la camionnette de l'économat qui prend la route de Paris. Une trépignante satisfaction, une angoisse joyeuse de lièvre provisoirement victorieux du lévrier font cogner sa tachycardie, qui se calme peu à peu. Mais elle reprend de plus belle quand le camion ralentit, vire dans un chemin de traverse, s'arrête au bord d'un chantier. Dieu merci! Un rude larynx le rassure définitivement :

— Tu vas casser la croûte : on déchargera après déjeuner.

*

Le camion fut en effet déchargé à deux heures et le camionneur sacra tout ce qu'il savait : quelques fagots, sans doute mal amarrés, gisaient parmi les copeaux et son paletot de cuir, accroché dans la cabine, avait disparu.

XVII

Enfin sorti du bain très chaud, où il avait barboté pendant une demi-heure, Arthur, debout sur le tapis de caoutchouc, se laissait frotter le dos par Alice. Il se taisait, dédaigneux, ne jugeait plus utile de crier. Tout à l'heure, en rentrant, exténué, grelottant, innommable, il était tombé sur la petite serrée de près par un blondinet de l'immeuble. Elle l'avait rattrapé sur le palier, l'avait poussé dans l'appartement vide, sans tenir compte de ses reproches.

— Ce type n'est rien pour moi. Je t'attendais. Il faut avoir les idées larges, tu me l'as dit toi-même.

Arthur n'aimait pas être victime de ses opinions.

— Oui, avait-il ricané, mais quand une fille, en amour, parle de largeur d'esprit, c'est pour légitimer celle de ce que je pense.

Alice ne s'était pas fâchée : elle appartenait à une race où la colère masculine est bien portée, où les grossièretés n'ont qu'une valeur toute relative.

Elle s'était plutôt montrée contente, comme si l'injure soulignait une flatteuse jalousie. Son rouge était venu graisser le museau de Gérane, entraîné tout boueux sur le divan. Choyé, noyé sous la salive, il s'était calmé. Après tout cette fille restait libre. Il avait besoin de secours et sa situation n'ét it pas si solide en cette maison qu'il pût s'offrir le luxe d'une rupture immédiate.

— Ne fais pas cette tête-là, chéri, annonçait triomphalement Alice en achevant de lui frotter le dos. Il y a de la joie dans la maison. René a dû opérer seul, mais il a réussi.

Raison de plus pour ne pas faire le difficile! Arthur consentit à sourire, mais n'ouvrit pas la bouche. Il éprouvait une grande paresse du glossopharyngien : depuis son mutisme volontaire, sa langue s'était engourdie. Le but atteint — qui était l'évasion en elle-même et non ce qui s'ensuivrait — il se découvrait peu d'éloquence pour exalter une liberté dont il n'avait pas prévu l'emploi. " Comme je me sens vide, songeait-il, et dire que je me suis tant débattu pour ce vide! Que vais-je faire de moi, maintenant? " Il ne pensait pas : " Que vais-je faire d'elle? " Encore bien moins : " Que va-t-elle faire de moi? " D'Alice à lui rien ne semblait subsister, sinon le souvenir d'une rencontre agréable, analogue à celle de la carabine et du carton. Ni projet, ni pensée, ni désir ne valaient pour lui la réédition. Alice, culbutée, n'était plus qu'Alice. L'affaire de René, réussie, n'était plus une affaire. Tous les Cheune avaient perdu le visage de la nouveauté, ne présentaient plus que celui de la nécessité. Cette rentrée postulait un nouveau départ, dans des conditions mal définies, mais dans un délai certainement plus court que la repousse de ses cheveux. Délai pour relais. On verrait bien. " Courir, puis laisser courir ", telle avait toujours été sa devise. Cette fois, la seconde partie du programme prenait un relief particulier : l'extrême tension, à laquelle il venait d'être soumis par l'insistance farouche de ses jambes, n'était pas complètement tombée. Sa lancée ne se trouvait que ralentie, n'acceptait qu'un repos.

Un repos? Non, une simple pause d'une heure. Arthur niait déjà ce vide que sa sincérité avait entrevu. Une idée, une étoile filante venait de le traverser. " Pardi! Ce n'est pas pour les Cheune ni même chez les Cheune que je suis revenu; c'est seulement grâce aux Cheune que je vais achever ma libération. René a réussi... tiens, tiens! Réussi quoi? Un vol! Quel droit a-t-il au produit de ce vol? Il s'est bien gardé de m'attendre. Sa sœur non plus ne semble pas m'avoir attendu. Je n'ai pas de gants à prendre avec cette racaille. "

Ce pensant, Arthur se mettait à table, rompait

bravement le pain des Cheune, lampait leur vin sous l'œil satisfait d'Alice, très fière de son énergie. Ce garçon ne venait-il pas de berner deux fois de suite la justice et les psychiatres? N'avait-il pas magnifiquement su se taire? Quel gaillard, qui ne jugeait même pas utile de conter son odyssée!

— Dis, ma poule, fit enfin Gérane retrouvant sa langue, l'affaire était-elle vraiment intéressante?

Alice battit des mains, exactement comme le soir où Arthur lui avait rapporté le manteau de skunks.

— Je pense bien! Nous allons nous payer le bistrot rêvé. Finies les combines! Édith et René sont justement partis avec un type d'une agence immobilière pour visiter une guinguette à vendre du côté de Bures-sur-Yvette. Nous avons tout liquidé, sauf deux bagues trop voyantes. L'argent est là... regarde.

Alice ouvrait le tiroir de la machine à coudre. Gérane y jeta un coup d'œil faussement distrait.

— Ferme! Édith grognerait si elle te voyait.

La Providence, encore une fois, le servait à point. Évidemment ladite Providence fournit tous les jours des occasions de ce genre aux caissiers de banques qui ne les considèrent nullement comme telles. Mais Arthur avait des vues particulières sur les grâces du Seigneur. Aller s'enterrer dans une gargote de banlieue ne lui chantait guère. Des projets plus brillants, il n'en avait aucun de précis ; il était certain qu'ils s'offriraient d'eux-mêmes comme cet argent s'offrait à lui. L'étourdissant exploit qu'il venait de réaliser méritait une récompense plus tapageuse qu'un vague rôle d'associé dans le coup de torchon ou la distribution des canettes de bière. Il ne comprenait pas que René abandonnât brusquement la pince-monseigneur pour la pince à sucre. Ce garçon, selon lui, n'était qu'un truand d'occasion, un petit employé sans panache de la reprise individuelle. On l'eût beaucoup étonné en lui démontrant qu'il était, lui, un faux affranchi, un faux malfaiteur, un risque-tout chez qui l'impulsion faisait fi du calcul, un aventurier de l'aventure, un de ces *demi-sels* rarement *réguliers en affaires* qui professent la gratuité absurde du geste et dont le goût du clinquant apparente la délinquance à celle de la pie.

— Alice, reprit Gérane, il faut que j'envoie un pneu à mon avocat. Je vais le griffonner et tu iras le mettre à la boîte en vitesse. Moi, je tombe de sommeil.

Alice, qui ne valait pas le quart d'une Édith, ne renifla rien. Quelques minutes plus tard, elle descendait quatre à quatre l'escalier, nantie d'une vague lettre expédiée par Arthur à Me Tarzin. " A nous, la belle vie ! " s'écria l'évadé raflant rapidement dans le tiroir la liasse de billets et les deux bagues invendues. La penderie lui fournit un manteau de René : le plus beau, cela va de soi. Il songea quelques secondes à prendre une valise, à la bourrer de linge de même provenance, mais jugea qu'il n'avait pas le temps et dévala les étages. Bien lui en prit! au coin de la rue des Fossés-Saint-Jacques et de la rue de l'Estrapade, il faillit renverser son amie qui revenait au galop.

— Réflexion faite, lui jeta-t-il, je préfère téléphoner à Tarzin. Il faut arrêter une fois pour toutes cette comédie de l'internement. J'ai emprunté le manteau de René : je gèle.

— Je t'accompagne? demanda gentiment la petite, en glissant son bras sous le sien.

— Non, grimpe à la maison et fais-moi un thé au rhum bouillant. J'ai dû prendre froid sous cette pluie. Je reviens dans une minute.

*

Gérane s'était jeté dans un taxi. "Où allons-nous?" s'enquit le chauffeur. Enthousiasmé à l'idée d'orienter son destin en une seconde et d'un seul mot, le jeune homme répondit à tout hasard :

— P.-L.-M.!

Une demi-heure plus tard, il roulait. Un reste d'atavisme paysan lui avait interdit de prendre un billet de première : sa gloriole avait refusé les troisièmes. Il filait donc en seconde vers Nice, savourant cette joie profonde, la seule inusable pour lui, de se sentir emporté à bonne vitesse loin de tout décor familier. Cette fois s'y ajoutait le sentiment de la conquête, de la sécurité financière, d'un avenir illimité, d'une puissance en mesure de s'offrir toutes les latitudes, tous les soleils. " Je descendrai le moins possible dans les hôtels, songeait ce fils de magistrat, édifié sur les dangers que présentent les fiches de meublés. Je me ferai appeler Guillaume Jérane. Que peut-on me dire ? J'ai toujours le droit de porter mon second prénom. Quant au J substitué au G, nul ne peut y voir qu'une faute d'orthographe. Faute précieuse, toutefois, car elle me transporte en un autre endroit des répertoires alphabétiques. Allons ! Constituons-nous un stock de beaux souvenirs, accordons-nous quelques mois de bon temps. Nice, Cannes, la Corse, puis Chamonix. Dans six mois, j'irai m'établir dans un trou de campagne. Pourquoi n'achèterais-je pas une petite propriété ? Deux tiers pour l'avenir, un tiers pour m'amuser... Mais, voyons, combien ces idiots de Cheune ont-ils réalisé ? Je n'ai pas compté la somme. " Il s'en fut aux W.-C. faire l'inventaire, froissa joyeusement cent soixante-douze billets de mille. " Ils auraient pu liquider leur quincaillerie à meilleur compte !... Enfin, il reste encore deux bagues. Cent mille francs en réserve et soixante-douze pour faire le joli cœur, ce n'est déjà pas si mal... Chaix affirme que nous nous arrêtons seize minutes dans la ville sanctifiée par la présence du primat des Gaules. Je sauterai sur le quai pour envoyer une carte à cette petite grue d'Alice. Elle me dégoûte! Après tout, elle et moi, nous n'avons pas fait l'amour, le vrai, nous avons seulement un peu copulé. Belle viande, mais tendreté n'est pas tendresse. A ma pauvre Roberte j'enverrai autre chose. "

En gare de Lyon, Gérane n'oublia ni cette mesquinerie ni cette attention, qui ne lui semblaient nullement contradictoires. Pour Alice, il trouva une carte aux couleurs criardes, du modèle cher aux conscrits; elle représentait un cochon chevauché par une dame opulente. Il griffonna au verso : " Avec un dernier coup de groin. Merci! " Une vue de la basilique de Fourvières lui sembla convenir à Roberte et son égoïsme ingénu dénicha cette formule : " Sois heureuse de me savoir heureux. Baisers. " Hilare, attendri, fort satisfait de lui, Arthur regagna son compartiment et s'endormit dans un coin.

XVIII

Ainsi commençait le plus inutile, le plus absurde périple. Banal ou pittoresque, l'horizon n'avait aux yeux d'Arthur qu'une seule vertu : celle du changement. Il ne savait pas voyager : il se déplaçait. Il obéissait, dans l'état de mouvement, à la loi d'inertie. Pas le moindre goût de la découverte, qui fait l'explorateur, ni de la flânerie, qui fait le touriste; mais celui de la bougeotte. Une seule province d'élection : celle où il n'était pas.

En quatre mois cet ambulant loua trois villas, descendit (malgré ses intentions premières) dans diverses pensions de famille de la Côte d'Azur, fit un tour en Corse, revint par Cannes, remonta sur Megève. Les fonds qu'il s'était alloués pour la première partie de son programme s'épuisèrent : il se mit à dévorer sa réserve, acheta une moto "pour se déplacer plus économiquement". En juin, il se lançait dans les Vosges; on le vit à Saint-Dié, à Gérardmer, enfin à Plombières, où il resta plus d'un mois. Il commençait à remâcher sa poussière, à éprouver cette lassitude qui finit par stopper les plus fortes crises d'errance, par leur imposer la grande halte. Il repartit cependant dans la direction de Bains-les-Bains. Au passage, il voulut visiter la verrerie de Clairey et tomba en panne, le 28 juillet, dans la côte du Ménamont, près de Vioménil.

Suant, pestant, poussant devant lui sa machine, il pénétra dans ce village à l'heure où le clocher régalait l'écho d'angélus, où revenaient des vergers les filles écrasées sous le poids des grands paniers de prunes. On lui dit qu'il se trouvait au cœur des Faucilles et que le filet d'eau, offert au battoir des laveuses, s'appelait la Saône. Tandis que le mécanicien du bourg réparait sa moto, il monta jusqu'aux sources, trempa les doigts dans une eau glacée et, se retournant, contempla d'un regard apaisé la petite vallée de la grande rivière naissante. Les quatre points cardinaux accordaient à l'horizon les pourpres d'un conclave. De hautes sapinières noires couronnaient les coteaux, au-dessus des pacages, d'où les vaches descendaient, dédiant au soir un concert lointain de clarines et l'odeur bucolique de la bouse fraîche. Les maisons se penchaient sur un contrefort, serrées comme une tiède couvée de poulets blancs et crêtées d'un rouge plus vif que celui du couchant.

" Je n'ai plus, songea le nomade, que vingt mille francs. Il est temps de m'arrêter. Ce patelin me plaît. Si je trouve quelque chose à y faire, je reste. Plus tard, quand l'affaire Cheune sera bien éteinte, je vendrai les bagues, je m'achèterai une fermette, je découvrirai une colombe pour mon pigeonnier. "

Il rentra, léger comme Perrette, le pot au lait de ses rêves bien en équilibre sur le crâne. Ses intentions se précisaient avec cette foudroyante facilité qui passe quelquefois chez les déséquilibrés pour une sorte de génie de l'adaptation. Il était convaincu d'avoir atteint Chanaan quand il arriva chez le mécanicien. Ce dernier lui annonça qu'il avait coulé sa bielle, qu'il faudrait plusieurs jours pour faire venir cette pièce. Gérane ne s'en étonna pas : le doigt du destin se posait décidément sur la carte des Vosges.

— Trouve-t-on du travail dans ce coin-ci? demanda-t-il brusquement.

— Quelle sorte de travail? répondit l'homme en lorgnant ce client trop bien mis. Quelle sorte?

— Dans une ferme, précisa bravement Gérane.

— Alors, reprit son interlocuteur, adoptant le tutoiement instinctif de travailleur à travailleur, tu n'as que le choix : cueillette et moisson commencent. Mais pourquoi viens-tu t'installer par ci? Pourquoi, par ici?

Il répétait l'essentiel de sa phrase, comme font

la plupart des Lorrains, en prononçant les derniers mots un demi-ton plus bas, en écho. Arthur laissa entendre qu'il cherchait à se rapprocher de certain jupon, se fit passer pour un ouvrier d'Épinal, désireux de se faire un peu la main avant de s'installer à son compte à la campagne.

— Va donc voir chez les Merle. Ils habitent route de Lerrains, à la sortie du bourg. Le fils vient de partir au service; ils cherchent un valet. Merle est le plus gros bouilleur de cru de Vioménil. Il possède les plus beaux arbres et aussi la plus belle vachère du pays : Stéphanie, la Wallonne. La place est bonne, car on ne fait pas de grosse culture dans cette maison-là.

*

Il suffisait d'un changement profond dans le cours de son existence pour qu'Arthur se trouvât provisoirement exorcisé, pour qu'intervînt ce faux état de grâce qui ressemble à une guérison, qui la simule avec la complaisance de l'intéressé soucieux de se créer un alibi d'homme raisonnable. Son inquiétude, jusqu'alors friande de vain spectacle, de vain mouvement, se montrait soudain capable d'accepter une certaine monotonie, une certaine stabilité, à condition d'y trouver une contradiction formelle avec les décors, les habitudes et les plaisirs antérieurs. Normalisation dans l'anormal, en un mot, tant que cet anormal conservait précisément ce caractère sensible. Trêve plus ou moins longue selon la réussite du dépaysement. Trêve, de toute façon, jusqu'à la prochaine intervention du monstre " qui dans un bâillement avalerait le monde ". Les Gérane ne combattent jamais cette hydre de l'ennui, qui les poursuit toute la vie et perce tous leurs déguisements.

Embauché à l'essai, Arthur étonna d'abord. Il avait cru nécessaire de s'acheter les gros souliers, le pantalon Lafont, la veste de velours côtelé que réclamait son souci de la convention. Ce harnachement trop neuf et trop vrai lui donnait l'air d'un paysan d'estrade. Il lui manquait l'aisance dans le négligé, la broussailleuse ouverture de chemise, la sueur colorée du professionnel. Mais son ardeur étonna plus encore. Enroulé sur lui-même depuis sept mois, Gérane se détendait par tous les membres : son activité, de centripète, devenait en quelque sorte centrifuge. Il dépensait des ressources nerveuses qui suppléaient à l'entraînement, à la résistance que nécessitent les lents et longs efforts de la campagne. Chaque soir éreinté, il se relevait avec des courbatures qu'un nouveau travail dissipait. Il se cravachait avec cette absence de mesure qu'il mettait en tout et que ses patrons attribuèrent à la bonne volonté. Au bout de trois semaines, devant les tonneaux pleins, rangés le long des murs de la cave et qui bavaient rose à qui mieux mieux, le père Merle lui disait rondement :

— Quatre cents francs, nourri, logé, ça te va-t-il, Arthur ?

Gérane, qui venait de dilapider cent cinquante mille francs-Poincaré, accepta, tout heureux. Les Merle l'enchantaient. Ces paysans ne ressemblaient pas aux serfs qu'avait connus son enfance et qui *effouillent* encore les choux à vache du bocage pour le compte des hobereaux. Agriculteurs modernes, attentifs à purger leur vocabulaire, parfaitement renseignés sur tous les progrès mécaniques ou chimiques, ils évoluaient vers le type *farmer*. Le père Merle évitait de geindre comme de se vanter, soignait (dans l'ordre d'importance) ses arbres, ses bêtes et ses gens sans rudesse ni faiblesse, faisait un usage profitable des engrais, des insecticides et de la bonté. Roux, coiffé en brosse, l'œil net, le teint flambé comme une poire d'espalier (côté soleil), sentant à peine l'étable, il portait bottes et jamais sabots. La mère Marie, sa femme, le gouvernait sans cris, les cheveux et la volonté tirés dru sur la nuque. Par ses soins la ferme semblait jaillie toute neuve d'un plan d'architecte : bâtiments chaulés, fumier isolé, paille pressée en blocs bien empilés, purin canalisé, cour nette de fiente. Les étables et les écuries affichaient cet air de propreté qu'ont les bêtes de race, et les hirondelles complices allaient propager à tous vents cette gloire de comices avant de revenir nicher sous les solives. La table était bonne bien qu'un peu chargée de lard fumé et de quiche, les matelas honorables quoiqu'un peu mous, le dimanche scrupuleusement chômé... et ce jour eût été moins agréable pour Gérane, s'il n'y avait pas eu Stéphanie.

Le mécanicien n'avait rien exagéré : la Wallonne pouvait se proclamer la plus belle fille du pays. Un peu lourde de proue et de poupe, mais ce détail ne déplaisait pas au jeune homme. Le cheveu blond paille et, plus précisément, paille de méteil, c'est-à-dire mélangée d'or blanc et d'or jaune. Toute cette paille, très longue et nattée jusqu'à la ceinture, se terminait par un épi commun : la tête. Pour achever la comparaison, la lèvre faisait penser à la nielle des moissons, plus violette que rouge, et les yeux, nous nous en excusons, au bleuet monopolisé pour cet usage par la poésie de jeux floraux. Une carnation de celluloïd sur laquelle le soleil ne mordait pas. Un cou, des pieds, des mains, non moins solidement emmanchés que le caractère, sobres de gestes comme celui-ci l'était de réactions. Intelligente dans son travail, mais d'une intelligence décidée à se passer de toutes connaissances superflues. Méthodique, précise comme son réveille-matin, seul bagage qui l'eût accompagnée depuis Gembloux. Mécaniquement pieuse, religieusement propre et, bien entendu, sentimentale comme le sont ces forces de la nature, dont la dignité romaine résiste pendant des années avant de céder brusquement à la romance.

Tout de suite Arthur fut intéressé par son silence, qui n'était pas seulement un silence wallon, mais une timidité internationale de fille réservée. Sinueux et brillant comme volubilis, Arthur frôlait ce beau tuteur. Les garçons malsains sont toujours attirés par ces belles santés qui défendent mieux leur linge que leurs sentiments, la netteté de l'un n'exigeant qu'un savon de vertu tandis que la blancheur des autres échappe à une psychologie de lavandière. Cette cour d'amour en cour de ferme ne donna lieu d'abord qu'à une bataille d'anges gardiens. " Un pucelage ! " songeait Arthur, pour qui ce mot résumait la sainteté féminine. Sainteté curieuse, un peu désuète, fragile, provisoire, blanche comme ces champignons de couche qui ont de coquins feuillets roses. Sainteté touchante et non moins respectable que celle de Roberte, jeune fille. " Ce gentil garçon-là... ", pensait Stéphanie de son côté, sans ajouter d'autres commentaires, car elle n'avait pas l'habitude de s'offrir des phrases. Elle avait bien du plaisir à le regarder, à lui verser de grandes louches de soupe en choisissant le dessus de la soupière où se rassemble tout le beurre, à tirer fortement les draps de son lit pour qu'il dormît sur une toile bien lisse dont le contact la faisait vaguement rougir. Sûre d'elle-même ou se croyant telle, Stéphanie n'évitait pas Arthur, acceptait de s'asseoir à côté de lui, au revers du talus, quand ils revenaient des champs, la binette sur l'épaule ou tenant chacun par une anse la grande manne pleine de cônes de houblon.

Sur l'ordre du fermier, elle enseignait au jeune homme l'art de manier les pis. Ce fut sur l'étroit escabeau qui les maintenait fesse à fesse qu'Arthur, énervé, l'embrassa brusquement, dans le cou, sous la natte. Attentive à ne pas renverser le seau, la jeune fille l'écarta du coude et passa son émotion sur la vache qu'elle se mit à traire avec une ardeur cramoisie. Arthur, qui n'avait pas ouvert la bouche, se leva, prit une fourche, refit les litières et s'offrit le luxe d'en tresser les cordons. Les bêtes meuglaient doucement, tournaient la tête, lorgnaient d'un œil rond l'idylle ébauchée entre cette fille et ce garçon, réunis contre toute vraisemblance par une fantaisie pastorale du hasard. Arthur sentait bien l'étrangeté de la situation, mais cette étrangeté même en avivait l'intérêt. Il ne lui déplaisait pas d'intervenir dans le destin de cette vierge rude et d'y trouver la preuve de l'excellence de ses facultés, de sa capacité au gouvernement d'autrui.

— Stéphanie, dit-il enfin, tu n'es pas fâchée?

La jeune fille ne répondit pas, filtra son lait, puis se dirigea vers l'écrémeuse, qui se mit à ronronner. Alors seulement elle consentit à tourner la tête et voyant Arthur sur le pas de la porte, vraiment inquiet, vraiment ému, elle lâcha la manivelle une seconde et lui sourit.

Le lendemain, jour de l'Assomption, les jeunes gens, qui ne s'étaient point concertés, se retrouvèrent sur la route, endimanchés. Stéphanie conduisit Arthur à la messe, mais, l'après-midi, se laissa entraîner en forêt, ne refusa pas de s'asseoir sur un tapis d'aiguilles d'épicéa, lui offrit nielle et paille, doucement mélangées. La main qui s'avançait vers son chemisier fut fermement stoppée, sans protestations superflues toutefois. "*Garçon pressant ne fait que son métier*", estime la sagesse populaire. Comme Gérane se garda bien d'insister, le minimum de respect qui plaide le bon motif parut également assuré. Le couple avait échangé quelque salive mais peu de mots, quand Stéphanie murmura :

— Dans trois mois, on pourra se faire afficher à la mairie.

*

Arthur ne songeait pas plus au mariage que Stéphanie n'avait songé à autre chose. Il était ainsi fait que les conséquences de ses sentiments ne lui importaient guère, mais seulement *leur suite*. Il n'y avait pas de lendemain pour lui, mais de l'aujourd'hui prolongé, du présent mis en conserves, il ne savait pas que ces conserves-là se gâtent presque toujours. " Tout de même, pensa-t-il, cela vaut réflexion. "

Les *tout de même!* chez Arthur devenaient très vite des *pourquoi pas?* Ses réflexions n'étaient guère que des flexions de la pensée. Épouser Stéphanie... Mon Dieu! Il eût été plus simple de la renverser sur un tas de luzerne. On pouvait toujours " étudier la question ", ce qui voulait dire dans sa langue se laisser conduire par les événements. S'il n'y avait vraiment pas d'autre moyen d'obtenir Stéphanie, il l'épouserait donc. Au printemps, par exemple. D'ici là, songeait-il, la petite aurait eu le temps de s'attendrir.

Comme elle ne *s'attendrissait* pas, ses hésitations trouvèrent tous les arguments nécessaires. " Ma famille, après tout, n'est qu'une famille de paysans récemment hissée à la bourgeoisie. Stéphanie fera une magnifique patronne à Tiercé, si Roberte n'y revient pas. En attendant, c'est la femme qu'il me faut : cette émigrée n'exigera rien de mon passé. Simplette, elle ne m'offusquera pas de sa supériorité." Gérane acceptait bien en effet d'être dominé, non d'être éclipsé. L'intelligence est toujours plus susceptible que la volonté; c'est sans doute pourquoi tant d'hommes fuient les bas-bleus pour se jeter dans les bras des viragos. "Enfin, continuait Arthur, échauffé, elle est bougrement bien balancée, la petite! J'en meurs d'envie." Argument totalement sincère, argument décisif. Toutefois, la tendresse n'était pas exclue : dans la forêt vierge de sa vie, ce sauvage cultivait un petit carré de fleurs bleues, où Stéphanie venait d'être repiquée. "Cette brave fille, j'aimerais bien la rendre heureuse!" Vœu gratuit, hélas! suffisant en lui-même, comme les souhaits de bonne année ou les confessions mécaniques dénuées de ferme propos.

XIX

L'HIVER fut employé aux coupes de bois et à la distillation de l'eau-de-vie. L'enthousiasme d'Arthur commençait à baisser et la nouveauté de ces tâches n'eût pas suffi à soutenir son humeur si, par bonheur, la présence de Stéphanie n'avait constitué un suffisant pôle d'attraction.

L'idylle continuait, protégée par une épaisse couche de neige et de candeur où certain loup n'osait risquer la patte. Mis au courant des intentions du couple, les Merle n'avaient élevé aucune objection : ils préféraient un mariage à une coucherie de grenier, espéraient que valet et vachère ne quitteraient point la ferme. Les projets ultérieurs de Gérane restaient un mystère pour eux, pour sa fiancée et pour lui-même.

A vrai dire, il n'en avait pas. Ses projets immédiats lui suffisaient et il les eût d'ailleurs probablement abandonnés, si la stricte Stéphanie avait été de celles qui se laissent essayer comme leurs robes.

— Nous nous marions le 12 mars, disait-elle simplement quand Arthur la pressait un peu trop.

Le mariage eut lieu à la date indiquée. Un mariage sans noce naturellement. Arthur s'était déclaré sans famille, Stéphanie n'en avait pas. Les formalités furent vite bâclées. Le patron et la patronne servirent de témoins tant à la mairie qu'à l'église, où ne les accompagnèrent pas même une douzaine de voisins.

Arthur, étonné, se retrouva sur la route, l'annulaire cerclé d'un or léger, sa femme au bras. Le geste même de Stéphanie, glissant le livret de mariage dans son sac, ne parvint pas à le convaincre qu'un changement notable venait d'intervenir dans son état civil. Il se sentait gêné, insuffisant. Seule la mariée semblait satisfaite de sa robe bleue des dimanches, du brin de fleur d'oranger piqué dans ses cheveux et du bouquet de perce-neige offert en guise de corbeille. Un acte aussi important a besoin de solennité; quand il n'en revêt aucune, il perd tout caractère sacré et, notamment, le *pouvoir de date* grâce auquel nous nous considérons comme entrés depuis ce jour dans une ère nouvelle. La coutume est ici d'accord avec la psychologie : les mariages-inscriptions (qui se généralisent) souffrent d'un manque de pompes qui les ébranle au même titre qu'un défaut de vertu. On fait rarement du solide dans le clandestin qui a quelque chose d'avilissant. Ce n'est pas la cérémonie qui fait l'union, mais elle en est le signe et la sanction à tel point qu'une mauvaise union prend dans l'apparat matrimonial un caractère d'indissolubilité, tandis qu'une excellente conclue dans la hâte et le secret nous paraît entachée de nullité. Le mariage est un tout rayonnant. Il faut du soleil à l'origine d'un ménage.

Mais le soleil boudait : il tomba sur le petit cortège une giboulée de mars si violente que tout le monde dut changer de vêtement en arrivant à la ferme. Arthur suivit sa femme dans sa chambre sans arrière-pensée; mais quand elle eut enlevé sa robe son regard ne put se détacher du morceau de cuisse nue entre le bas et la combinaison de pilou blanc. Il n'eut pas la pudeur d'attendre la nuit et se jeta sur elle. La petite poussa une ou deux exclamations, se débattit pour la forme, surtout parce que son mari déchirait son linge, mais ne songea pas un instant à lui contester ses droits et se laissa violer avec les honnêtes réticences d'usage.

*

Arthur regagna seul la salle commune et s'écroula sur le banc parallèle à la table. Marie Merle s'activait. Les fumets d'une cuisine de fête chatouillaient les solives. Le vent tracassait la plume de dinde jetée sur le fumier. Sur le buffet trônait un bocal de cerises noires, baignant dans leur jus, mauve comme une encre sentimentale.

— ... Suis contente de mon Kugelhof, annonça la patronne.

Arthur était moins satisfait. Plus exactement : peu satisfait de l'être. Ce commencement lui semblait une fin. But atteint, charme rompu. Bonheur plumé, rôti, ficelé, comme la dinde.

— Tu ne *causes* pas, Arthur! Qu'est-ce que t'as?

Stéphanie venait d'entrer à son tour. Une joie certaine donnait à sa démarche une légèreté qui ne lui était pas habituelle. Son mari ne le remarqua pas, s'étonna au contraire de l'épaisseur de ses attaches.

— Tu ne nous causes pas? répéta-t-elle.

" Sa langue aussi est épaisse, songea soudain Gérane. Je n'avais pas remarqué à quel point elle parle mal. "

— L'émotion, ma fille! suggéra Marie Merle en affûtant vivement deux couteaux l'un contre l'autre.

Stéphanie sourit, rougit, se glissa contre son époux. Dos arqué, queue dressée en plumet de grenadier, le chat vint monter la garde contre sa jambe. Les prunelles vertes de la bête et les prunelles bleues de la jeune femme quémandaient la même attention, la même douceur. Arthur, agacé, caressa la tête de l'une, la main de l'autre avec un " bonne bête " et un " bonne petite femme " murmurés sur le même ton.

XX

A TITRE officieux, le conseil de famille d'Arthur se réunissait à Angers, ce 30 avril 1936, chez Me Garebot, avoué et ami de Robert Gérane.

Au fond de la pièce, encombrée de dossiers à reliure verte et baignée par une ombre de qualité spéciale (mi-sous-bois, mi-chambre de malade), se tenait l'homme de loi, assis derrière son bureau. Ovoïde contre parallélipipède. A sa droite, se courbait son *principal*, ce clerc qui fait presque tout le travail important d'une étude et prend d'étonnantes responsabilités pour un salaire de manœuvre : celui-ci également gros, mais raide, boule empalée sur colonne vertébrale, mappemonde portative de la géographie de la procédure. Conseil de famille qui ne méritait guère ce nom, car Robert Gérane, fils unique dépourvu de tous parents proches, n'avait pu rassembler qu'Henri Broyal et trois cousins. Ses familiers, le docteur Carré et le curé de Tiercé, complétaient le chiffre de six membres requis par la loi. Tout ce monde semblait mal à l'aise et se tortillait sur le reps fané des grands fauteuils à bras écartés, de ce style *orémus* qui porte si bien la soutane des housses. Contre le dossier du sien, se ratatinait le juge : un vieillard maintenant, depuis peu démissionnaire. Il venait de recevoir un *avertissement* grave et avait encore la bouche de travers, le bras engourdi, la main en pronation, les doigts agités du tremblement hémiplégique. Un flot de bile mouillait ses yeux éteints, veinulés, immobiles comme deux jaunes d'œufs; leur blanc battu en neige lui servait de cheveux.

— Messieurs, commença l'avoué, je vous ai réunis à la demande de M. Robert Gérane pour solliciter vos avis. Je vous rappelle que M. Robert Gérane, aussitôt après la mort de la regrettée Mme Broyal et l'évasion de M. Arthur Gérane, avait introduit une requête d'interdiction contre ce dernier. La procédure est entamée depuis un an.

— Que c'est long, maître! bredouilla le magistrat. Les faits sont pourtant criants.

Il articulait péniblement, mâchouillait ses mots. L'avoué protesta d'une main molle, où l'alliance étranglait l'annulaire.

— Monsieur le juge, vous êtes juriste; vous me comprendrez. La loi exige une série de formalités que j'énumère dans l'ordre. *Primo*, constitution d'un conseil de famille et réunion par-devant le juge de paix, pour vote à la majorité. *Secundo*, articulation écrite des faits reprochés à M. Arthur Gérane, production des témoins et des pièces dont le rapport du professeur Émeril est la principale. *Tertio*, interrogatoire de l'incapable en *chambre du conseil*. Cette formalité n'a pu avoir lieu par suite de la fuite de M. Arthur Gérane. Je pensais néanmoins pouvoir prendre date pour un jugement, quand s'est produit un fait nouveau qui remet tout en question. Vous en êtes tous informés, je pense...

Robert Gérane s'agitait sur son fauteuil. Son teint paysan tournait à la brique trop cuite.

— En réclamant un acte de naissance de M. Arthur Gérane, nous avons appris, par la mention marginale, qu'il s'était marié à Vioménil, Vosges, le 12 mars 1936, avec Mlle Stéphanie Debruckère.

— C'est inouï, explosa le juge en postillonnant, c'est inouï! Une ouvrière agricole belge!

Il prononçait : "Inouyi-ouvrillière." L'avoué hochait la tête avec cette prudence qui ne qualifie jamais les gens, leur réserve une politesse uniforme, ne s'associe qu'avec la plus grande discrétion à leurs sentiments. Il reprit, sur le ton de la confidence professionnelle :

— Ce fait regrettable vient illustrer une légèreté de notre code. Tout individu majeur peut épouser qui bon lui semble sans *contrôle de police*.

La réunion des pièces, la publication des bans n'entraîne aucune publicité réelle; l'affichage est effectué dans une seule localité si les futurs conjoints peuvent prouver qu'ils y résident depuis au moins six mois : ce qui paraît avoir été le cas. Un repris de justice, un évadé, peuvent ainsi se marier sans que leur famille ni les services de sûreté en aient vent et les mettre devant un fait accompli. Quoi qu'il en soit, Mme Stéphanie Gérane jouit de la qualité d'épouse légitime et a désormais priorité pour faire partie de ce conseil. En outre, le dernier domicile de M. Arthur Gérane se trouve être Vioménil. A moins que...

Précieux et finaud, cet "à moins que" se tendit quelques secondes comme une petite perche vers les membres du conseil, noyés dans leur silence.

— ... A moins que M. Arthur Gérane ne réside plus dans le village. Or, c'est ce qui semble ressortir d'une rapide enquête... Il aurait abandonné sa femme quinze jours après le mariage.

— Abandonné... quinze jours après... et voilà!... toujours le même, s'indigna le juge.

— Maître, fit soudain le curé de Tiercé, ces jeunes gens sont-ils mariés à l'église?

— Monsieur le curé, vous connaissez mes idées. Cependant, mon rôle d'avoué...

M. Garebot, bien pensant, ne devait pas être

confondu avec Mᵉ Garebot, avoué chargé de poursuivre la conclusion de divorces que sa conscience réprouvait. Cet homme de loi avait deux consciences : la privée, qui obéissait au Décalogue, et la publique, qui relevait du Code.

Déjà le juge répondait, désolé :

— Malheureusement, oui. L'annulation civile ne suffirait pas. Rome a son mot à dire.

Le " malheureusement oui " fit tiquer le prêtre. Une certaine agitation se manifestait sur les fauteuils. Tous les membres du conseil, sauf Carré, étaient catholiques bon teint, mais de nuances différentes selon leur position sociale et l'intérêt immédiat qu'ils portaient à ce problème. Le curé s'avança au nom du droit canon :

— On n'obtient pas facilement l'annulation : l'Officialité est extrêmement prudente; Rome l'est encore plus. Je ne vois ici qu'un argument : *l'error personnae*. Or, seule la conjointe est qualifiée pour s'en réclamer, en arguant du fait qu'elle a épousé un fou sans le savoir. Quant à l'annulation civile...

L'avoué se campa sur son terrain :

— Très hypothétique! Même si M. Arthur Gérane avait déjà été interdit au moment de son mariage secret, l'union n'aurait pas été nulle de plein droit mais seulement annulable. Comme l'interdiction n'est pas prononcée, il est douteux qu'un tribunal accepte une requête d'annulation, surtout si Mme Gérane s'y oppose. Quant au divorce, il ne peut être réclamé par celle-ci pour motif d'aliénation : la loi est formelle à cet égard. Si vous voulez mon sentiment, je vous dirai tout net que vous ne pouvez rien contre ce mariage.

— Médicalement parlant, fit soudain le docteur Carré, ce mariage peut être désastreux, s'il donne des enfants anormaux. Mais il pourrait fixer Arthur. Il faut savoir ce que vaut cette Stéphanie.

— Une ouvrière agricole wallonne! répétait le juge, ulcéré.

— Mon Dieu! votre père n'était qu'un fermier de Tiercé, Robert. Ce n'est pas notre sang, mais celui de votre petite bourgeoise de femme qui a contaminé vos enfants, semble-t-il!

L'interrupteur, un des trois cousins, gros fermier lui-même dans la Mayenne, libérait ses scrupules.

— L'important, continua-t-il, n'est pas de savoir si nous *pouvons*, mais si nous *devons* faire quelque chose. Comme dit le docteur, il faut se renseigner sur cette fille. Il y a eu mariage, fichtre! donc consommation. Nous ne sommes pas responsables envers le seul Arthur, mais envers cette petite qui porte aussi notre nom. Que sait-on d'elle au juste?

Le juge ouvrit la bouche; Henri Broyal, soucieux de ménager l'élocution laborieuse de son beau-père, le devança :

— La gendarmerie nous a fait parvenir une note.

Il semble qu'Arthur n'ait pas réellement abandonné Stéphanie, mais l'ait quittée par affolement. Relevant son nom sur les registres de la mairie et s'apercevant qu'il ne leur avait point fourni les indications d'usage pour le bureau de recrutement, les gendarmes se sont présentés chez lui en son absence, ont laissé à sa femme une convocation. Arthur s'est exagéré les conséquences de cette formalité et s'est enfui. C'est regrettable, car il travaillait depuis huit mois dans la ferme où il a connu la petite vachère qu'il a épousée. Celle-ci est une orpheline de vingt-trois ans, originaire de Gembloux en Wallonnie, et bénéficie d'une carte de travail délivrée en 1935 par l'Office d'immigration agricole. On ne tarit pas d'éloges à son sujet. Arthur lui-même donnait satisfaction, semble-t-il, mais je me méfie de ces références provisoires. Comment expliquer ce goût singulier pour les tâches subalternes ?

— Ce joli cœur vidant des pots de chambre, puis maniant la fourche... je ne comprends pas, fit le curé.

— Y a-t-il quelque chose à comprendre chez Arthur ? dit le magistrat.

— Le *cycle d'Arthur*, ricana Carré, est assez mystérieux !

— Nous nous égarons, messieurs, nous nous égarons, intervint Mᵉ Garebot. En définitive, que décidons-nous ?

Ils hésitaient, tous. Le vieux cousin se dévoua :

— Ne serait-il pas préférable d'attendre? Ne poussons pas au réinternement. Le mariage d'Arthur est piteux, ses occupations peu brillantes; mais s'il rejoint sa femme, si le couple se révèle solide, ne pourrait-on envisager de le caser à Tiercé? La paix des champs est plus curative que celle des cabanons.

— Je m'effacerai volontiers, admit Henri Broyal.

— Oui, précisa Carré, un jour ou l'autre, vous referez votre vie, Henri!

L'avoué voulut conclure :

— En somme, laissons aller les choses, continuons la procédure afin d'assurer la sécurité des biens et de la famille Gérane. La guérison d'un déséquilibré ne doit jamais être considérée comme impossible : ils s'améliorent souvent vers la trentaine.

Le magistrat le remercia d'un long regard larmoyant mais approuva du chef le curé qui disait, en triturant sa barrette :

— Je crains que nous ne puissions jamais compter sur ce pauvre Arthur, que son mariage ne soit surtout un coup de tête... Mais je ne le crois pas incapable d'un coup de cœur.

— C'est également mon opinion, approuva Carré. Ces incessantes disparitions, ces réactions de fuite sont de mauvais indices cliniques. Mais l'idée de caser le couple à Tiercé ne doit pas être rejetée trop vite. Laissons M⁰ Garebot obtenir l'interdiction, en souhaitant de pouvoir un jour annuler cette précaution élémentaire.

Il se tut, considéra longuement le malheureux père.

— Oui, oui, élémentaire, avoua faiblement celui-ci. Je n'en ai plus pour bien longtemps.

Il souriait, d'un sourire navré, braqué à gauche. Tous les membres du conseil protestèrent poliment et le reconduisirent à sa voiture, qu'il ne pouvait plus piloter. Henri saisit le volant, tandis que le vieillard se recroquevillait sous un plaid, en gémissant.

— Je ne comprends pas, je ne comprendrai jamais...

*

STÉPHANIE — elle non plus — n'admettait ni son malheur ni ses causes.

La jeune femme ne comprenait bien que les choses concrètes, courantes, sans contradiction, pourvues d'apparences solides. Depuis que Stéphanie connaissait Arthur, celui-ci s'était toujours montré calme, rangé, sobre, travailleur. Dépourvu de cette rudesse de traits, de termes et de gestes qu'on peut attendre d'un valet de ferme, il lui apparaissait même comme un être exceptionnel; les sentiments qu'elle lui portait n'étaient pas de nature à diminuer ce prestige. Or, assurait-on, cet homme avec qui elle avait vécu, peiné, couché, fait l'amour selon les normes de la nature, de l'usage et de la loi, était fou, depuis de longues années.

Fou, Arthur? Même pas inquiétant! Elle ne lui connaissait aucune de ces bizarreries, de ces singeries, de ces incohérences qui sont les symptômes populaires du mot et de la chose, si vaguement recouverte par ce mot. Rien ne lui permettait de croire à ce nouveau visage, si différent de celui qu'elle avait connu, tâté des lèvres, des doigts ou des yeux et qu'on lui dépeignait par touches successives, par révélations fractionnées, assez contradictoires encore pour lui laisser quelque espoir d'erreur ou de machination.

Une quinzaine après le mariage, vers deux heures, étaient survenus les gendarmes de Lerrains, tricotant mollement des bottes sur leurs hautes bicyclettes noires.

Elle leur avait immédiatement tendu son dépliant vert de travailleuse étrangère.

— Non, madame, avait dit l'un d'eux, vous êtes Française maintenant, vous n'êtes plus astreinte au pointage. Mais, d'après son âge, votre mari devrait figurer sur nos listes de réservistes. Peut-on le voir?

— Il est aux champs.

— Alors dites-lui de passer demain à la gendarmerie. Nous examinerons son fascicule.

L'affaire semblait mince, mais Gérane, mis au courant, devint pâle, bouda sur la soupe, s'enferma dans sa chambre. Toute la nuit, sans répondre aux questions de sa femme, il se retourna, s'agita dans son lit. Stéphanie maintenant se reprochait d'avoir cédé au sommeil. Il lui semblait bien avoir rêvé, avoir vu dans une demi-conscience Arthur se pencher longuement sur elle en murmurant son nom d'une voix rauque. Elle n'avait vraiment été réveillée que par la pétarade de la moto. La place d'Arthur, à côté d'elle, était encore chaude. " Il est sans doute parti à la gendarmerie, avait-elle pensé, mais pourquoi si tôt ? "

A midi, Gérane n'était pas de retour. Le père Merle descendit au village, téléphona au brigadier.

— Nous ne l'avons pas vu, répondit celui-ci. J'ai compris : ce garçon-là est un insoumis, sinon un déserteur. Nous allons nous renseigner au bureau de recrutement dont il dépend.

Dix jours passèrent. Stéphanie mouillait de larmes le lait de ses vaches. Les Merle, consternés, refusaient de suspecter leur valet. Enfin les gendarmes revinrent.

— C'est invraisemblable, Gérane est parfaitement en règle au point de vue militaire. Il n'y a aucun mandat d'arrêt contre lui, pour un délit quelconque. Toutefois il figure sur une vieille liste de *personnes recherchées dans l'intérêt des familles.*

— Mon mari n'a pas de famille, protesta Stéphanie.

Le lendemain arrivait enfin, timbrée de Paris, une lettre qui n'expliquait rien, qui se contentait de formules vagues.

Ma chérie,

J'ai dû quitter la ferme : c'est une sombre histoire que je te raconterai plus tard. Dis-toi bien que l'affection que je te porte n'est pas en cause et tiens-toi prête à me rejoindre aussitôt que je te ferai signe. Mille baisers.

ARTHUR.

Stéphanie se crut sauvée. Une grande chaleur lui remonta aux joues, tandis qu'elle préparait son balluchon. Mais les événements se précipitaient : les gendarmes revinrent pour la troisième fois.

— Nous venons de recevoir une demande de renseignements, qui émane du père de votre mari, juge d'instruction en retraite. Il paraît qu'Arthur Gérane s'est évadé d'un asile d'aliénés, voilà plus d'un an. On demande quel est son état ? Aviez-vous remarqué quelque chose à ce sujet ?

Le père Merle, indigné, intervint :

— Ceux qui prétendent qu'Arthur est fou, dit-il, ce sont eux qui ont l'esprit dérangé. Il a vécu avec nous pendant des mois : nous nous en serions bien aperçus. Il n'y a pas plus calme que ce garçon-là. Je ne l'ai même pas vu une seule fois éméché. Il avait un secret, c'est sûr, mais je commence à croire qu'il se gardait de mauvaises gens qui lui veulent du mal.

— Il n'aurait pas dû se garder de moi, fit plaintivement Stéphanie.

— Vous n'avez toujours rien reçu de lui? reprit le brigadier.

— Non! jeta la jeune femme, si vite et avec tant de force qu'elle eût mieux fait de dire : oui, mais vous ne saurez rien.

— Vous avez tort, gronda l'autre. Nous enquêtons dans son intérêt comme dans le vôtre.

Quinze jours passèrent. Puis l'huissier pénétra dans la cour de la ferme, où *étant et parlant à la personne de Stéphanie Debruckère, femme Gérane*, il remit *à la susnommée* un papier bleu dont il se fit donner décharge.

— C'est une convocation. On vous somme d'assister à un conseil de famille qui se tiendra le 25 mai à Angers, aux fins d'interdire votre mari.

— Interdire quoi? fit Stéphanie, hargneuse.

— L'interdire, madame! Lui enlever l'administration de ses biens et de sa personne, en qualité de débile mental. La famille réclame cette mesure en raison de la conduite de M. Gérane. Libre à vous de vous y opposer. Ce n'est pas mon affaire. Je me borne à transmettre.

Il s'en fut, laissant Stéphanie ulcérée et les Merle stupéfaits.

— Je n'y comprends rien, gémissait la jeune femme. Un procès! Un procès fait à mon mari par ses parents! Il ne m'a jamais parlé d'eux.

— C'est une persécution, renchérissait le fermier. Puisque l'huissier s'en mêle, il doit y avoir là-dessous une histoire de gros sous.

— Faudrait voir, tout de même! fit prudemment la fermière. Arthur est peut-être déjà prisonnier de ces gens-là, puisqu'il n'écrit plus. Stéphanie, tu devrais aller voir un avocat, un de ces jours, à Épinal.

Mais le silence se fit plus épais. La jeune femme défit son balluchon, passa par de nouvelles transes, remit de jour en jour le voyage d'Épinal. A l'approche des travaux d'été, les Merle durent engager un nouveau valet.

Enfin, à la mi-juin, parvint cet imprimé que l'Administration envoie scrupuleusement aux familles. Il était adressé à Mme Gérane, avec *prière de faire suivre*.

Préfecture du département de la Seine.

Hôpital psychiatrique de Sainte-Anne.

Madame,

J'ai l'honneur de vous informer que votre mari, monsieur Gérane Arthur, sera transféré ce 14 juin 1936 à l'hôpital psychiatrique de Villejuif (section Henri-Colin), 54, avenue de la République. Agréez, Madame... etc. Le médecin chef.

Signature illisible, zigzaguant à travers l'empreinte violette d'un timbre humide, elle-même complètement brouillée.

— Hôpital psychiatrique... *psychiatrique?* Qu'est-ce que c'est que ça, madame Merle ? Arthur est malade !... J'y vais, décida Stéphanie.

XXI

Docteur Cauchon, *médecin chef de la section Henri-Colin*, annonce la carte de visite épinglée sur la porte capitonnée. Derrière cette porte, la pièce ne contient qu'un bureau nu. Coincées entre ce meuble et la cloison, se disputent les deux moitiés interminables de Cauchon : la moitié inférieure allongée jusqu'à des 44, la moitié supérieure étirée jusqu'à la tête et jusqu'aux doigts : les deux, osseuses, réclamant de l'univers un supplément de phosphates. Chauve à la mode bénédictine, c'est-à-dire couronné de cheveux gris, le psychiatre penche sur un dossier considérable, épars devant lui, une myopie affligée de verres plus épais que les vitres de la section spéciale. Près de lui, se tient Latreille, surveillant général, le bedon riche de toute la graisse dédaignée par le patron, presbyte par la vertu de la même contradiction, dédaignant le képi deux fois cerclé d'or, insigne de son grade, qui est le maréchalat des infirmiers. A trois pas Garrigue, le nouvel interne, glisse sa main sur son crâne, pétrifié par un excès de gomina.

— Quel fatras! proteste Cauchon. Ce Gérane, qui nous est arrivé hier, n'a pas encore trente ans; il en est déjà à son quatrième internement. Fugues, vagabondage, évasions, rébellions, vols... j'ai rarement vu un si bel éclectique de la sottise. Sa dernière inculpation pose un point de droit curieux. Lisez donc ce rapport de commissariat, Latreille!

Le papier que Cauchon tenait presque au ras du nez passe dans les mains du surveillant chef qui l'éloigne d'un bon mètre. Garrigue s'approche et réussit à placer un œil à mi-distance.

... Alerté par le gérant de la Bijouterie Royale, rue d'Amsterdam, nous avons procédé à l'arrestation du nommé Gérane Arthur, au moment où celui-ci tentait de négocier une bague, faisant partie d'un lot de bijoux volés à Mme Léwy, antiquaire, en février 1935, et figurant sur la liste des oppositions. Trouvé en possession d'une autre bague, provenant du même cambriolage, cet individu, pressé de questions, s'est d'abord refusé à toute déclaration et s'est prétendu sans profession ni domicile fixe.

Au Sommier, Gérane figurait pour une précédente affaire de coups et blessures, classée à la suite d'un

…n-lieu pour irresponsabilité mentale. Renseignements pris auprès des services compétents de la préfecture de la Seine, nous avons appris que l'inculpé s'était évadé de l'asile de Vaucluse et que les recherches, longtemps infructueuses, venaient d'aboutir à la découverte de sa résidence actuelle, à Vioménil, Vosges.

Revenus auprès d'Arthur Gérane, nous lui avons démontré l'inutilité de son silence, puisque nous connaissions ses antécédents et le lieu de sa retraite, ainsi que les circonstances de son évasion exécutée à l'heure même où l'on enterrait sa sœur, comme lui internée à l'asile de Vaucluse. Gérane, qui semblait ignorer ce dernier détail, s'est alors effondré.

— Ce n'est pas moi, a-t-il déclaré, qui ai cambriolé Mme Léwy. Le jour du vol, j'étais encore interné. (Le fait est exact: Gérane ne s'est évadé que huit jours après.) Le coupable est un certain René Cheune, chez qui je m'étais réfugié pour la seconde fois. Sa sœur, qui était ma maîtresse, a commis l'imprudence de me montrer le butin, déjà liquidé, sauf deux bagues difficilement négociables. Profitant de son absence, je m'en suis emparé et me suis mis à voyager à travers la France. L'argent épuisé, je me suis installé à Vioménil, où j'avais trouvé du travail dans une ferme. Je m'y suis marié. Récemment, invité à me rendre à la gendarmerie pour régulariser ma situation militaire, j'ai pris peur et suis revenu seul à Paris où, me trouvant démuni d'argent, j'ai voulu vendre les deux bagues.

Immédiatement appréhendés sur les indications de Gérane, le nommé Cheune René, récidiviste notoire, et les filles Cheune, Alice et Édith, ses sœurs, ont commencé par nier les faits, mais après diverses confrontations sont passés aux aveux (qui font l'objet d'un rapport annexe).

Nous envoyons René Cheune au Dépôt sous l'inculpation de cambriolage, ainsi que ses sœurs contre qui nous retenons les délits de recel et complicité. Quant à Gérane, nous croyons bien faire en l'expédiant également au Dépôt, bien qu'il ne puisse être inculpé de vol au préjudice des Cheune, ce vol ayant été commis le jour même de son évasion, alors qu'il était encore légalement interné et par conséquent irresponsable de plein droit. Toutefois, comme Gérane a conservé l'argent et les bijoux pendant plus d'un an, une fois sa sortie considérée comme acquise, nous pensons pouvoir l'inculper de recel, sous réserves.

On notera que Gérane, enfermé pendant la nuit dans la chambre de sûreté du commissariat, a tenté de se suicider en s'ouvrant les veines du poignet à l'aide d'un éclat de verre. Ranimé et pansé, le prévenu, dont les blessures ne sont que très superficielles et qui fait l'objet d'une surveillance spéciale, a pu être transféré sans autres incidents.

— Naturellement, grogne Latreille, Vaucluse n'en a plus voulu et nous en héritons.

— Vous ne craignez pas, fait Garrigue, d'avoir du fil à retordre avec ce Gérane?

Cauchon se déplie vers le plafond, ajuste sa toque et se dirige vers la porte en haussant les épaules.

— Peuh! répond-il. Les dossiers terribles ne m'impressionnent plus. J'ai une vingtaine d'assassins dans mes services. La plupart de ces lascars, en arrivant ici, font dans leur culotte... Nous montons, messieurs. Vous, Garrigue, tâchez de me faire honneur, pour votre première visite.

*

Le trio traverse d'abord l'asile ordinaire : un asile comme les autres, ceint de murs raisonnables et composé de bâtiments disparates, les uns anciens, les autres plus récents. Voici l'esplanade, gazonnée et brodée de massifs : le soleil joue à l'arc-en-ciel dans la bruine des tourniquets hydrauliques, badigeonne de blanc cru les constructions cubiques des " tôles ", ces sections construites par les Allemands au titre des réparations.

Cauchon, qui marche à longues enjambées d'autruche, relève le menton, pointe un long doigt jaune :

— Ce mur est la frontière de mon domaine.

Garrigue s'étonne : le mur, flanqué de peupliers d'Italie, n'a pas trois mètres. Certaines croix du cimetière et la tour d'entraînement des pompiers le dominent aisément.

— Ne vous y fiez pas, ricane le patron, qui a surpris le coup d'œil et hâte encore le pas. On ne peut entrer ou sortir que par la porte de fer que voici... Regardez!

La porte franchie, l'interne comprend. Au pied du mur se creuse un saut de loup de cinq mètres. Le talus est discrètement complanté d'arbres qui masquent la vue en hauteur et de buissons qui rendent la profondeur inappréciable. Cauchon sourit, fait un geste du bras qui invite à la contemplation. A l'intérieur de cette pudique enceinte, s'étale un jardin assez vaste, en partie cultivé. Tout au fond, face au fort des Hautes Bruyères, s'élève une petite villa fleurie, tout à fait " Mon Rêve " de retraité.

— Ma bicoque, fait le surveillant chef.

Les autres bâtiments, que relient des allées cimentées, n'ont pas l'aspect plus rébarbatif.

— A votre gauche, le pavillon des femmes, explique Cauchon. A votre droite, le *Premier* ou quartier de haute surveillance pour les hommes. En face, cette bâtisse importante réunit le *Deux* et le *Trois*, quartiers de travailleurs. Vous le voyez, toutes les cours forment des demi-cercles, isolés par des sauts de loup individuels à parois de ciment lisse. J'ai fait arrondir et polir les crêtes. Même système pour masquer : haies de fusains à l'intérieur, rangée de thuyas à l'extérieur. Rien n'est plus strictement une prison — et des plus sûres — mais rien n'en donne moins l'impression. Que dites-vous des pavillons? Ont-ils l'air de ce qu'ils sont?

Garrigue est bien forcé de convenir du contraire. Bâtis en bonne meulière apparente, les pavillons n'ont qu'un étage. Les hauts toits rouges garnis de tabatières, les pilastres de brique, les galeries qui courent sur les façades (et qui servent aux rondes) leur donnent un aspect méditerranéen. Pour corser cette allure de sanatorium pour jeunes filles, un architecte de génie a disposé les ouvertures d'une façon toute particulière : chaque cellule s'ouvre largement à la lumière par une profusion de surfaces vitrées. Pourtant il n'y a pas une seule véritable fenêtre, mais une juxtaposition de petites impostes d'acier qui s'ouvrent en pivotant sur elles-mêmes et ne laissent de chaque côté qu'un passage insuffisant pour y engager la tête.

Cauchon, très fier de lui, devient bavard et précise, en jetant l'index à tous les vents :

— Chaque cellule est pourvue de deux portes vitrées. L'une donne sur la galerie de ronde; l'autre sur le couloir intérieur qui traverse chaque quartier de bout en bout. Bien entendu, ces portes se ferment de l'extérieur : une serrure et trois targettes! Comme les impostes, elles ont exigé un verre spécial, pour qui le plus beau coup de tête reste une chiquenaude. En somme, pas un barreau. Le caractère punitif du barreau l'a fait proscrire dans toutes les constructions psychiatriques modernes, dont Henri-Colin est une réalisation typique. Plutôt que d'employer cet accessoire de pénitencier, l'administration a préféré se payer le luxe de la grille en fer forgé, là où il était indispensable de l'utiliser, notamment pour clore les entrées et les galeries de flanc. Prudence et discrétion! De temps en temps, j'invente une précaution supplémentaire. Ainsi, je viens de faire poser des serrures spéciales aux portes des quartiers : le chef seul en a la clef. Les infirmiers ne peuvent pas l'ouvrir avec leur passe-partout et sont prisonniers dans leur service. Je les choisis parmi les plus sûrs. Ils touchent une surpaie...

— Cent francs par mois, fait doucement le surveillant chef.

— Oui, oui, reprend Cauchon, agacé. Je tiens beaucoup à une discipline militaire. Je ne tolère aucune infraction. Les visites sont épluchées, passées au crible, suspendues comme le courrier à la moindre preuve de complicité ou même de complaisance de la part des familles. Les malades ne sortent jamais du quartier. Tout a été prévu pour rendre chaque service autonome. Si malgré tout il se révèle nécessaire de conduire un homme en dehors de la section, il n'est admis à franchir la porte de fer que sous bonne escorte, souvent après avoir été réduit à l'impuissance par la ceinture ou la camisole légère. Les fouilles sont fréquentes, complètes. Nulle part ailleurs, un malade n'est aussi souvent nu ou réduit à sa seule chemise. Retenez bien ceci, Garrigue : un homme déshabillé est un homme sans moyens. D'abord, il ne peut aller loin en costume d'Adam : ensuite, la nudité a des conséquences psychologiques certaines. Elle entraîne un affaiblissement de l'agressivité, de l'autodéfense. La chose est si nette que dans certains pays la police procède à l'interrogatoire des criminels après les avoir contraints à se dévêtir.

Cauchon fait trois pas, s'arrête et grommelle :

— Certes, par moments, je me demande si je mérite le titre de docteur ou celui de dompteur. Que voulez-vous ! Assassins, évadés impénitents, simulateurs, rebelles... on ne m'envoie pas des enfants de chœur !

— On insinue..., hésite l'interne, qui ravale promptement sa salive.

— Quoi ? Allez-y ! lance Cauchon, tout de suite agressif.

— ... Qu'il y a aussi des politiques.

Latreille s'esclaffe. Cauchon étend des bras prophétiques.

— Ma section, Bastille de la troisième! Refrain chanté chaque dimanche par au moins trois lettres de malades! Légende pieusement entretenue par la plupart, par certaines familles et par quelques reporters en mal de copie, qui enragent de ne pouvoir ni visiter ni photographier la maison! Ce sont de pures indécences.

Le patron, superbe, crache de dépit dans un mouchoir de l'administration, puis se radoucit et change de ton.

— Il est certain, avoue-t-il, que la recommandation est une des plaies de notre métier et que nous servons de dépotoir... Mes collègues aiment bien se débarrasser des cas douteux, des fils de famille plus ou moins irresponsables. Je les réexpédie, quand je le peux, à la Santé. Mais je suis bien obligé d'en accepter la charge, quand une triple expertise les a reconnus tels. Je ne choisis pas mes clients : on me les impose. Je n'ai même pas le pouvoir de les faire sortir : les experts seuls en sont juges. Le plus souvent, mes malades ne sortent pas directement : je les envoie en province ou dans un autre asile de la Seine. Ils y sont moins en butte aux oppositions de la police ou de leur famille et parviennent à obtenir leur libération sans passer par le tribunal qui n'aime guère casser ses décisions... Avançons. Je commencerai ce matin par le Premier : je veux voir ce Gérane.

A la grille, Cauchon sonne. Il n'a point le double de la clef spéciale : à chacun ses responsabilités! Arnaud, chef du Premier, quadragénaire anguleux et taquiné par son foie, survient au petit trot et libère la serrure bloquée à double tour.

— Salut! jette négligemment Cauchon, qui passe devant lui sans lui présenter le nouvel interne et fonce à travers les couloirs.

Garrigue, Arnaud et Latreille, dans l'ordre de poids, trottinent sur ses talons.

— *Salle à manger*, annonce Cauchon, qui commente aussitôt : le régime alimentaire ne peut comporter aucune restriction punitive, comme dans notre absurde régime pénitentiaire où les *mitardés* sont officiellement affamés... La salle à manger sert de parloir. Pas de grillage, donc, entre le malade et les siens. Portes closes et factionnaire suffisent... *Salle de jeux* : tout est scellé dans le plancher. Pour allumer les cigarettes, ce bec de gaz automatique, qui se rallume si on le souffle... *Cellules* : nous avons choisi un modèle de lit confortable et indestructible. Le sommier est formé de lattes métalliques très larges. Les pieds sont pris dans le terrazzolith... *Armoires-vestiaires* : la tenue réglementaire est celle de tous les hôpitaux. Complet de gros drap bleu en hiver, de toile rayée en été avec béret ou chapeau de paille. Nous manquons d'effets neufs. Mais nous sommes gâtés en fait de chaussons. Ce sont nos ateliers du Deux et du Trois qui fabriquent ces savates de cordon vert et noir et les exportent dans tous les établissements de France... *Salle de bains*... Arnaud, comment cette glace s'est-elle fendue?

— Le soleil, bafouille le chef.

Cauchon fronce les sourcils, examine l'imposte. Garrigue en profite pour muser un peu partout. Sauf une ou deux chambres d'isolés, tout est désert : à cette heure, les malades sont dans la cour du sud. Le décor est décidément banal. L'interne connaît cette propreté, cette indifférence de surfaces lisses, ces dallages nets, ces crachoirs offerts aux glaires de la petite toux et de la petite revendication, ces courants d'air discrètement pharmaceutiques, cette aptitude particulière des locaux à l'étouffement des éclats de voix. Seuls, l'intriguent trois pièces carrées, cimentées, très sombres où s'amoncelle... mon Dieu, oui! une sorte de tas de fourrage.

— *Cellules de paille*, souffle le surveillant chef.

— ... *de sûreté*, rectifie Cauchon, qui s'est approché à pas de loup. Il semble soudain gêné et enchaîne rapidement : Arnaud, allez me chercher l'arrivant. Passons dans le bureau, messieurs.

*

Fatigué de tourner en rond dans sa cellule du rez-de-chaussée, côté nord, Gérane vient de s'asseoir sur la tinette d'angle, analogue à celles de la Santé, mais dépourvue de chasse d'eau. Il est tondu de frais. " On ne tond qu'une fois, à l'entrée, lui a dit le chef. Tu ne seras retondu que si tu es *puni de paille*. " Il est pieds nus et en chemise. Hormis son lit et la tinette, il n'y a strictement rien dans la pièce. Rien que du soleil. " C'est fou, pense-t-il, ce que le soleil peut devenir agaçant quand il n'éclaire que de la peinture. "

Soudain, une clef fourgonne dans la serrure. Arthur saute sur ses pieds, se précipite.

— Mets tes chaussons, commande Arnaud.

Les chaussons attendaient dans le couloir. Arthur les enfile, tandis que le chef saisit le pan de sa chemise et le pousse vers le bureau.

— Voilà donc ce fameux Gérane, champion de boxe! fait Cauchon avec un terrible sourire, qui plisse de tous côtés une peau trop généreusement distribuée sur une mâchoire ascétique.

Arthur se laisse tomber dans le fauteuil. Le deux-galons, le un-galon, l'interne et le patron, ce dernier seul assis, le fusillent sans pitié du regard.

L'adjectif *fameux* met un peu de baume sur ses plaies intérieures, mais Cauchon continue, sarcastique :

— Et vous avez voulu supprimer un si intéressant jeune homme! Je n'en crois rien. Vous vous êtes à peine gratté les veines.

"Bigre!" pense Gérane, qui n'est pas habitué à ce ton-là.

— Puisque vous avez tenu à faire carrière dans les asiles, soyez satisfait : vous voilà promu au grade supérieur... Mais trêve de plaisanterie! je vous préviens que vous êtes ici à Henri-Colin, d'où on ne s'envole pas facilement et où vous trouverez, le cas échéant, d'excellents challengers. N'escomptez pas un séjour provisoire et ne faites rien pour le rendre tel : je manque de tendresse envers ceux qui essaient de se soustraire à ma bienveillance. Tant que vous serez ce que vous êtes, vous devez vous considérer vous-même comme un danger social.

Cauchon se renverse sur le dossier de sa chaise. Ses grands bras d'atèle tombent, dégingandés, sur les accoudoirs.

— Je ne ménage personne, assène-t-il. Je suis pour la méthode directe; j'attaque de front. A moins d'un miracle — et je vous dis tout de suite que je ne crois pas au miracle —, on ne peut rien tenter de bon...

Pause. La fin de la phrase glisse comme un couperet :

— ... en faveur de ceux que rien de bon ne tente.

"Il cherche à me terroriser, celui-là!" songe Arthur, qui lève les yeux et prétend soutenir le regard du patron. Mais Cauchon a des prunelles autrement puissantes que les siennes. Ses paupières s'écroulent très vite, battent avec humilité.

— Mettez-le dans la cour avec les autres, décide Cauchon. Je lui fais grâce de l'observation : elle ne m'apprendrait rien.

Gérane se relève, fesses serrées, très petit garçon. Cauchon le rappelle.

— Un mot encore, Gérane!... Ce qui me dégoûte le plus dans toutes vos histoires, ce n'est pas tellement le fait que vous ayez vécu de vols ou d'expédients, c'est votre mentalité. Vous avez odieusement compromis la vie d'une jeune fille qui ne savait rien de vous. Vos amis Cheune sont de franches canailles, mais ils vous avaient généreusement recueilli. Or, non content de les dépouiller, vous avez cru nécessaire de les trahir... Pouah! Si vous n'étiez pas un malade, je vous dirais que vous êtes un lâche.

Arthur se retrouve dans le corridor, désemparé, humilié et pourtant secrètement satisfait d'avoir été traité non comme un fou, mais comme un homme. Un paquet mou lui tombe sur les pieds.

— Habille-toi, fait Arnaud, coudes au corps et lorgnant ses rotules.

Un cliquetis de clefs s'éloigne sous la galerie du nord. Gérane enfile des chaussettes de coton gris à reprises multicolores, puis un pantalon qui lui vient à mi-jambe et dont tous les boutons ont sauté.

— Ouste! Je n'ai pas le temps de t'attendre. Tu mettras le reste dans la cour.

XXII

L'homme se précipita sur Gérane. Il était petit, ratatiné. Pour serrer son pantalon trop large, il l'avait boutonné de biais au bouton de bretelle, sans s'occuper de la braguette, qui bâillait. Sa chemise bouillonnait par-dessus, largement ouverte sur quelques poils rudes. La tête, une poterie craquelée, fendillée par un feu intérieur trop vif, s'ornait d'étincelants yeux jaunes et de houppettes blanches, réfugiées sur les tempes. Il était pieds nus, bibliquement.

— Enfant de Dieu, disait-il, mon agneau, entre dans le royaume! Je suis ton père, je suis Dieu, je suis la pondeuse des hommes. Embrasse ton père.

Comme il tendait la joue gauche, Gérane, estomaqué, le repoussa.

— Veux-tu respecter Dieu, veux-tu respecter ton père!

— Ça va, Dieu! Ça va! fit une voix aigre. Fous-lui la paix.

Une arrivée à Henri-Colin est toujours un événement : elles ne sont pas si fréquentes. Le nombre de places est très limité. Arthur se vit aussitôt entouré par les deux douzaines de malades du quartier, souriants ou renfrognés. Le Seigneur, fouillant les poches de sa Providence, insistait :

— Je suis bon et compatissant quand on me prie. Veux-tu une Camel? Préfères-tu un Voltigeur? Si tu ne fumes pas, j'ai aussi des caramels. Cigarettes de Dieu! Bonbons de Dieu! Dites merci à Dieu!

Gérane accepta un cigare. Personne ne semblait faire attention à la rengaine; quelques mains se tendirent, où le vieillard distribua sa dernière commande de cantine. Puis il retourna jouer aux dames contre lui-même, car il était aussi la Trinité. La main gauche poussa les noirs contre le Père, tandis que la main droite poussait les blancs contre le Fils et que l'Esprit supervisait. Mais Gérane remarqua que les trois personnes réunies jetaient de temps en temps un coup d'œil autour d'Elles dans l'espoir évident d'être flatteusement observées. " Est-ce vraiment *un pur?* " se demanda-t-il.

— Dieu est notre plus bel échantillon, reprit la voix qui était intervenue en faveur d'Arthur. Sa présence permet de légitimer la nôtre. Quand le substitut passe, "ils" ont bien soin de le lui envoyer. Comme ça, il est tout de suite fixé. Vous-même, vous le serez très vite, Gérane... Vous ne me reconnaissez pas?

En prison comme à l'asile, il est normal de retrouver d'anciens camarades : la même clientèle tourne en rond. Parmi ce petit nombre de malades, c'était une chance. Gérane, avec un peu plus d'attention, reconnut Larribat, le persécuté de Sainte-Gemmes. Il n'avait jamais éprouvé une sympathie particulière pour ce stupide jaloux : mais sa présence le soulageait, simplifiait les toujours pénibles instants d'accrochage et de mise en train.

— Je suis sorti, continuait Larribat, un an après vous et suis venu m'installer à Paris. Malheureusement ma femme... enfin, vous savez ce qu'elle *était*. Je n'ai pu cette fois supporter d'être ridiculisé davantage. En assises, dans ces cas-là, on acquitte toujours. Les médecins, hélas! n'ont pas cette compréhension du cœur humain et se sont bien gardés de me laisser passer en jugement.

Arthur n'en croyait pas ses oreilles : l'assassin, avouant discrètement son crime, s'en préoccupait moins que des conséquences qu'il avait eues pour lui-même. C'est tout juste s'il n'était pas maintenant la victime. Mais Gérane était rompu à la politesse étrange des asiles, qui doit faire abstraction de la *vie privée*, c'est-à-dire de la vie extérieure des codétenus, à ne jamais leur poser de questions et à laisser parler l'interlocuteur sans risquer le moindre commentaire, quoi qu'on en pense et quoi qu'on en dise derrière son dos.

— Le pire, continuait Larribat, c'est que j'avais acheté une entreprise de travaux publics en plein essor. En mon absence elle périclite. Il va falloir la vendre. Les tarifs hospitaliers sont tels qu'ils ruinent un homme en six mois.

Si Gérane n'avait pas vu Mme Larribat, cette morte n'eût pour lui jamais été vivante; on prend facilement son parti d'un cadavre anonyme. Mais la silhouette ridicule de la malheureuse hantait son souvenir : mal à l'aise, il détourna la conversation.

— Savez-vous ce qu'est devenu Chambrelle?

— Cet ignoble pédé?... Sauf erreur, il est toujours au pavillon. Sa sortie était imminente, quand il a été surpris avec le petit Marcel Graule dans une position non équivoque. Donnadieu, Marchant, Gavraine sont inamovibles, bien entendu. Gallufet s'est évadé. Bonal est mort dans une crise. Salomon a pris sa retraite, après avoir fait pleurer trois générations. Je ne sais pas quel salaud le remplace. Mais venez... Je dois vous mettre en garde...

Sur le thème éternel de la paille jugée par la poutre, médecins, infirmiers, malades, tout le monde y passa. En une heure, Gérane connut la légende

noire de chacun, revue et considérablement annotée
par l'inépuisable hargne de l'ex-ingénieur. Enfin,
lassé de tirer sa brasse dans le fiel, Arthur se dirigea doucettement vers les cabinets, posa longuement culotte.

Les yeux à ras du portillon, coupé à mi-hauteur
pour les facilités de la surveillance, il pouvait en
même temps observer les gens. Devant lui s'allongeait le préau cimenté, où déambulaient avec
une nonchalance de séminaristes deux gardiens :
l'épais Suif (Jules Lièvat) et le carré Grand-Jean
(Jean Léporide). Dieu, assis à même le gravier, le
long des fusains, parlait à deux de ses anges :
Marcotte, un idiot par hasard incendiaire et
Guillouteau, le coiffeur, dément sénile depuis dix
ans en communication constante avec " les télépathes ", personnages mystérieux et contradictoires
qui lui avaient jadis ordonné de revolvériser un
conseiller municipal de Livry-Gargan. Ce trio
représentait l'élément dingo dans toute sa splendeur.
Larribat avait tort de se plaindre de leur présence :
ces têtes de Turc autorisaient des comparaisons
consolantes, servaient de repoussoirs à la commu-
nauté.

Le reste en effet semblait composé de gens
calmes. Rien ne les distinguait du premier passant
venu, sauf l'uniforme. Ils appartenaient évidemment à cette race redoutable d'aliénés, capables de

passer inaperçus, de préméditer leurs actes, d'en coordonner l'exécution, de plaider pour leur intégrité mentale avec une saisissante apparence de raison. La sélection opérée parmi les dossiers les plus noirs aboutissait à peupler la section de persécutés patients, d'incurables antisociaux, de vétérans de la bagarre... " et de coureurs à pied ", ajouta Gérane, créant une classe particulière pour lui-même.

— Vous avez connu Larribat, jadis ? Est-il vrai que sa femme était une beauté facile ?... Pépin, je m'appelle Pépin.

La pudeur n'existe plus pour des hommes qui doivent continuellement *se mettre à poil.* C'est d'ailleurs une vertu dont on guérit vite : il suffit de la forcer une bonne fois. Le nouveau venu, un quinquagénaire au nez pointu, se moquait apparemment de l'odeur. Arthur faillit répondre qu'il avait connu l'ingénieur à Paris, mais pensa que ce dernier ne manquerait pas de renseigner ses collègues.

— Mme Larribat, plaisanta-t-il en se reculottant, avait la beauté et la réputation d'un dragon. J'ai connu son mari dans un asile de province.

— Je m'en doutais. A moins d'avoir un macchabée sur la conscience, on vient rarement ici du premier coup.

Sans l'avoir jamais vu, Gérane reconnaissait cet homme : il s'agissait du monsieur bien renseigné, du Chambrelle de service. Le portillon claqua, tandis qu'il lui emboîtait le pas. Peu lui importait que ce Pépin, ancien maire de banlieue, ait eu réellement (selon Larribat) le souci paternel de payer de sa personne sur celles de ses filles impubères ou qu'il fût (selon lui) la victime d'une effroyable machination politique. A l'asile, on n'a pas le choix de ses relations. Cinq minutes après, Arthur acceptait un bridge en compagnie de Pépin, d'un certain Malaret, souteneur en retraite qui parlait de ses chancres comme l'on parle d'un rhume, et de William Snowe, ancien combattant australien de la guerre 14-18, garçon d'une discrétion si prodigieuse que nul ne connaissait les motifs de son internement bien qu'il fût là depuis près de vingt ans. Puis les cartes furent abandonnées; piloté par l'un, piloté par l'autre, Arthur erra de groupe en groupe, serrant des mains dont il était préférable de ne pas savoir dans quels liquides elles avaient trempé.

Avant midi, il eut ainsi recensé les personnages les plus marquants de la section : Vendéhun, petit-fils d'un industriel, escroc très fier de ses exploits, " conseiller technique " de Stavisky; Laligue, peintre par vocation et cambrioleur par distraction; de Ramuzac, un faussaire bien apparenté ou se disant tel; Piolet, un autre persécuté; Dupré, mystique qui était surtout un mythique; Raffreldo, intarissable épistolier, qui s'affirmait docteur ès lettres ; Rameau, Gulgert, têtes brûlées qu'avaient couronnées bien des bérets ; Stanois, un de ces simulateurs qui ne savent plus très bien où ils en sont ; Ostrow, heitmatlos inquiet et inquiétant, qu'on disait condamné à mort en Pologne et sous le coup d'une demande d'extradition ; Haguenne, Panicaut, évadés perpétuels ; Brillet, halluciné d'origine alcoolique... De temps en temps, ce dernier se mettait à hurler, frappé *par le rayon infernal de la préfecture*, dont il précisait scientifiquement la longueur d'onde : cinquante mètres pour le pied, cent pour la tête, de cinquante à cent pour le reste du corps. Comme Brillet pouvait discourir très normalement, il servait d'intermédiaire entre les lucides et les confus.

Arthur, qui se relevait d'un des plus grands effondrements de sa vie, n'avait pas encore de projets : pour l'instant ses jambes le laissaient tranquille. Toutefois, par déformation professionnelle, il examina les lieux attentivement, se rendit compte que toute tentative d'évasion semblait vouée à l'échec. Le saut de loup était infranchissable. Les gouttières, enfermées dans des caissons pour décourager les grimpeurs, les serrures à coquille incurvée, pour empêcher les prises d'empreintes, les triples targettes, le signal d'alarme à électro-aimant et vingt autres détails prouvaient qu'aucune précaution, même minime, n'avait été omise. Au surplus, à travers tous ces vitrages, chacun se trouvait constamment sous l'œil d'un infirmier, même non présent dans la cour. Gérane se souvint de son premier transfert à Vaucluse, de l'agacement qu'il avait éprouvé à respirer le même air, à s'éblouir de la même lumière que celle de la liberté. Elle était ici représentée par ces larges surfaces gazonnées, ces arbres, cette tour d'entraînement des pompiers, cette cheminée de la buanderie, ces massifs de fleurs, ce va-et-vient de chariots longeant la murette extérieure... tous objets proches et parfaitement inaccessibles.

L'attitude des infirmiers était à cet égard caractéristique, témoignait d'un certain sentiment de sécurité. Assez familiers, sauf le chef, ils se penchaient volontiers sur une partie. Gérane surprit même Grand-Jean en train de jouer aux dames avec Dieu, qui lui infligeait d'ailleurs une magistrale correction.

Cependant, à midi, quand Arnaud cria le rituel " A la soupe! " Suif et son collègue poussèrent les malades vers le réfectoire en les comptant soigneusement.

— Combien en trouves-tu? cria l'un.

— Vingt et un, plus quatre en cellule, c'est d'accord, brailla l'autre qui, par acquit de conscience, fit le tour de chaque pilier et inspecta le fond du saut de loup.

Le réfectoire ne différait pas de tous ceux que Gérane avait déjà connus. Les tables de marbre blanc, les placards muraux, le fourneau à gaz où tiédissaient les suppléments de régime, les gros bouteillons, la vaisselle entièrement métallique pouvaient même être considérés comme une sorte de luxe. Une certaine indulgence de détail laissait entre les mains des malades des ustensiles généralement prohibés dans un quartier de haute surveillance. Arthur, une fois de plus, constata la discrétion des médications, réduites à leur plus simple expression. Là, comme ailleurs et plus encore qu'ailleurs, on soignait par l'attente, par le sirop de temps, le seul qui convienne (?) à tous les cas, le seul aussi que nul ne puisse refuser d'avaler.

La plupart des malades retiraient de l'étagère leurs boîtes personnelles, bien garnies de victuailles et de douceurs apportées par les visiteurs ou commandées en cantine. Snowe, l'Australien, avec le sérieux qu'il mettait en tout, jetait dans son quart et dans celui de ses voisins des pastilles multicolores, au gingembre, à la menthe, au citron, à la framboise; ces extraits, tout droit venus de Sydney, transformaient l'eau en pétillante limonade. Dieu n'acceptait que les pastilles rouges, quel que fût leur arôme. " Ceci est mon sang! " criait-il d'une voix pointue et, se retournant, il demandait plus prosaïquement une seconde louche de haricots. Larribat, ramassé sur lui-même, le dos rond, grignotait farouchement, refusait tout prêt et tout emprunt, étendait brusquement le bras pour saisir la salière dont il faisait un usage immodéré. Marcotte s'empiffrait, le nez dans sa gamelle; ses joues clapotaient comme le bec d'un canard sous la vase. Ramuzac, prodigue d'ailerons et de " je vous en prie ", Vendéhun et Raffreldo, casés les uns à côté des autres, faisaient assaut de distinction. Coincé entre Ostrow et Brillet, Gérane louchait dans la direction de ce dernier. Mais l'halluciné n'était jamais victime des rayons de la préfecture à l'heure des repas. " Il faut bien, assurait-il, que ces cochons-là mangent et dorment, eux aussi. Sinon, je serais déjà mort. " Il trouvait normal que le sommeil ou l'appétit de ses tortionnaires fussent exactement calqués sur les siens.

A la fin du repas, Suif distribua la cantine, répartie en sachets de papier gris, lança des chiffres :

— Castaing : 40 fr. 75. Ostrow : cantine arrêtée, plus un sou à ton compte. Gérane : reçu pour toi 132 francs de la tutelle. Malaret : 27 francs. Ramuzac : 31. Pépin : 11. Brillet : pas de Camel en cantine... Allez! Sortez tous!

— Petits, petits, petits! Aux petits des oiseaux Dieu donne la pâture, récita immédiatement le Seigneur, alias Castaing, tandis que la porte du réfectoire se refermait.

Une demi-douzaine de pauvres types se précipitèrent.

— Ces libéralités, murmura Gérane, doivent coûter cher à sa famille.

Pépin, assis sur le radiateur de la salle de jeux ou, plus exactement, sur la carapace métallique percée de petits trous qui en protégeaient les éléments, opina du bonnet.

— Peu importe! Dieu est très riche. Il est le seul à payer intégralement sa pension depuis quinze ans. Il possède à Paris trois usines. C'est pourquoi les infirmiers le laissent faire : son compte de cantine est très largement alimenté.

— En général, objecta Gérane, les aliénés riches s'arrangent toujours pour se réfugier dans une maison de santé.

— Oui, ricana Pépin, mais *la pondeuse des hommes* a fait une impardonnable omelette! En 1920, elle a généreusement distribué à la foule, rue de Rivoli, les balles de son 6-35.

— Alors, Gérane, que penses-tu de la boîte?

Arthur se retourna, se trouva nez à nez avec Suif et répondit prudemment :

— Bah! Un asile comme les autres.

— Ouais, reprit Suif, mais on n'y tricote pas des jambes; tout ce qu'on pourra t'offrir, c'est de tricoter des chaussettes.

Cette obligeante allusion aux ateliers du quartier haut fut aussitôt expliquée. Puis le bonhomme continua :

— Tu aurais dû t'installer en Belgique. Il y a à Bruxelles une colonie d'évadés, qui vivent à peu près tranquilles. On m'en a parlé lors d'un transfert que j'ai fait là-bas.

Il souriait, faisait tourner son trousseau au bout de l'index. "Panneton de deux centimètres, une dent en avant, une profonde entaille à l'arrière, tube creux... Bigre! c'est un passe-partout compliqué", nota Gérane. Malaret, Pépin, Ramuzac l'encensaient de longs jets de fumée. Vendéhun réclama le courrier, trop poliment.

— Je vais voir, bougonna Suif, qui n'aimait pas les maniérés.

A son retour, un demi-cercle plus dense se forma autour du gardien.

— Castaing, beugla-t-il.

— Connais pas! Appelez Dieu par son nom, répondit le vieillard en tendant avidement la main.

— Malaret... encore deux lettres de poules! Raffreldo... ton oncle à toque à son toqué de neveu! Brillet...

Ce dernier s'approcha, claudicant.

— Soixante-huit mètres, aïe, aïe, aïe! En plein dans le cul! hurla Malaret, hilare et se tenant le postérieur.

— Soihante-ouitte mettes... en l'gul! reprit Marcotte, accentuant l'écho-mimique.

— Vos gueules, gronda Suif, ce gars-là souffre, tandis que vous, bande de sagouins!...

Il expectora le reste de sa phrase dans le crachoir plat, rempli de sciure et de mégots décollés, que récupérait un fumeur à court de tabac. Brillet haussa les épaules, lança un coup d'œil reconnaissant au gardien et s'en fut lire sa lettre dans un coin, comme une poule met un ver à l'abri.

Bougon n'accordant une mention souriante qu'aux plus malades, Suif acheva la distribution et s'installa à califourchon sur un banc. Une lettre cependant lui restait dans les mains. Gérane, qui venait d'entamer une partie de jacquet avec Laligue, remarqua que l'infirmier l'épluchait ligne à ligne.

— Suif, lui confia Laligue à voix basse, aime bien censurer le courrier une seconde fois.

— Gérane! cria Suif au même instant.

Arthur n'avait pas prévenu sa femme : il n'attendait rien. Étonné, il jeta son cornet à dés, remonta son pantalon et s'avança :

— Tu demanderas à Castaing, fit Suif, de te donner un bout de ficelle. Ce bougre-là se débrouille toujours pour en trouver... Je ne suis pas calé en orthographe, mais je fais moins de fautes que ta femme. Elle a l'air bien brave, cette petite! Tout à fait ce qu'il faut pour un type qui échoue ici.

En général, les légitimes tiennent trois ou quatre ans, les frangines jusqu'à leur mariage et les mères jusqu'à leur mort. Ne parlons pas des hommes! Les amis se débinent tout de suite, les pères s'indignent, les frères vous laissent tomber très vite, quand ils ne cherchent pas à profiter de la situation... Va lire ta lettre, idiot!

La piteuse orthographe de Stéphanie avait visiblement conquis le cœur bourru de Suif. Un peu pâle, le bout des doigts frémissant, Arthur saisit sa lettre et s'en fut, comme Brillet, la lire à l'écart. En vingt lignes laborieuses, Stéphanie annonçait son arrivée, son intention de se placer en maison bourgeoise pour rester à proximité de son mari et le " défendre ". Le médecin chef " trompé par de mauvaises gens " ne maintiendrait certainement pas Arthur. Elle supposait qu'on l'avait empêché d'écrire, puisqu'elle n'avait rien reçu de lui depuis deux mois. La signature, *Stéphanie Gérane*, farouchement incrustée dans le papier, amena sur les lèvres d'Arthur un sourire ironique. " C'est pourtant vrai que je suis marié, songea-t-il. Comment peut-elle tout ignorer? " A ce moment, son oreille droite tinta si sévèrement que l'œil placé du même côté lâcha une larme. Craignant le ridicule, Arthur l'effaça rapidement. Ses réflexions changèrent d'aspect. " Je n'aurais pas dû me taire; je ne me trouverais pas dans cette situation humiliante. " Il

trouvait déjà naturel que Stéphanie volât à son
secours, se promettait de l'endoctriner, de la for-
tifier dans l'assurance de son intégrité mentale.
" Mais que vont dire les médecins et ma famille ?
Oseront-ils briser mon ménage ? " La loi et les
prophètes rangés de son côté, il s'indignait hâtivement des interprétations possibles. Stéphanie,
cette alliée qu'il avait assez légèrement sacrifiée à
l'heure du danger... non, non, qu'il n'avait pas
entraînée pour lui éviter ce danger... Stéphanie
lui redevenait très vite indispensable. Gêné par
les aveux nécessaires, il se lança un magnifique :
" Après tout, elle s'en foutra si elle m'aime ! " Ce
calcul n'excluait du reste pas la chaleur. La mort
de Roberte avait laissé une place vide, où Stéphanie allait s'asseoir. Une place bien inconfortable,
certes, quelque chose comme un strapontin dans
le théâtre monoplace de son effarant égoïsme. Une
place quand même, la meilleure qu'il pût offrir, en
dehors du strapontin de gauche, toujours relevé,
mais réservé à son père.

L'émotion le dépaysait, lui faisait du bien.
Arthur se mit à faire les cent pas, ruminant l'herbe
tendre de ses sentiments. " Il faudra que Stéphanie
soit très douce, qu'elle vienne souvent, qu'elle m'apporte des gâteries, qu'elle réclame ma sortie. Il
doit exister un moyen d'obtenir mon transfert.
D'ailleurs, je n'ai pas dit mon dernier mot. Une

petite aide, une corde jetée au bon endroit... enfin, nous verrons. " Il hésitait, se sentait las, doutait de lui. " Il faudra surtout qu'elle ignore ce que je ressens à présent! " acheva-t-il, touché par une grâce brève. Une nouvelle fois il éprouvait la certitude d'être *chez lui*. Ces murs lui semblaient familiers comme un fond de poche.

" Allons! reprit-il soudain, en secouant la tête. C'est trop bête. Voilà que je *leur* donne raison! " Il revint vers les groupes, se laissa interpeller par de nouveaux infirmiers. La relève venait d'avoir lieu, selon l'horaire immuable 6-14, 14-22, 22-6. Suif et Grand-Jean cédaient la surveillance de la cour à Marmont et Olivet, deux Picards affublés de deux moustaches, l'une en fourche et l'autre en croc. D'autres têtes sous d'autres képis passaient derrière les glaces. Un frotteur, son échelle sous le bras, vint nettoyer les carreaux : cet office est en effet, à la section spéciale, rempli par un professionnel. Dieu, craignant plus encore que l'administration l'envol de ses anges, fit évacuer les alentours :

— N'approchez pas, criait-il, n'approchez pas des échelles du Levant! C'est ici que l'on reconnaît mes infidèles.

— Toi, au lieu de faire le zouave, grogna Marmont, en faction près de l'échelle, va chercher le blanc d'Espagne qui est resté par terre au bout du préau. Ces corniauds vont marcher dedans.

Dieu se précipita : ses pieds nus claquaient sur le ciment.

— Foutu blagueur, protestait Larribat. S'il était aussi louf que ça, il ne se conduirait pas en lèche-bottes.

— Au contraire, rétorqua Pépin, le philosophe intrépide du lot, si Dieu refusait une corvée parce qu'il est Dieu, son attitude prouverait une certaine logique. Il serait moins malade qu'il ne l'est

— Je vous trouve tous épatants, déclara soudain Piolet dont les prunelles devenaient vagues, de ne pas voir que Castaing est un infirmier déguisé. Il couche dans la cellule du bout, comme par hasard : cela lui permet d'avoir ses nuits libres, sans que nous nous en doutions. Je vois bien, moi, les clins d'yeux et les gestes de connivence que lui font les gardiens.

— Alors, pourquoi fumez-vous ses cigares, bon apôtre? lui lança Larribat, pour qui la proposition était tout de même trop grosse.

Les deux persécutés ne pouvaient pas se sentir, passaient leur temps à faire accoucher d'une souris des montagnes. Rien ne trouvait grâce devant eux, même pas le silence.

— Taisez-vous donc, glapit Piolet. Vous ameutez la section contre moi... Jusqu'à ce Gérane qui, sur vos indications, s'est bien gardé de me serrer la main en arrivant.

— Et merde, à la fin, pauvre fou!

Le mot qui ne se prononce jamais, l'insulte majeure, préface des bagarres, écorcha l'oreille d'Olivet. Il s'approcha des antagonistes et les repoussa rudement.

— Fermez ça!... Les cellules de paille vous attendent.

Les deux bouledogues s'écartèrent et, grondant entre leurs chicots, s'en furent baver dans des directions opposées.

— Ces pauvres gens n'ont décidément aucune charité chrétienne, fit sèchement Dupré qui égrenait son chapelet.

— En avez-vous vous-même beaucoup plus? fit une voix très douce, derrière lui.

— Quoi, quoi, croassa le saint... Ah! c'est vous, Lumène! Je vous croyais encore en train de faire vos simagrées en cellule.

*

UN regard étonnant s'avançait. Rien qu'un regard. Toute la tête en effet n'était qu'un halo de chair pâle autour de ce regard gris, d'un éclat, d'une pénétration insolites; tout le corps semblait secondaire comme un socle d'ostensoir.

— Crise terminée, reprit la voix, aussi aérienne que le regard. Je viens de sortir de cellule... Tiens! *Qui êtes-vous?*

Les prunelles intenses se posaient sur Arthur, l'enveloppaient d'une sorte de palpitement d'ailes.

— Qui êtes-vous? répéta la voix lointaine.

— Gérane... Arthur Gérane, balbutia le jeune homme, en éprouvant l'impression confuse de ne pas répondre à la question.

— Mon pauvre ami, je ne vous souhaite pas la bienvenue.

L'homme s'éloignait déjà. Vu de dos, ce n'était qu'un malade comme les autres. Gérane respira.

— Ce type me gênera toujours, avoua faiblement Pépin.

— Les grands airs pathétiques ne m'impressionnent guère, grinça Dupré, qui n'osait pourtant élever la voix. Je ne sais qu'une chose : monsieur a voulu se suicider, monsieur a trouvé malin d'ouvrir les robinets du gaz. Sa femme et sa fille en sont mortes. Lui a survécu.

— Soyons juste, reprit Pépin. Ce n'était pas sa faute. Son cas est le plus douloureux, le plus étonnant qui soit. Toutes les semaines, presque à heure fixe, Lumène tombe dans un état de confusion tel qu'on doit le coucher. Il délire, il vagit, il joue avec ses mains et avec ses pieds pendant trois jours, puis soudain sort de son lit comme

Lazare du tombeau, redevient étonnamment lucide. D'une lucidité aiguë, déroutante. Une lucidité de visionnaire. Il sait, bien entendu. Il sait, *il accepte*... et il ne comprend pas que nous n'acceptions pas!

— Quand on a des crises aussi fréquentes, aussi régulières, affirma Dupré, il est difficile de ne pas se rendre compte, de ne pas accepter.

— En écoutant Dieu, je n'en suis pas sûr, voulut ironiser Pépin, dont la voix s'étrangla tandis qu'il répétait : non, vraiment, je n'en suis pas sûr.

— Si nous parlions d'autre chose, proposa Gérane, mal à l'aise.

Mais Lumène revenait sur eux, léger, souriant, précédé par ses yeux. Arthur, cloué sur place, le voyait s'approcher avec horreur. Un fou qui parmi les fous se reconnaît fou, voilà bien le pire objet de scandale : il compromet tous ses frères. Ne plus revendiquer sa raison, n'est-ce pas la pire lâcheté?

— Je vous ai mal accueilli, Gérane. Il faut m'excuser. Je suis un grand malade. Oui, beaucoup plus malade que vous.

Arthur se rétractait, blessé par le piètre avantage que lui laissait la comparaison. Mais il essayait en vain de s'insurger, de rassembler ses griefs. On ne peut rien contre le jour et la nuit. Il ne pouvait rien contre cet homme, contre son jour et contre sa nuit, aussi offensants l'un que l'autre.

— On se résigne, vous savez. Mais qu'avez-vous, on ami?

Gérane se détournait, s'enfuyait, se réfugiait dans les cabinets, s'accroupissait sur une colique illusoire. Nul ne l'entendit sangloter.

— La *chiasse* des arrivants, miaula Dupré.

XXIII

— Ainsi, soupire Cauchon, vous ne savez rien du passé de votre mari. Vous ne connaissez même pas sa famille, qui vous eût mise en garde. Comme c'est fâcheux! Me voilà contraint d'assumer un rôle odieux : celui de détruire un homme dans l'esprit de sa femme. Malheureusement la vie privée des aliénés est pleine de ces complications tragiques.

De toute sa myopie, le médecin chef considère et apprécie la santé brique et or de Stéphanie, effarée, mais solidement assise sur des cuisses et des convictions farouches.

— Si Arthur, c'est un malade, fait péniblement la jeune femme, surveillant moins sa syntaxe que les plis de sa robe bleue bien tirée sur les genoux, si Arthur c'est un malade, je le guérirai. Si c'est un voleur, il faut le condamner! Je l'empêcherai bien de recommencer. Je ne lui en veux pas : il ne m'a rien fait à moi. Il le dit bien dans sa lettre qu'il a quitté Vioménil pour ne pas me faire des ennuis. Je l'avais deviné.

Cauchon est au supplice. Les complicités familiales sont un fléau des asiles. Les parents des malades exagèrent rarement leur état, c'est connu; au contraire ils les réputent normaux. Affaire d'orgueil, mais surtout d'habitude. La cohabitation rend l'absurde familier, lui fait perdre son acuité, sa gravité. Les familles cachent quelquefois leurs monstres. Le plus souvent elles les avouent mais aussitôt elles les excusent, oublient leurs coups de dents pour ne plus se souvenir que de leurs coups de langue, surtout dans le peuple, plus indulgent à cet égard (et à bien d'autres) que la bourgeoisie. Le cas d'Arthur et de Stéphanie est encore plus douloureux, plus irritant : le Gé ane officiel n'a rien de commun avec le mari de la Wallonne. Comme il ne présente pas de crises délirantes, ni d'états confus au cours desquels cette fille pourrait se persuader de sa folie, les visites ne pourront qu'exacerber cette foi touchante et précieuse, tellement digne du coup de chapeau. Seule ressource : accabler cette malheureuse sous le poids des références. Cauchon s'y résigne, hésitant entre la manière sèche qu'il réserve généralement aux familles suspectes et la manière enveloppante due aux gens respectables. Bien qu'elle manque d'efficacité, la seconde lui paraît préférable : après tout, la vie et Gérane lui-même se chargeront bien de convaincre Stéphanie.

— Je sais, reprend-il, qu'on nous accuse souvent, nous, psychiatres, d'être les premières victimes de notre carrière, de voir des fous en chaque passant...

Cauchon parle pour lui-même : il sait très bien que Stéphanie ne le suit pas. Aucune importance : il l'enrobe de mots; il enrobe en même temps ses propres scrupules.

— Certes, nous ne sommes pas exempts d'une certaine déformation professionnelle et je connais trop de confrères qui se gargarisent de théories. Mais le reste est une légende, qu'explique la délicatesse de notre ministère. Nous sommes des chirurgiens de l'amour-propre. Nous avons contre nous nos patients, leurs parents, la presse et jusqu'à notre nom. Psychiatre, saumâtre, marâtre, ça sonne mal. En fait nous faisons tous campagne contre l'abus auquel a parfois donné lieu le bénéfice de l'irresponsabilité. Je suis médecin et non garde-chiourme. Mais je suis aussi un fonctionnaire chargé d'appliquer des décisions de justice prises avec les précautions d'usage. Je ne puis rien contre l'internement de votre mari, je n'en suis pas l'auteur et, pièces en main, je suis obligé de l'approuver.

Stéphanie, tout à fait noyée dans les phrases,

attache aux verres de Cauchon un regard bleu que la rancune métallise.

— Ce qu'il y a de terrible, ma petite, reprend le patron, presque ému, c'est que des Arthur Gérane puissent emberlificoter couramment de braves filles comme vous. La folie ne saute pas aux yeux comme la scarlatine. Ce n'est même pas une maladie, ce n'est qu'un trouble; il faut des mois, des années parfois pour apercevoir ce qui distingue un trouble persistant d'une humeur, d'une simple bizarrerie. Il n'y a pas de démarcation nette entre l'aliéné lucide et l'homme normal, qui reste sujet à des fautes mentales, à des écarts de conduite, mais dont la *somme des actes* finit toujours par s'inscrire à son crédit.

Nouvelle pause. Cauchon trouve amer le goût de sa propre salive.

— Vous ne pouvez donc pas juger votre mari sur ce que vous lui avez vu faire et entendu dire pendant une des rares périodes satisfaisantes de sa vie, mais sur un passé malheureusement trop éloquent. Le voici à son quatrième internement. Une demi-douzaine de magistrats, autant de psychiatres se sont penchés sur son cas. Sa famille, ses amis, qui le connaissent depuis sa naissance, ne doutent pas de son état. Son père, qui n'a plus que cet enfant-là et qui le fait interdire, m'écrivait ces jours-ci : " Le scandale a assez duré. J'espère que, cette fois, l'on prendra les mesures nécessaires pour que mon fils soit définitivement réduit à l'impuissance. " Croyez-vous vraiment que tous ces gens se soient trompés depuis plus de dix ans?

Stéphanie serre les dents, les desserre et finit par dire, obstinée :

— Si Arthur a été malade, il était bien guéri. Le village entier pourrait le dire. Ce qu'on lui reproche, il l'avait fait avant de venir à Vioménil. Vos papiers, vos rapports, ça se copie les uns sur les autres. Ce n'est pas de la vie, la vraie vie, notre vie à nous.

— Je ne dis pas que votre mari soit incurable, concède Cauchon, en partie pour ramener le sourire sur le visage de la jeune femme.

— Qu'est-ce qu'il a fait, au juste?

Le patron soupire une fois de plus, ouvre le dossier et lit sans lever les yeux. Il néglige les textes médicaux de Salomon, Émeril et autres collègues, choisit de préférence les copies de plaintes, les interrogatoires, les coupures de journaux, les pousse de l'autre côté du bureau. Stéphanie recule peu à peu, s'enfonce dans le dossier de son fauteuil. Enfin, Cauchon relève le menton et, laissant ses longs bras plonger dans la paperasse, décoche le trait final, à mi-voix.

— J'oubliais de vous le dire : le grand-père était

tabétique, la mère s'est suicidée, la sœur est morte gâteuse à l'asile de Vaucluse. Vous voyez qu'il faut se méfier des apparences. Je dois vous donner ce conseil : organisez-vous pour une longue attente... Que comptez-vous faire? Gérane a, je crois, une certaine fortune.

— Je n'ai pas un sou, proteste Stéphanie, mais je travaillerai. Je ne veux rien de cette famille-là, qui ne veut pas de moi. J'ai déjà été au bureau de placement, savez-vous?

L'accent wallon se mêle à celui de la désolation. Cauchon sent qu'il est temps de donner du baume, après le cautère.

— Je vais vous signer le permis de visite. Vous pourrez voir votre mari dès dimanche.

La pointe d'iridium du stylo égratigne rapidement la formule imprimée. Le patron sait ce que veut dire ce léger tremblement du menton, cette hâte intempestive de la respiration de Stéphanie. Il est préférable que ces prunelles de glace bleutée s'en aillent fondre de l'autre côté de la porte capitonnée. Un psychiatre, chef de service, ne doit pas être réduit à l'émotion, ne doit pas noyer la couleur de son encre. "Bougre d'andouille!" pense-t-il, à l'adresse d'Arthur. "Vieux desséché!" ajoute-t-il en songeant à la lettre du père, où il a lu ce passage que Stéphanie ne connaîtra jamais : " Quant à la fille de ferme que mon fils a ramassée et qui a sans doute profité de ses vols, je ne crois pas devoir lui ouvrir ma porte. "

Cauchon, lui, ouvre la sienne, très respectueusement et rentre en hochant la tête, plus mécontent de lui que le jour où par excès de myopie il s'est allongé de tout son long dans un coûteux massif d'azalées administratives. Il s'assied, ce brutal, terreur des malades et terreur des infirmiers, se relève, se rassied, se relève, marche nerveusement jusqu'à la fenêtre, écarte le rideau, plie son mètre-quatre-vingt-dix et regarde Stéphanie qui s'éloigne vers la cour d'honneur, qui s'éloigne à pas chancelants, incapable de trouver son mouchoir dans son sac.

— Sa-sa-sa-sa, sifflote-t-il entre ses dents. Sapristi ! mais j'ai un cœur de midinette aujourd'hui.

XXIV

Hissé sur la pointe des pieds, le long des fusains, Arthur agitait son mouchoir à carreaux. Sa femme ne se retourna qu'une fois, secoua sa couronne d'or pâle et disparut... Ouf! Cette première visite s'était bien passée, tout compte fait. Stéphanie n'avait même pas pleuré. Certes, elle avait bien prononcé ces mots inquiétants :

— Si j'*aurais* su...

Arthur avait froncé les sourcils devant le conditionnel et, surtout, devant la réticence. Mais la petite avait aussitôt ajouté :

— ... Je t'aurais empêché de partir *à* Paris.

Elle n'avait rien ajouté de désobligeant. Pas un reproche. Pas une allusion. En somme, elle savait se tenir. "Beaucoup mieux que moi, s'avouait Gérane. Je me suis plaint de tout et de tous, alors qu'elle ne se plaignait de rien, ni de personne."

— Je t'envie... Oui, je me permets de te tutoyer. Je t'envie : moi, je ne reçois jamais de visites.

Arthur se rembrunit. Ce Lumène, il le sentait rôder autour de lui depuis quatre jours.

— Je t'envie et je ne t'envie pas. C'est une terrible responsabilité que d'être aimé. Dans notre cas, cela devient tragique. Nos sentiments inspirent si peu nos actes, nous prouvons si rarement ce que nous éprouvons!

Un nuage passa sur le soleil, privant la cour de sa lumière et Gérane de sa joie. Lumène s'éloigna, furtif et dolent, puis revint aussitôt guérir la blessure qu'il avait ouverte :

— Tu n'as rien à craindre. Les femmes nous aiment tant qu'elles nous ignorent. Une fois qu'elles nous connaissent, elles décident de nous ignorer parce qu'elles nous aiment.

— Merci, murmura Gérane du bout des lèvres.

Il lui en voulait cependant de l'humilier constamment. Tout être a du mal à se restituer tel qu'il est, à plus forte raison tel qu'il fut. Nous réimaginons tous notre passé. Notre mémoire est le plus mauvais historien qui soit, ses méthodes s'apparentent à celles de l'exégèse sacrée. Arthur, déjà, se reconstruisait, s'excusait, ne se trouvait ni tellement indigne, ni tellement absurde.

Tout de même, pendant quelques minutes, il s'offrit une crise de cafard. De cafard, seulement. Pas de souffrance, mais une angoisse molle d'esseulé. "Zut! voilà que j'aime ma femme" chuchota-t-il, toujours penché sur le saut de loup, où traînaient de vieux papiers.

— Vous aimerez Dieu comme vous-même, serinait Castaing à tous les échos, avec la même conviction.

— Quatre-vingts mètres, ah! mes côtes, gémissait Brillet.

*

D'une voix de stentor Marmont rompit ce charme noir.

— Raffreldo, arrive ici!

Le Picard brandissait une lettre. Une lettre cachetée, donc interdite, passée en fraude. Tous les malades accoururent en jacassant, y compris l'interpellé.

— Tu reconnais ça?

— Vous n'avez pas le droit d'ouvrir ce pli, protesta le fautif avec hauteur. Il est adressé à M. le président de la République.

— Le président se fout bien de toi, ricana Marmont. Lettre clandestine : tu es bon pour quinze jours. Sur la paille, mon garçon, sur la paille!

— Quatrième édition en six mois, grogna Larribat Ce Raffreldo ne peut pas s'empêcher d'écrivailler. Au président, je vous demande un peu à quoi ça rime!

— Peuh! Ce n'est pas sérieux, siffla Ramuzac que le doctorat, réel ou fictif, de Raffreldo empêchait de dormir.

— Toujours les mêmes qui se dévouent, lui rétorqua Piolet, lançant à trois mètres un jet de salive brunâtre qui tomba sur les pieds de Castaing.

— L'huile parfumée de Madeleine seulement! glapit le Seigneur.

Dans un grand déploiement de forces inutiles, Olivet, Barreuil, Lanel entraînaient déjà le coupable.

— Quelle cruche! On n'a pas idée, commenta Marmont, de confier une lettre à Marcotte. Au lieu de la remettre à sa mère, il l'a donnée au chef.

— En quarantaine, le petit salaud! gronda Malaret.

— Il s'en fout, il y est depuis sa naissance, fit remarquer Stanois.

Cependant Olivet, très intéressé, décachetait l'enveloppe et lisait à haute voix, en se tapant sur les cuisses à chaque paragraphe :

Monsieur le Président,

Par la présente supplique, je ne viens pas comme tant d'autres vous dire que je ne suis pas fou. Devant les tribunaux, la preuve incombe à la justice. En psy-

chiatrie, c'est à nous qu'elle appartient et sa première manifestation, paraît-il, est de nous reconnaître pour ce que nous sommes. Admettons-le donc. Mes pareils ne peuplent pas seulement les asiles, mais courent aussi les rues, hantent les académies, bafouillent dans les hémicycles. Demi-fou plutôt que fou, je suis le produit caractéristique d'un siècle où la sagesse même est devenue frénétique.

Fou ou demi-fou, Monsieur le Président, je viens vous demander des soins. " N'êtes-vous pas à l'asile ? " me répondrez-vous. Effectivement. J'y dors, j'y mange, j'y fais mon petit pipi, j'y fume le gros-cul de la République et, sauf votre respect, je m'y emmerde copieusement. Mais je ne m'y soigne point. J'attends que ma folie s'en aille. Comme elle est aussi patiente que moi, j'attends depuis cent vingt-deux mois.

J'ai le regret de vous en informer : la thérapeutique dans les asiles vaut ce que vaut la rééducation dans les prisons. On boucle, on reboucle. Un point, c'est tout. Nous ne bénéficions jamais des découvertes, réservées aux folies de luxe des cliniques privées. Nos maîtres font des conférences et des congrès; ils font aussi des expériences sur quelques-uns d'entre nous. Ça ne va pas plus loin.

Les services sont surchargés. On manque de personnel. On manque d'argent. Je le crois volontiers. Mieux vaut employer les crédits à bon escient. C'est ainsi qu'on nous a doté de nouvelles serrures. C'est ainsi que l'on a *élevé un second mur d'enceinte, parallèle au premier, pour empêcher le public de nous insulter de sa curiosité malsaine et les reporters de braquer sur nous leurs objectifs. Nous n'irons pas mieux, mais nous serons à l'abri de toute indiscrétion.*

Qu'on me fasse n'importe quoi, Monsieur le Président, mais qu'on me fasse quelque chose! Il paraît que nos vies sont sacrées (trois mois de cellule pour une tentative de suicide). Ces vies, nous voudrions bien les vivre. Nous sommes environ cent mille dans ce cas-là. Cent mille! La population d'un département. Nous sommes le quatre-vingt-sixième département, le seul qui ne vote pas! Est-ce pour cela que nous n'avons droit à rien d'autre que des gardes mobiles en blouse blanche?

Je vous baise les pieds, Monsieur le Président, en vous priant de les mettre dans le plat.

JÉROME RAFFRELDO,
en " maltraitement " à Villejuif.

— Peuh! ce n'est pas sérieux, répéta Ramuzac.

— Il se fout du monde, malgré son instruction, grasseya Marmont.

Tous les malades affectaient d'être secoués par une énorme rigolade. Piolet voulut se lancer à contre-courant.

— En attendant, il vous dit quelques vérités premières!

— Piolet, fit le Picard menaçant, tu veux, toi aussi, aller sur la paille?

Piolet battit en retraite, tandis qu'Olivet fourrait la lettre dans sa poche, tirait un calepin graisseux et s'abîmait dans la pénible confection de son rapport. Arthur se réfugia contre l'oreille de Pépin.

— Alors, on ne peut même pas écrire?

— Par la voie légale, tant que vous voudrez. A condition de n'attaquer personne, de ne pas parler des copains, ni du personnel, ni du régime...

— A condition de ne rien dire, en somme.

— Vous avez toujours la ressource d'écrire au procureur sous pli cacheté. Mais il y a des paniers à la direction... Quand vous aurez quelque chose de vraiment important, faites-moi signe : ma femme est très compréhensive. Il y a aussi le petit Lanel. Pour cent francs... Chut! Voilà Marmont.

— Gérane, disait ce dernier, tu coucheras ce soir au premier étage à la place de Raffreldo.

*

Après dîner, Arthur rejoignit cette nouvelle cellule. Exposée au nord, elle était identique à celles du rez-de-chaussée. La tinette, toutefois, était remplacée par un pot de chambre en carton vert imperméabilisé. A la porte, il dut comme les autres soirs se déshabiller complètement et attendre, nu, le coup de clef qui allait l'enfermer pour douze heures.

— Que caches-tu dans ta main? grogna Marmont.

Arthur ouvrit les doigts, laissa tomber la photo de sa femme, exécutée à son intention dans un quelconque Prisunic. Le moustachu s'en empara.

— Belle gosse, estima-t-il, mais tu chialerais dessus, faute de mieux. Je te la rendrai demain.

Gérane ne se mit pas au lit tout de suite : cette entorse au règlement se tolérait jusqu'à la relève de dix heures, surtout lors des longs et chauds crépuscules de l'été. Il rôda sur le terrazzolith, colla le bout de son nez sur la fraîcheur épaisse des glaces. En dessous, dans le réfectoire, résonnaient assiettes et chaudrons : les infirmiers soupaient à leur tour. Les sauts de loup, vus de cette hauteur, donnaient au paysage l'aspect d'un fort désaffecté, bien entretenu par de pieux conservateurs. Quelques salades, au revers du talus de terre rouge, refusaient de pommer. Un peu à gauche, s'étalait la cour du Deux, plantée d'inévitables marronniers : les travailleurs, qui se couchaient plus tard, jouaient aux palets; quelques-uns faisaient de grands signes d'amitié. Au-delà du second saut de loup, Arthur pouvait apercevoir un coin du cimetière de Villejuif, encombré de couronnes rouillées. Plus loin encore, on devinait un enchevêtrement de toits, un lot de villas habitées par de vrais vivants. Une fumée, dédaignant toute spirale, montait très haut, à peine plus bleue que le ciel, où *trissaient* de vives hirondelles. Un lointain poste de T. S. F. délayait dans l'espace une rengaine de Tino, offrait ce langoureux vomitif à toutes les impostes. " Ma gosse... ", murmura Gérane, écœuré, songeant aux milliers de midinettes recroquevillées à cette heure sous l'haleine rauque des livreurs ou des garçons bouchers.

La nuit vint lentement, ramenant un cafard qui ne méritait toujours pas le nom de souffrance. Ils ne criaient pas, ses maigres souvenirs, ils ne tombaient pas sur lui comme l'épervier; ils décrivaient des cercles mous, appuyaient sur l'épaisseur même de l'ombre un vol feutré de chouette. Au creux humide des sauts de loup, les rainettes lançaient des ti suivis de tâ plus graves, modulaient d'absurdes télégrammes. Le ciel, percé de petits trous par les étoiles, était devenu d'un noir luisant de papier-carbone... Papier-carbone inusable! Combien de mois, combien d'années, servirait-il à polycopier le même ennui, le même horaire, le même règlement?

XXV

Septembre jaunissait. Torses nus, étalés sous les fusains, Pépin, Malaret, Ramuzac, Vendéhun, Laligue, Raffreldo, Stanois et Gérane — le cercle des esprits distingués — conféraient mollement. Dupré, indigne de leurs raisonnables parlotes, s'y était mêlé d'autorité; Suif bâillait, toujours aussi bavard que gras. Ainsi s'éternisaient les savantes discussions du pavillon, favorisées par un certain tri, beaucoup d'indulgence envers le coq-à-l'âne et un excès de loisirs. Dans des conditions sensiblement identiques, Pépin remplaçait avantageusement Chambrelle. La tournure des esprits était toutefois plus amère, les sujets plus actuels, les digressions plus loufoques. Que de salive perdue aux caniveaux! La parole n'est-elle pas avant tout un acte de foi en soi-même, une démonstration de logique? La liberté périrait si elle ne pérorait. Les directeurs de pénitenciers l'ont bien compris, qui chez eux imposent le silence.

— Avoue, Suif, disait Pépin, avoue, si tu es franc, que le tiers de la section n'a rien à faire ici, aux frais du contribuable.

Suif n'avouait pas, Suif biaisait. Il détestait Cauchon, qui bloquait son avancement, mais, prudent comme un corbeau, il croassait de loin à l'adresse du patron.

— Fous, pas fous, tu sais, moi, je m'en fous; je suis là pour vous garder. Vous êtes tous les mêmes! Quand on vous arrête, vous pelotez les experts. Une fois ici, vous gueulez, vous ameutez les ministères et la Ligue des Droits de l'Homme, comme Raffreldo.

— Il ne s'agit pas de faire des questions de personne, protesta celui-ci. C'est le principe même de l'internement qui est en cause. A quoi ça sert? A Henri-Rousselle, on soigne des malades sans les interner. Voilà ce qu'il faudrait obtenir : la création d'hôpitaux libres à surveillance spéciale.

Suif haussa ses lourdes épaules.

— Ce n'est pas toi qui as trouvé ça, malin! C'est Toulouse, un toubib... Et les judiciaires, qu'en ferais-tu? Si tu les planques dans un asile libre, une fois leur non-lieu signé, ils n'y resteront pas dix jours. Vous me faites rigoler : tout n'est pas si simple.

— Il n'y a qu'à instituer le non-lieu suspensif, révocable en cas d'évasion, proposa Pépin. Entre le fait de rester dix jours et celui de rester dix ans, il y a une marge. La solution consiste bien à supprimer l'internement et à traiter les aliénés comme des malades ordinaires. Pour les judiciaires, créez des asiles-prisons, où ils seront contraints de rester pendant un laps de temps équivalent à la peine qu'ils auraient dû subir.

— Alors, fit Suif, ceux qui risquent la mort ou les travaux forcés à perpétuité?

— Internés à vie, trancha Pépin, qui n'aurait risqué que cinq ans, pour sa part personnelle.

Nul ne protesta : le cercle ne comprenait aucun assassin. Mais Suif, visiblement, n'admettait point ces conclusions.

— C'est toi maintenant qui exagères... Chacun d'entre vous plaide pour son saint. Vois-tu, à mon avis, tout dépend de ce que vaut le médecin chef. Si c'est une brute...

— Comme le nôtre! firent en chœur Stanois, Malaret et Laligue.

Suif ne termina pas sa phrase, approuva d'un sourire peu compromettant et s'éloigna, en faisant comme toujours tourner ses clefs au bout de son index.

Son poste ne lui permettait pas d'encourager plus avant la résistance.

— Cher petit fonctionnaire de mon cœur,

minauda Malaret, il a la trouille d'en baver plus long!

Ramuzac toussota, étendit les mains.

— Avez-vous lu, messieurs, l'*Histoire de la folie en France*? Je vous conseille de la feuilleter, les jours où vous aurez envie de crier trop fort. Au moyen âge, les délirants, tenus pour possédés, étaient exorcisés à sept reprises et, si l'exorcisme n'aboutissait pas, proprement grillés à bon feu de bois. Au siècle dernier, jusqu'à Pinel, on enchaînait encore les aliénés. L'auto-défense de la société était plus vive qu'aujourd'hui! La loi du 30 juin 1838 a tout de même été un progrès.

La seule évocation de cette loi — que nul n'avait lue — déchaîna commentaires et sarcasmes.

— Oui, mais elle a cent ans.

— Un texte fabriqué au temps de l'ellébore!

— ... et des pédiluves sinapisés!

— Inappliqué, au surplus. Le contrôle du procureur n'est qu'une balade mensuelle. Il gueuletonne avec le patron, lui donne sa bénédiction et s'en va.

— Nous n'y avons rien gagné. La justice est devenue moins expéditive, mais la psychiatrie l'a remplacée. On entre ici par la porte cochère, on en sort par la chatière.

Dupré, qui s'énervait, dérailla franchement :

— Si vous aviez lu l'Évangile, intervint cet homme suave qui avait jeté une grenade dans les fenêtres du Grand-Orient, vous sauriez qu'il y est écrit quelque chose dans ce goût-là. Quand la *pondeuse* nous appelle ses élus, elle n'est dans sa folie que l'interprète d'une grande sagesse. Notre porte cochère n'est pas de ce monde, mais elle est ouverte en toute saison.

Il s'était relevé, se tenait raide et le bras tendu, tel un poteau indicateur sur le chemin de Damas. Un silence ironique laissa passer ses anges, à peine moins déplumés que ceux de Castaing.

— Soyons sérieux, bougonna Pépin.

Mais l'ancien maire radical, également très excité, se laissa déborder par le contre-mysticisme.

— La résignation, le vantail de l'Église, merci bien! En fait de saison, je vous l'accorde, la religion est une bonne marchande des quatre-saisons. Elle nous vend une marchandise non périssable, éternelle, à bon poids, mais elle la vend à terme et l'on n'est pas bien sûr que cette marchandise existe. La foi...

— Nous y voilà, ricana Dupré, agressif.

— La foi, reprit Pépin, crescendo, la foi est le fléau de l'intelligence, la seule vraie folie internationale, dont toutes les autres découlent. Un virus polymorphe, je vous le dis! Autant de microbes que de religions, de partis, de théories. Heureusement, ce virus n'a pas d'action sur des organismes forts.

Il songeait à lui, évidemment.

— A quand le sanatorium pour crédules? Je m'engage, plaisanta Malaret. On y côtoierait les petites nonettes et je m'y étalerait avec plus de plaisir qu'au milieu de vos carcasses.

— Vous êtes décidément bien sonné, cracha Dupré hors de lui. Je préfère m'en aller et réciter une dizaine à votre intention.

— C'est ça, allez faire joujou avec votre petit boulier. Rien de tel pour apprendre à compter.

Le saint homme éliminé, Ramuzac hissa le débat jusqu'aux plus hauts sommets :

— Je crois, Pépin, que vous vous méprenez sur le rôle historique de la foi. Il s'agit d'un phénomène social, aussi utile aux conformistes qu'aux révolutionnaires. Il faudrait distinguer la foi de la créance, qui est personnelle et n'a pas d'attaches logiques. Toutes les folies sont des créances, parfois rétractées à l'extrême, comme celle de Castaing qui ne croit plus qu'à lui-même. Quand j'étais professeur au Collège de France...

— Aïe! fit Malaret, en se grattant la tempe.

— Encore une fois, reprit Ramuzac d'une voix digne, je vous serais obligé, Malaret, de ne pas douter de mes références...

*

La conversation languit, s'émietta. Gérane, qui n'avait pas soufflé mot, se retourna sur le ventre pour se faire griller le dos au soleil. Guillouteau, la paume contre l'oreille, téléphonait aux télépathes. Dieu tenait un discours à ses pieds nus, leur débitait les douze preuves de son existence, cependant que Marcotte lui glissait finement des poignées de sable dans le cou.

Puis, soudain, tout le monde fut debout. La porte de fer s'ouvrait, laissait passer une camionnette de transfert.

— Des filles, cria Malaret.

— Oh! les petites chattes, ronronna Pépin, la voix rauque et la narine ouverte.

Tout le quartier, rangé le long du saut de loup, vit la voiture s'avancer, manœuvrer, reculer contre le perron de la section des femmes. Mais nul ne vit le visage des arrivantes. Trois jupes et deux voiles s'engouffrèrent sous le porche et les malades, dépités, se dispersèrent. Suif et Grand-Jean, qui avaient par prudence suivi le mouvement, revinrent sur leurs pas.

— J'aime mieux être infirmier qu'infirmière, confiait Suif. Les femelles sont bien plus terribles. L'autre jour, ma femme m'est revenue toute griffée.

Gérane s'assombrit : il songeait à Roberte. Autour de lui ses collègues se laissaient inspirer par l'incident, changeaient de disque.

— Je voudrais, fit Pépin, entrer dans un dortoir, ne serait-ce qu'une fois, en souris. Sur cinq filles, il paraît qu'il y a au moins trois putains.

— C'est la proportion dehors, estima Larribat.

— Derrière les vitres d'en face, assura Malaret, je vois souvent une blonde qui fait des signes, qui se masse le bras d'une façon tout à fait éloquente. Elle passe son temps, paraît-il, à dessiner l'*objet* qui lui manque, elle le tire à un grand nombre d'exemplaires, les distribue autour d'elle. Pourtant, il s'agit d'une pucelle... Vous connaissez l'histoire de cette idiote qui travaillait à la lingerie et qui s'est fait culbuter sur un tas de torchons sales, par un infirmier ? On a été obligé de lui faire passer le gosse.

Dans tout asile qui se respecte, il court au moins deux ou trois légendes de cet acabit. Malaret développa celle-ci, grasse, scandaleuse à souhait, bien faite pour couler dans les oreilles de ces grands privés qui étaient aussi de grands crédules. Pour tous les mâles, l'ordure sent bon. Exception faite en faveur de leur mère, de leur sœur et de leur femme — et encore, pas toujours — ceux-ci se vengeaient de leur continence et surtout de la société qui la leur imposait, en dépeignant cette dernière comme un fumier. Qu'ils reniflassent aussi, bien profondément, le parfum des quelques fleurs sentimentales sauvées de leurs désastres, nul n'en doit douter. Mais la morale de l'immonde a son respect humain et ses lois : elles enseignent le mépris de la femme, qui donne la vie, à tous ceux dont la vie est précisément détruite, pourrie, irrémédiablement détournée de son sens.

Encouragé par l'auditoire et l'emportant pour une fois dans un domaine qui lui était propre (si l'on peut dire), Malaret continuait à blaguer lourdement. Gérane riait, sans conviction. Rendons-lui cette justice : il n'aimait pas s'avilir de toutes les façons. Métis de bourgeois et de paysans, il n'avait pas hérité de ces derniers la santé plébéienne du gros rire. Les gloussements convulsifs de Malaret, le sourire gluant de Pépin lui répugnaient. " Des collégiens, estimait-il, des boutonneux de cinquante ans! Ils inventent des histoires qu'ils ne peuvent pas vivre. Ce soir, ils s'expliqueront avec leur oreiller. " De fait, les visites n'offraient aucune ressource, le régime cellulaire interdisait toute pédérastie. Ce verbalisme paillard défoulait partiellement les plus excités; l'onanisme faisait le reste. Le personnel, depuis longtemps blasé par les confidences amidonnées que brassent les pales gigantesques des lessiveuses, tolérait ce moindre mal avec sérénité. Seules, les exhibitions d'un

Marcotte, qui opérait parfois en pleine cour avec une véritable candeur bestiale, leur semblaient dignes d'une petite raclée, par principe, par courtoisie envers l'horizon.

*

Un orage d'arrière-saison, dont les premières gouttes vinrent raviver les tuiles et laver les feuilles poussiéreuses des fusains, chassa tout le monde sous le préau. La matinée s'assombrit très vite, au point de donner l'illusion du soir. Les éclairs, sur la gauche, dépliaient des mètres d'or, comme s'ils voulaient mesurer l'espace compris entre la tour des pompiers et la cheminée de la buanderie. Arthur respirait âprement l'odeur universelle, donc libre, de la terre mouillée, si différente des fumées et des relents du quartier déjà classés par ses narines. Mais bientôt les rafales, poussant de biais de véritables lances d'arrosage, contraignirent les malades à s'entasser dans la salle de jeux.

Juché sur le radiateur, Arthur songeait maintenant à Stéphanie. Cette odeur fraîche de terre mouillée... oui, sa femme sentait cela dans son cœur. "Elle n'est pas venue dimanche dernier, maugréait-il. Ses patrons pourraient tout de même bien lui donner un jour par semaine et non trois par mois. Elle maigrit, cette petite. Décidément, il va falloir que je fasse quelque chose. Voilà des mois que je suis à Henri-Colin et Cauchon ne parle même pas de me mettre à l'atelier. Ah! Vioménil. Les clarines, les prunes, la quiche, le lait tiède, Stéphanie... "

Devant lui grouillaient des paletots gondolés, des chaussettes roussâtres, des bérets mous, habités par des épaules avachies, des pieds sales, des têtes creuses. Les barbes de six jours râpaient les cols, hérissaient les mimiques, cardaient la fumée des cigarettes. Près de la porte, maussades, les infirmiers trituraient leurs trousseaux. Snowe marquait le pas, raide et digne. Également figé, Lumène, inspecteur des âmes, poinçonnait d'un regard les rêves de chacun. Ostrow ou le prétendu Ostrow, que Cauchon depuis des mois refusait de reconnaître, se taisait, se taisait, jouait l'abruti, seul rôle indiscutable. Marcotte, assis en tailleur sur le dallage, éructait sa gargouillante allégresse d'idiot en désailant patiemment une mouche. De sa grosse lèvre, sans cesse crevée par la canine, suintait un long filet de salive. A terre aussi, un coude dans la sciure du crachoir, Brillet beuglait sans arrêt, transpercé par des " effluves électriques " dont on ne pouvait savoir s'ils provenaient de l'orage ou de la Préfecture. Laligue terminait, pour Malaret, un dessin suggestif. Pépin pérorait, effondré sur un banc, la tarière de son nez trouant la tempe de son voisin. Larribat mâchonnait une allumette en guise de cure-dent, marmonnait quelque chose, *roumait* comme un vieux sanglier. Dupré se signait à chaque éclair. "La puissance de Dieu! Arrière, titans! Arrière, Satan! Je suis aussi Jupiter", répétait Dieu, courant ici, repartant là, les bras tendus, les mains serrées sur des foudres imaginaires. Debout, dédaigneux, Ramuzac, Raffreldo et Stanois critiquaient les erreurs commises par le dernier grand escroc dont les journaux annonçaient l'arrestation. En divers endroits se dépliaient des quotidiens de gauche, achetés par certains dans l'intention inavouée de se faire bien voir des infirmiers (et aussi parce que les champions de toute liberté leur semblaient corollairement partisans de la leur). Mais les persécutés, par esprit de contradiction, étalaient *L'Action Française* et *Le Figaro*. Dupré égrenait encore son chapelet. Jacquets, vieilles boîtes, cartes, livres, revues déchiquetées voisinaient, pêle-mêle, sur la grande table de chêne brut. Reniflements, raclements de gorges, pets, propos croisés, borborygmes divers, fredons, sifflotements, gargarismes de gouttières, tintements de clefs, crissements de gravier sur le dallage, chute des atouts, coups de tonnerre lointains et proches coups de talons mettaient au point une écœurante composition auditive.

Soudain, cette composition s'affadit, se résorba... Une sonnerie pour géant sourd, un cataclysme aigu fit grelotter les vitres, affola les blouses blanches. Le signal d'alarme!

— Le premier qui bouge, je le fous sur la paille, vociféra Suif.

— Restez assis, nom de Dieu! cria Grand-Jean, coudes au corps, s'adossant instinctivement au mur.

Bien entendu, les vingt-cinq hommes étaient déjà debout, nullement agressifs mais très intéressés. Changeant de disque, Dieu se mit à glapir : " Paix, mes agneaux! Paix! " Curieux comme une chouette, il se tut en entendant grésiller le téléphone.

— Bon, bon, disait la voix étouffée d'Arnaud, dans le bureau. Ce n'était pas la peine de déclencher le signal pour une petite bagarre. Descendez vos lascars. Je vous envoie un homme de renfort pour le transfert.

L'alerte était terminée. Chacun attendait les noms. On distingua bientôt le piétinement d'une cohorte avançant dans la boue et les injures; puis une série de coups de clefs; enfin un grand remue-ménage du côté des cellules de paille. Suif, qui observait le manège à travers la porte vitrée, haussa les épaules.

— Toujours les mêmes : Gonzalez et Merlinet. Ils ne peuvent pas se voir. Si, un jour, ils se mettent à se tabasser devant moi, je les laisserai faire jusqu'à ce qu'ils en aient marre et je les bouclerai ensuite.

Le silence se meubla aussitôt de commentaires.

— Voilà deux places de libres aux "Chaussettes", émit Raffreldo, candidat au travail depuis longtemps.

— Gérane a des chances, murmura Pépin.

Mais, après la visite et la comparution des délinquants, dûment retondus, par-devant Cauchon dont les éclats de voix firent trembler les vitres, ce furent Marcotte et Panicaut qui "montèrent".

*

La journée, décidément, ne tournait pas rond. Le temps, lui aussi, a des crises, affole par moments sa mécanique. Il se passe alors plus d'événements en vingt-quatre heures que pendant des semaines.

Dans l'après-midi, l'invisible Cauchon parut brusquement dans la cour. Une demi-douzaine de malades, qui réclamaient vainement son audience, se précipitèrent vers lui. Mais sa myopie ne daigna point les apercevoir.

— Wozniak! appela-t-il doucereusement.

Personne ne répondait à ce nom. Cauchon sourit et précisa :

— Ostrow!

Toujours tassé dans son coin, soigneusement débraillé, le Polonais ouvrit un œil, tendit un museau de renard pris au piège. Comme il ne bougeait toujours pas, Marmont, massif et dévorant ses moustaches, s'avança vers lui.

— Inutile, je vous suis!

Cette voix nette, coupante, inconnue, fit impression. Ostrow s'était levé, boutonnait sa chemise et sa braguette, glissait la main dans ses cheveux jaunes. Sans dire adieu à quiconque, il passa devant le patron, le toisa. L'impérieuse ironie de l'un et la haine silencieuse de l'autre ferraillèrent une seconde.

— Ces messieurs vous attendent dans le bureau, laissa tomber Cauchon en détournant la tête.

La porte se referma sèchement, tandis que ce mystérieux départ soulevait des gloses éperdues.

— Joli coup de télépathes, déplora Guillouteau. Ils sont toujours bien renseignés.

— Il n'y a plus de place aux ateliers de mon père, gémissait Dieu incapable de comprendre.

— Il y a toujours de la place sous terre, souffla Pépin.

— Vous avez vu, murmura Lumène, *comme il s'est retrouvé?*

— Retrouvé... mais perdu! fit Ramuzac, très sombre.

Nul ne vit partir Wozniak, dit Ostrow, menottes

aux mains. Au bout d'une heure, l'animation s'assoupit. Il ne flotta plus dans l'air qu'une angoisse diffuse, une sorte de fumée, analogue à celle de la buanderie dont les volutes, à bout de course, venaient s'écrouler dans la cour.

Seul, Lumène demeurait nerveux. Son visage se déformait, se contractait. Ses yeux acquirent peu à peu l'opacité du verre cathédrale. Puis ses prunelles donnèrent l'impression de tourner, comme celles du petit nègre qui dit merci au cinéma. Ses mains esquissèrent des gestes flous, des battements d'aile cassée. Signes avant-coureurs bien connus de tous. Vers cinq heures, Olivet regarda sa montre.

— Comme la semaine dernière, constata-t-il. Heure pour heure.

— Il est comme les femmes, celui-là, grinça Piolet. Bien réglé...

Statue convulsée de l'innocence, Lumène lui jeta un long regard de reproche, fit un effort désespéré et alla s'effondrer près du gardien.

— Cel...lule, implora-t-il.

Olivet l'empoigna.

XXVI

" La trente et unième... non, la trente-deuxième visite. Mon permis est plein de coups de tampon. Il lui faudra une rallonge... Une rallonge ou un autre permis?... Nous n'en finirons jamais. Jamais. Enfin, ce télégramme va peut-être tout changer. "

Peu affectée par la mort d'un beau-père qu'elle n'avait jamais vu, mais décemment contrite et vêtue d'une petite robe noire (son ancienne robe bleue teinte par elle dans la nuit), elle attendait devant la grille de l'asile, en louchant sur les voitures d'oranges rangées contre le trottoir; elle tenait du bout de l'index un léger colis, dont la ficelle n'avait aucune chance de lui couper le doigt ni le contenu de donner à son mari un embarras gastrique. La pauvre fille mettait de côté ses desserts, refusant de " chiper un peu la patronne " malgré les conseils d'Arthur. Placée chez un droguiste de Vincennes, elle devait prendre le métro à Bérault, changer à Nation, changer à Italie, sauter dans le 85 qui s'arrête sur la petite place semi-circulaire devant l'asile même. Une heure de trajet, deux heures de parloir, une nouvelle heure pour le retour : ces visites lui gâchaient tout l'après-midi. Cependant ses jours de sortie étaient invariablement consacrés à cette corvée, qu'elle eût volontiers rendue bi-hebdomadaire. Elle ne se souvenait plus de son désarroi initial, de cette première entrevue, à la fois tendre et réservée, inquiète et confiante, humide et faussement dramatique, avec un Arthur tondu, loqueteux, effondré. Elle s'accoutumait aux formalités, au pointage de son permis, au coup de téléphone préalable (le malade peut être puni ou dans un état qui l'empêche de recevoir), aux couloirs interminables, à la politesse soupçonneuse des infirmiers, à l'accueil de son mari, parfois exigeant et bougon, parfois si pressant, si imprudent de gestes ou de propos.

En arrivant, presque toujours la première, elle ne se penchait jamais sur la murette de saut de loup pour avertir son mari. Elle allait droit à la porte, sonnait, pénétrait dans le réfectoire en disant "Bonjour, messieurs-dames", même s'il n'y avait personne. Arthur se voyait gratifié de deux baisers, un sur chaque pommette, à un millimètre près, puis elle se laissait manger la bouche sans fermer les yeux. Aussitôt assise, dans le coin, près de l'évier " plus pratique et plus grand que celui de sa patronne ", elle déballait son mince paquet, feignait de ne pas entendre Arthur qui depuis des mois répétait : " Je ne supporterai pas cette existence plus de trois semaines ", lui bouclait le bec avec un biscuit ou avec une moitié de cigare dédaigné par le droguiste.

Cependant elle ne parvenait point à s'installer dans l'attente. Pourquoi ne libérait-on pas son mari? Elle ne cherchait plus à définir son état, pour elle intermédiaire entre la maladie — maintenant guérie — et la culpabilité — maintenant payée. Elle n'entretenait toujours aucune relation avec la famille Gérane, ignorait l'arrêt du tribunal qui avait rendu définitive l'interdiction d'Arthur. Réputée indigente, elle ne payait pas cette terrible pension qui atteint très vite des chiffres astronomiques quand il s'agit de mois et d'années de *traitement* (?). Peu lui importait que l'administration fît payer la ville ou se retournât contre Robert Gérane, pour lui arracher les biens d'Arthur, entièrement engagés dans l'indivision de la propriété de Tiercé, ainsi menacée de liquidation. La part de revenus auxquels il avait droit était insuffisante pour assurer son entretien et le juge, réduit à sa retraite, incapable de régler la différence. Stéphanie n'avait pas été mise au courant de ces difficultés; la mort subite de son beau-père pouvait lui laisser l'espoir d'une situation toute faite à Tiercé. " Bon argument pour la sortie d'Arthur, pensait-elle, le voilà casé. "

Autour d'elle, se pressaient des gens qu'elle avait fini par connaître, à force de les voir régulièrement trois fois par mois. Cette dame en gris, assaillie par deux renards qui semblaient vouloir lui dévorer les épaules, était la distinguée Mme Pépin. Elle aimait vous prendre par le bras, le long des couloirs et vous dire : " Quand mon mari était maire... voyez-vous, cet homme-là, il a trop travaillé du cerveau. " Elle était régulièrement accompagnée par ses trois filles, qui... que... enfin, dont deux au moins avaient été trop chères à leur papa. Celles-ci ne montaient jamais, disaient seulement, sans spécifier davantage l'identité du pronom discrètement raccourci par l'apostrophe : " Tu l'embrasseras bien pour nous " et demeuraient sur un banc, molles, ajustant leurs gants, l'œil à peine attiré par les toits de ces bâtiments rébarbatifs où se payait le prix de leur pucelage. Mme Laligue mère méritait plus de sympathie : à flanc de parapluie, s'il faisait beau, ou sous ce parapluie, si le temps larmoyait autant qu'elle, elle affublait d'un châle reprisé une statue populaire de la désolation, hissée sur le socle branlant de ses pauvres souliers. Veuve, elle attendait depuis sept ans, dans un galetas, la sortie de son fils unique, " un garçon qui peignait si bien, avec beaucoup de couleur, des choses en triangle ". On voyait moins souvent Mlle Malaret, habituée du Louvre et de ses colonnades, qui survenait toujours coûteusement habillée, diversement accompagnée et porteuse d'un carton à chapeaux bourré de cigarettes turques et de friandises. Mmes Vendéhun, mère et bru, Mme Raffreldo qui s'appelait d'ailleurs Mlle Giguet, M. de Ramuzac, frère jumeau épargné par une fantaisie de la nature (ou des psychiatres, disait-on). Mme et M. Stanois ne se commettaient jamais, se contentaient d'un discret coup de tête. Mais Mme Dupré, femme du saint, ne tarissait point, embauchait l'indignation et la sympathie de l'univers en faveur de son mari, " ce pauvre homme qui avait été jusqu'au bout de ses idées ". Celle-là venait tous les jeudis et tous les dimanches, retardait sa montre de cinq minutes pour protester à l'heure de la fermeture et sortait bonne dernière après avoir fait par-dessus le saut de loup un supplément de causette avec son époux. Quelques autres visiteurs se montraient rarement. Enfin beaucoup manquaient : morts ou vivants décidés à faire les morts. Larribat, Lumène, Snowe, par exemple, ne recevaient jamais personne.

— Le noir vous donne l'air d'une pensionnaire,

madame Gérane, dit soudain la mère Dupré dans le dos de Stéphanie.

— Mon beau-père est mort, répondit simplement la jeune femme en se retournant.

— Mon Dieu, quel malheur! gémit Mme Laligue. Voilà un garçon qui ne pourra même pas enterrer son père.

— C'est fait depuis huit jours, reprit Stéphanie en serrant des mains qui s'attardèrent dans sa paume plus longuement que d'habitude.

Attirée par les exclamations, Mme Pépin vint se mêler au groupe avec l'importance et la dignité définies par ses renards.

— Quand ma belle-mère est morte, dit-elle, j'ai demandé au docteur Cauchon de laisser sortir mon mari, ne serait-ce qu'une heure. Il m'a ri au nez.

Ainsi engagée, la conversation ne pouvait que dévaler la pente des récriminations. La mentalité des malades déteint sur leurs proches dont les préventions cèdent rapidement à l'affection. L'impatience sentimentale s'accommode mal de la rigidité administrative, des exigences du service et surtout de la notion particulière *du temps psychiatrique* pour lequel il faudrait créer des horloges analogues à celle de la grande cour de la Santé, qui marque éternellement onze heures moins cinq. Moins cinq!... Espoir proche et bloqué.

— Il en faut, des asiles, je le sais bien, affirmait l'une. Mais pourquoi laisser pourrir si longtemps nos hommes entre quatre murs. Si encore on nous les guérissait! Au contraire, il y en a que cela achève de rendre fous. Et puis des hommes sans femmes, est-ce sain, je vous le demande?

— Cauchon peut me dire tout ce qu'il voudra, déclamait l'autre, j'en crois d'abord mes oreilles. Quand j'entends causer mon mari, je vois bien qu'il n'est pas fou. Un peu excité, oui... et encore!

— Tout comme mon mari!

— Tout comme le mien!

— Ce n'est pas une raison pour le garder sept ans.

— Vous comprenez, il faut des malades pour qu'il y ait les médecins.

— Comme des ouvriers pour nourrir les patrons.

— Ou des voleurs pour gaver les avocats.

— Nous restons seules.

— Ah! Nous sommes souvent plus punies que nos hommes.

— Vous pouvez le dire!

Cette dernière exclamation provenait de Stéphanie, qui ajouta :

— Enfin, voilà le portier!

L'homme s'avançait sans se presser, ouvrait les deux battants de la grille. La foule se rua vers le bureau de pointage. Stéphanie, gagnant le sprint, se pencha sur le préposé, tendit son permis.

— Madame Gérane? Je regrette... Votre mari est puni de cellule. Nous vous avons envoyé un avis hier soir.

— Hein? fit Stéphanie, stupéfaite, je n'ai rien reçu! Vous êtes sûr de ne pas vous tromper? Que lui reproche-t-on, à mon mari? Faut que je le voie de toute façon : son père vient de mourir.

Impatient, l'employé saisit le permis suivant, vérifia le nom, apposa au verso le tampon dateur.

— N'insistez pas, madame Gérane, bougonna-t-il. Votre mari a essayé de s'évader pendant son transfert à l'atelier de reliure. Tant qu'il sera en cellule vous ne pourrez pas le voir.

— Mais pour combien de temps?

— Ça, je n'en sais rien, explosa l'homme. Huit jours... quinze jours... Peut-être plus. Voyez le médecin chef : lui seul en est juge.

Stéphanie, bousculée, recula jusqu'au bout de la file, suivie par des sourires ou des rictus, s'agita vainement, se retrouva dehors.

— Et, bien entendu, lui grinça Mme Laligue au passage, ils l'ont repassé à la tondeuse! De méchantes gens, ce sont de méchantes gens. Vous verrez que Cauchon le laissera moisir pendant des mois sur la paille.

— Je vous jure bien que non! gronda la jeune

femme, qui se refusait à reconnaître son impuissance.

Elle dut battre en retraite, capituler, se diriger vers l'autobus. " S'évader, après tout, c'est bien naturel; ça prouve que l'on ne peut pas, que l'on ne veut pas vivre parmi des fous, songeait-elle en grimpant sur la plate-forme. Ce Cauchon n'a pas de pitié. Me refuser de voir mon mari, à moi, sa femme! "

Pour affirmer ses droits, instinctivement, elle repoussait son alliance, devenue trop grande, jusqu'à la racine de l'annulaire. Cependant, cette honnête fille rectifia bientôt son tir :

— Faudrait qu'Arthur reste enfin tranquille. On ne sait jamais sur quel pied danser, avec lui.

XXVII

Dans la salle de bains qui méritait ce nom une fois par mois et servait de salon de coiffure une fois par semaine, Arthur, en chemise, se savonnait le menton lentement. Le plus lentement possible, afin d'allonger cette occasion de bavarder et de se détendre. Suif laissait faire, indulgent, très occupé d'ailleurs à scier le poil de Malaret. A côté de lui, Guillouteau, qui ne disposait pas du rasoir mais seulement des ciseaux, coupait les cheveux de Larribat. Laligue attendait le blaireau, tandis qu'Arthur lui confiait à mi-voix :

— L'erreur d'Arnaud a été de ne pas s'assurer de la fermeture de la porte de fer et de désigner Marmont pour m'accompagner. Marmont est costaud, mais il ne court pas. Je l'ai littéralement laissé sur place, après lui avoir jeté une poignée de sable dans les yeux. Mon erreur à moi, une fois la porte de fer franchie, a été de tourner à droite vers les *tôles*, au lieu de tourner à gauche vers la buanderie. Je savais bien qu'à cet endroit le mur d'enceinte est flanqué de cabanes à lapins qui rendent l'escalade facile et permettent de se laisser glisser dans le terrain de sport des pompiers. Je le savais, mais...

— Pas de messes basses! grogna Suif en repassant son rasoir.

— ... Mais, continua Gérane, sans élever le ton, j'ai vu deux malades à proximité des fameuses cabanes à lapins. J'ai obliqué vers les tôles dans l'intention d'aller faire de la voltige du côté de la route, en face du fort. Les infirmiers d'en bas avaient entendu Marmont; ils ont sauté par les fenêtres pour m'atteindre plus vite. Il était temps d'ailleurs! L'un d'eux m'a rattrapé par un pied au moment où je saisissais la crête du mur.

Version revue et corrigée. En fait Gérane n'avait rien prémédité. Seuls, l'avaient décidé la présence insuffisante de Marmont, le hasard de la porte béante. Mais il n'avait pas atteint le mur : il s'était effondré à bout de souffle à trente mètres du but, dans le " no man's land " compris entre l'enceinte et les grillages des tôles. Les infirmiers n'avaient eu qu'à le ramasser dans la folle avoine. Arthur n'avouait pas non plus la raclée dont l'avait gratifié Marmont à son retour ni le soin particulier qu'il avait apporté à le tondre lui-même, à la double zéro, avant de le pousser d'un coup de pied au cul dans la cellule de paille du milieu.

Mais il s'agissait d'histoire ancienne. Gérane, l'intrépide Gérane, l'un des rares qui eussent depuis longtemps tenté leur chance, portait à la fois à son débit médical et à son crédit amical cette tentative remarquable, qui avait tenu en haleine pendant un quart d'heure tous les malades passionnément rangés le long des sauts de loup.

La note était salée. Deux mois de cellule, déjà! et Cauchon ne parlait point de l'en retirer. Les infirmiers n'avaient pas la rancune aussi longue. Leur crainte des fortes têtes se doublait d'une certaine estime. Suif, en particulier, ne la cachait point.

— Grouille-toi, Gérane, grogna-t-il cependant. Si Arnaud t'aperçoit je vais me faire sonner. Je devrais te raser à part.

— Heureux Piolet! déclara brusquement Larribat, haussant le cou hors de la serviette.

— Pourquoi? fit Gérane, étonné.

— Libéré, cette nuit. Une bonne crise cardiaque. Vous ne saviez pas?

— Comment voulez-vous que je l'apprenne, dans mon trou?... Voilà donc pourquoi les veilleurs ont fait tant de boucan.

— Ce n'est pas une perte. Tout de même, si au lieu de jouer à la belote, ces messieurs lui avaient à temps fait une piqûre, Piolet s'en serait tiré.

— Ne dis pas d'idioties, coupa Suif. Toi, Gérane, amène ton cuir.

Arthur se casa dans le fauteuil, offrit ses joues. Suif, qui avait le coup de rasoir sec et peu nuancé, n'oublia pas les estafilades. Ce fut vite fait.

— Allons, file, Ladoumègue!

Réglementairement, il accompagna Gérane jusqu'à sa cellule en le tenant par la manche droite, y pénétra avec lui, fit mine de fouiller la paille. " Bon! " conclut-il, en se retirant, l'air rogue. Tandis qu'il fermait la porte à double tour et poussait bruyamment les targettes, Arthur ramassa le journal qu'il avait laissé tomber.

*

Nettement moins confortable qu'un *mitard* de prison, la pièce était sombre comme un caveau. Le sol et les parois, de ciment lisse, n'avaient pas eu droit au ripolin. Une seule imposte, très haute, renouvelait l'air. Nauséabonde, bâillait la tinette. Bien que Suif l'eût déjà remplacé deux fois, le tas de paille d'avoine commençait à s'écraser.

Arthur, qui grelottait, ramassa le couvre-pied spécial et le jeta par-dessus sa chemise, avec dégoût. Cet unique objet de literie, indéchirable, formé d'une couverture piquée entre deux toiles, lui répugnait. Sa couleur gris cendre, les taches dont il était constellé avouaient ses longs et déloyaux services.

— Quelle bauge, gronda-t-il.

Pourtant, il commençait à s'habituer. Au début, la sinistre fraîcheur du lieu, son isolement, son extrême inconfort, l'avaient révolté. Il restait des heures entières, hérissé, le nez collé aux glaces dépolies de la porte qui ne s'ouvrait que pour les repas. Il boudait sur la soupe, qui lui était servie sans cuiller et qu'il fallait laper dans la gamelle rouillée. Il réclamait la cantine, les colis, la visite et du papier à lettres. Seul, ce dernier article lui avait été accordé. Mais il n'en avait pas longtemps bénéficié et sa lettre, qui décrivait son sort, n'était jamais partie.

La rage au cœur, Arthur tournait, tournait, laissant traîner derrière lui les pans du couvre-pied. De temps en temps, Arnaud sortait du bureau, risquait un œil ironique.

— On est bien là, hein?

Arthur répondait par un sourire féroce. Cette maladresse énorme, cette insulte à son dénuement se paierait tôt ou tard. La caroncule sèche, les doigts crispés, les mâchoires soudées, il refrénait une furieuse envie de mordre, d'aboyer sa rage, de casser quelque chose.

*

Soixante... soixante-cinq... soixante-quinze jours. "Cauchon veut me faire faire un quatre-vingt-dix comme dans les prisons, grinçait Arthur. Mais en prison, au moins, on sait à quoi s'en tenir : il y a sentence préalable, au *prétoire*."

Il tournait toujours, le couvre-pied sur les épaules. Parfois, fatigué, il s'accroupissait, choisissait des brins de paille, tressait de petits paniers, que Suif emmenait le soir pour amuser ses gosses. A trois reprises, la cellule de droite, celle qui se trouve contre l'escalier, fut occupée. Larribat tira quinze jours pour insolence : il avait crié très fort, à l'approche de la visite :

— Voilà Cochon! Voilà Cochon!

— Je tiens au circonflexe, mon ami, avait répliqué le patron. L'orthographe de mon nom est bien connue depuis Jeanne d'Arc. Quinze jours pour vous apprendre le respect... et l'histoire.

Marcotte, lui, s'offrit trois semaines de vacances. Il avait englouti une pleine burette d'huile de graissage.

L'idiot qui mettait de la complaisance dans l'avilissement, se moquait complètement de toute punition : il ronflait à longueur de journée.

Stanois le remplaça, volontairement. Cauchon

lui avait refusé le certificat favorable, nécessaire à toute requête de libération.

— Mettez-moi sur la paille! cria-t-il par défi.

— Qu'il en soit fait selon votre désir! Une semaine vous suffira-t-elle?

— Mettons un mois, plastronna Laligue.

Il *tira* son mois, au bout duquel Cauchon, doué d'une excellente mémoire, ne manqua pas de lui rendre visite. Arthur entendit la voix du patron susurrer dans l'entrebâillement de la porte :

— Vous savez, Stanois, les trente jours sont passés. Il y a une place libre aux chaussons : en voulez-vous?... Bon! Passez-le aux ateliers.

Cauchon en effet aimait jouer au chat et à la souris, mais estimait les cabochards. Malheureusement depuis le premier jour, il détestait Gérane. En vain, à chaque visite, Arthur se précipitait-il le long de la porte vitrée pour se faire voir. Le patron daignait rarement se retourner ou se contentait d'un petit geste de la main, d'un plaisant " Au revoir! au revoir " de bébé. Le quatre-vingt-onzième jour, il cria : " Encore là! " Gérane, exaspéré, perdant toute prudence, tambourina furieusement contre la porte, dispersa la paille à coups de pied. Nul ne répondit, mais à la soupe Suif lui confia :

— Tiens-toi tranquille : Cauchon voulait te faire ficeler.

Les " ficelles " où camisolage en croix! suprême argument! Arthur se soumit, rangea sa paille. Sa fureur rentrée affolait sa tachycardie. Il cherchait des solutions effarantes. " Je pourrais casser la cuiller, avaler le petit bout. Cauchon serait obligé de me faire transférer à la clinique de Sainte-Anne. Là je serais tranquille; je trouverais peut-être une occasion de m'évader. " Il n'eut pas le courage de cette mutilation. " La grève de la faim est plus facile ", estima-t-il. Il refusa la soupe. Mais, dès le second jour, Suif, toujours Suif (Arnaud aimait bien se servir d'un infirmier déterminé quand il connaissait son influence sur un malade), vint sermonner le reclus :

— Ne fais pas l'idiot. Si tu insistes, tu vas avoir droit aux ficelles, puis à la sonde.

— Je m'en fous, hurla Gérane, au comble de la fureur. J'en ai marre de vos gueules. Tuez-moi si vous voulez.

Incontinent, quatre infirmiers firent irruption dans sa cellule. Il y a des exemples fameux, tel celui de cet Hercule qui mit à mal six gardiens et dut être réduit à la lance d'incendie. Mais Gérane n'était pas de taille à engager la lutte; devant ce déploiement de forces il s'écroula mollement, se laissa empaqueter et ligoter comme un rôti de veau. Mal lui en prit. Ses bourreaux purent tendre les cordons à bloc. Les habitués des " ficelles " savent bien qu'il faut se ramasser, se contracter, quand le personnel tire sur les lacets avant de les attacher aux pieds du lit. On conserve ainsi quelques centimètres de grâce qui autorisent une certaine décontraction ultérieure, évitent aux tendons de connaître le sort peu enviable des cordes à arc et permettent de tenir glorieusement le coup, de battre un détestable record d'endurance. Gérane, écartelé à souhait, passa en moins d'une demi-heure de l'invective au gémissement, puis aux cris mineurs, enfin aux hurlements, selon les règles d'un diapason que les gardiens (comme les sages-femmes) connaissent bien et qui les décident à intervenir quand se trouve franchie la limite de l'aigu. Il se tordait à gauche, se tordait à droite, se soulevait, se secouait, donnait de frénétiques coups de reins, suait à grosses gouttes. Un peuple de fourmis l'assaillait de tous côtés; les contractures, les crampes, s'amusaient avec tous ses muscles. Le temps, ce temps sans valeur des asiles, prenait soudain une importance inouïe. Il voulut crier "Salauds" et dévoré de soif ne put prononcer qu'un pitoyable "de l'eau!"

Arnaud, ce fielleux, eût sans doute laissé Arthur dépasser la seconde octave; Suif intervint, ouvrit la cellule, détendit les cordes.

— Alors, on chante déjà? On a envie de son petit casse-croûte?

Ce disant, il approchait un quart des lèvres de Gérane, qui se souleva et but avidement.

— Bon, conclut Arnaud, donne-lui à manger et remets-le sur la paille.

Il ajouta plus bas :

— Je crois que, ce coup-ci, il est maté.

*

MATÉ ou non, Gérane était provisoirement à bout de souffle. Gracié à l'occasion du 14 juillet, après cent deux jours de punition, il reparut sur la cour, toujours animée par la présence de Dieu, qui lui bourra les poches de cigarettes et de friandises. D'appréciables changements étaient intervenus dans la section. Quatre arrivants remplaçaient Vendéhun, nommé relieur, Stanois passé à l'atelier des chaussons, Piolet débité en tranches à l'amphi et Guillouteau transféré à Clermont. Lumène manquait aussi à l'appel : Cauchon, qui s'intéressait à son cas, l'avait expédié à Sainte-Anne.

— ... Où il sert de cobaye, précisa Raffreldo.

Privé de visites et de courrier, Arthur ignorait toujours la mort de son père. Cauchon, craignant de vives réactions, interdisait la communication des nouvelles graves aux punis. Quand Stéphanie, enfin autorisée à revoir son mari, se présenta au parloir, celui-ci la reçut fort mal. Il lui tenait rigueur de ne pas être intervenue en sa faveur.

— Depuis trois mois, je téléphone tous les samedis, répliqua la jeune femme. Je n'y comprends rien. Je n'ai même pas pu t'annoncer que ton père...

— Quoi! fit Arthur avec humeur, que nous veut-il encore celui-là?

— Rien... il ne nous fera jamais plus rien, reprit doucement Stéphanie.

Son mari la regardait sans comprendre. Dès qu'il eut deviné, il explosa :

— Le Cauchon est un monstre!

La colère subjuguait le chagrin. Cette disparition l'atteignait à une profondeur où ses sentiments actuels ne prenaient point leur source. M. Gérane, chef de famille, était mort; il faudrait quelque temps pour qu'Arthur ressentît la fin de *son père*. En d'autres temps, ses nerfs eussent prêté à son chagrin toutes les fibres nécessaires pour monter un beau violoncelle; mais le tour de vis qu'ils venaient de subir les avait complètement détendus. Stéphanie s'y méprit.

— Évidemment, dit-elle, vous ne vous aimiez guère.

— J'aimais bien papa, je t'assure, protesta son mari.

Il était sincère, mais sa sincérité restait lasse et molle.

— J'espérais, reprit Stéphanie, que tu pourrais aller à Tiercé. J'ai demandé ta sortie. Mais ta maison va être vendue et le docteur m'a répondu... tiens, lis !

Elle tendait une demi-feuille de papier bulle où Cauchon avait hâtivement tracé trois lignes :

Madame,

Je n'examine jamais une demande de sortie qui m'est présentée moins d'un an après une tentative d'évasion.

XXVIII

Chaque journée tombait comme une goutte d'eau. Chaque goutte d'eau semblait prête à faire déborder le vase. Mais le vase grandissait en même temps que son contenu. C'était maintenant une jarre immense, une de ces jarres que les nègres du Tchad emploient pour enterrer leurs morts.

Certes, le mort se défendait. Malgré les supplications de Stéphanie, Arthur avait bataillé sans arrêt. Cent deux jours de paille ne l'avaient découragé qu'un temps. Bientôt, au cours d'une fouille, Lanel découvrait sur lui une corde en lisière de drap tressée, dont la confection avait exigé autant de ruse que de patience. Arthur n'avait encore pas pu la garnir du crochet indispensable pour " coiffer " la crête du saut de loup. Coût : cinq nouveaux mois de cellule de sûreté. A peine libéré, il embauchait Marcotte et Belot, un dur, évadé de Hœrdt lors d'une révolte et repris dans la région parisienne. Ces deux recrues se laissèrent persuader d'attaquer le saut de loup directement, par échelle humaine. Gérane choisit Marmont, encore une fois, comme victime et, profitant de l'émoi causé par l'entrée des troupes d'Hitler en Tchécoslovaquie, trompa l'attention du vieil infirmier penché sur les gros titres des journaux. Les trois compères se retrouvèrent au fond du fossé. Marcotte, bien entendu sacrifié, admit " qu'il était le plus fort " : il prêta donc ses épaules. Belot lui sauta sur le dos, puis offrit le sien. Arthur grimpa lestement, réussit son rétablissement, retomba de l'autre côté. Hissé par les mains, Belot put suivre. Malheureusement la porte de fer était fermée; Marcotte, furieux de se voir abandonné, courut se plaindre. Les évadés, pris en chasse, furent rattrapés au fond du jardin, dans le saut de loup général qu'ils essayaient en vain de franchir à l'aide d'une perche trouvée dans une plate-bande. Marcotte écopa de quinze jours de cellule, Belot de trois mois, Gérane de six. Il n'en serait sans doute pas sorti avant un an, si Cauchon, appelé à d'autres fonctions, n'avait cédé la place à un nouveau médecin chef, le docteur Roncier.

Non moins jaloux de ses prérogatives, mais beaucoup plus fin manœuvrier, celui-ci ne publiait pas sur tous les toits l'adage favori de son prédécesseur : " Vaincre avant de convaincre. "

— La manière forte, répétait-il au contraire, devient inopérante quand on ne l'économise pas. Nul ne s'y habitue mieux que ses victimes.

Roncier fit mettre Arthur à l'isolement, institua pour lui un régime spécial en cellule ordinaire, avec droit aux visites, aux colis, au courrier, aux journaux et à une promenade d'une heure effectuée dans la cour du nord, à l'abri de tout contact avec les autres malades et sous la surveillance directe d'un planton.

Ces dispositions prises, il le laissa mariner. Petit, chevelu, souriant, malicieux — bref, la contradiction vivante de Cauchon —, il passait presque tous les jours. Mais cette assiduité même restait décourageante. Nul ne maniait mieux que lui l'aimable oui-oui des attentistes. Sa douceur inexorable avait la vertu des bonnes huiles : elle faisait passer le vinaigre de son autorité; elle mettait les gens en conserves à l'abri du temps.

*

A L'ABRI du temps!... Gérane eût été incapable de dire combien de mois il demeura bouclé. S'il les comptait, ces mois, le calcul basé sur des chiffres n'avait aucune valeur. Il avait perdu le sens de la durée. Il en arrivait à cet état d'engourdissement, proche de l'indifférence primitive envers les dates et pour qui les seules choses concrètes peuvent servir de repères sensibles. Huit fois... non, neuf fois, certain pissenlit avait repoussé au pied du quatrième poteau, malgré les coups de raclette. Trois fois, la chatte du quartier avait mis bas. Un rescapé de la première portée poursuivait maintenant sa mère sous les fusains. Odieux fusains! Toujours poussiéreux, toujours fidèles, ils se laissaient tailler comme il se laissait tondre, ils lui semblaient le symbole d'une détestable et molle continuité, à peine plus végétale que la sienne.

Son lit aussi, ce lit métallique peint en vert, restait son ennemi. Peut-on rêver dans un lit scellé, dont les ressorts ne chantent pas sous le poids du corps? D'ailleurs, il détestait toute la cellule. Il détestait la tinette, seule chaise possible, seule table. Il détestait les huit impostes, que Marmont refermait tous les soirs avec un crochet à long manche. Il détestait le soleil, particulièrement le soir, quand les pinsons campés sur les peupliers chantaient à pleine gorge, se gargarisaient de lumière. Le terrazzolith, seul, trouvait grâce devant lui : parce qu'il était fait pour ses pieds. Il en connaissait toutes les fissures. Dans l'angle gauche, un enchevêtrement de lignes représentait vaguement une tête de femme, coiffée d'un hennin. Au pied du lit, on pouvait distinguer un triangle, hérétique car il était scalène, mais garni en son milieu d'une sorte d'œil. "Tu ne me gâtes pas, Seigneur!" disait quelquefois l'impie, en marchant dessus. Aux jours de grande pluie ou de grand lavage, l'eau s'insinuait sous la porte, suivait d'imperceptibles dénivellations et Gérane, à quatre pattes, lui opposait de légers barrages de papier mâché.

Bien entendu, ses oreilles étaient devenues son principal informateur. L'œil est inutile dans un décor aussi nu, où les choses sont toujours ce qu'elles sont, toujours à leur place. Mais les bruits sont rarement à la leur : ils savent contourner les obstacles, franchir les cloisons. Le " Ah! " de Brillet transpercé par le rayon 87, les " Heu! " d'Arnaud dansant devant le patron le pas de l'empressement, les " Hi hi! " répugnants du rire de Marcotte, les " Oh! " étonnés des lecteurs de l'*Huma*, les " Hue! " de la corvée de soupe enlevant les chaudrons pleins, toutes ces voyelles sonores se reconnaissaient aisément. Le plus habile infirmier, approchant sur la pointe des pieds pour lui jeter un coup d'œil sournois, était identifié. Il y a une façon personnelle de froisser une blouse en marchant. Glissant sur cuir, sur talonnette, sur clous, sur crêpe, sur feutre, sur corde, un pas livre un nom.

A l'abri du temps mais à la merci de l'ennui,

telles étaient ses distractions, brindilles menues, vite cassées. La promenade quotidienne ne lui apportait rien. Rien que des enjambées plus longues sous le préau désert de la cour du nord. La visite de Stéphanie, toujours identique à elle-même, n'était plus qu'un rite monotone.

— Tout va bien, disait-elle avec un sourire fade, résigné.

Or, justement, Arthur n'avait plus qu'un espoir : c'est que tout allât mal. Sur ce point les journaux lui donnaient quelques satisfactions. Mais nul événement n'est sensible s'il n'est vécu, commenté en commun. Les rubriques des quotidiens du jour peuvent devenir pour un isolé aussi lointaines, aussi virtuelles que celles de gazettes centenaires. Espérant le pire, Gérane n'y croyait guère. Cristallisé noir, tel le jais, son pessimisme manquait d'arête.

Aucun conseil ne portait plus sur lui. Buté, il décourageait Suif, ce rude mentor, qui lui répétait vainement :

— Si tu n'avais pas fait le con, tu serais contremaître comme Panicaut, qui va passer l'expertise de sortie. Tout au moins, planqué comme Vendéhun ou Stanois.

— Un confort confiné, la belle histoire ! soupirait-il.

Parfois, sa rageuse patience se détendait en

brusques accès de fièvre froide. Hérissé, l'œil trouble, échafaudant d'invraisemblables plans d'attaque et d'évasion, écrasant le sol d'une talonnade effrénée, il ricochait alors d'un mur à l'autre, tournait en rond, ramassait des poignées de sable imaginaire, foudroyait l'air d'étonnants uppercuts... " Voilà ce qu'il faudrait faire! Descendre le planton à la promenade. Lui faucher ses clefs... "

Un jour, entraîné par son rêve forcené, il se mit à bourrer son matelas de crochets frénétiques. Il criait sans s'en rendre compte : " Plein la gueule, salaud! Plein la gueule! "

— Mazette! fit une voix, derrière la vitre épaisse.

Arthur, déjà pourpre, se retourna. Une toque et un képi s'éloignaient; Arnaud confiait à l'interne :

— C'est la première fois que je le vois comme ça. On a beau dire, ces demi-dingos finissent toujours par se trahir.

" Bon Dieu, il a cru... ", bégaya Gérane, suant de honte. La pire détresse l'accablait, soudain. " Il a cru ce qu'il a vu... Tu ne pouvais pas faire attention! " reprit-il en s'envoyant une gifle sur la joue gauche. Réaction superflue! Pour la première fois, lui aussi, il doutait de lui-même. " Ma parole, *je perds les pédales*. Ils ont raison. " Pendant une heure, il demeura prostré, assis sur le bord du lit, balançant stupidement sous lui ses jambes molles. " Je voudrais bien savoir, songeait-il humblement,

quel terme me convient, dans quelle catégorie
Roncier me classe. Pourquoi les psychiatres ne nous
le disent-ils jamais? Leur franchise aiderait la
nôtre. " Une question déchirante le trépanait :
" *Pourrai-je enfin compter sur moi, un jour?* " Mais,
au fond de lui, s'organisait peu à peu la défense.
" Voyons! Qu'est-ce qui ne va pas là-dedans? Les
psychanalystes... J'ai lu cela... Les psychanalystes
prétendent qu'un malade conscient de son mal est
un malade guéri. Tu vois, Roncier, j'accepte. J'accepte, comme Lumène. Il est vrai que Lumène
n'en était pas guéri pour autant. Bigre! Ma psy-
cho-lo-gie, il faut que je démonte ma psychologie.
L'horloge peut-elle se démonter, se remonter elle-
même? " Il lissait ses cuisses nues du plat de la
main, les observait avec une mélancolique tendresse. " Alors, ce n'est pas moi qui vous commande,
mes braves, mes bonnes copines? " Ses cuisses
répondirent, se contractèrent, le mirent debout.
" Quelle blague! Et puis, comme disait Suif, *fou,
pas fou, moi je m'en fous!* Je veux vivre quand même.
L'air appartient à tout le monde. Je veux le respirer où bon me semble. " Les arguments revenaient, se soumettaient à lui comme le boomerang
retourne aux pieds du chasseur. " *Sonné*, je suis un
peu sonné en ce moment. La vérité est qu'ils m'ont
abruti à force de me boucler. "

*

La mobilisation générale, qui fit des coupes sombres dans le personnel, interrompit enfin cette réclusion.

Rentrant dans la salle, Gérane se trouva tout désorienté. Six ou sept nouveaux arrivants remplaçaient ses plus vieux camarades, mutés ou transférés. Surtout, l'atmosphère avait changé. Une sourde agitation régnait. La grande convulsion espérée venait de se produire : beaucoup en attendaient leur libération. Ce roman de violence enflammait les imaginations, flattait le goût des désespérés pour la destruction gratuite. Avec une belle inconscience, la plupart salivaient dans le genre cocardier. Un brusque revirement ordonnait à chacun de passer du rouge au blanc, dans l'attente du bleu. Un accès d'*engagite* déchaussait toutes les gencives.

— On ne peut tout de même pas nous empêcher de défendre notre pays.

— Nous ne sommes pas des affectés spéciaux, comme les toubibs.

Automatiquement réformés, du fait de leur présence à l'asile, les malades se découvraient la vocation des armes, écrivaient à leur bureau de recrutement, à leur député, à la préfecture, des lettres enflammées dont aucune ne devait être prise en considération. Roncier laissait faire : on ne peut rabrouer une candidature à l'emploi de héros. Il savait très bien quel opportunisme dictait l'attitude de la section. Le sien se répandait en sourires. Il ne craignait point de se montrer dans les cours, bavardait, commentait les événements. Sa toque blanche, plantée très en arrière, oscillait doucement parmi les bérets.

— S'il ne tenait qu'à moi, assurait-il, je vous laisserais bien aller. L'autorité militaire décidera. Ne soyez pas trop pressé : les récupérations ne se font jamais tout de suite.

Gérane, comme les autres, allait vivre sur ce mince espoir, en lorgnant les cartes étalées sur les murs et dont Castaing déplaçait les petits drapeaux en glapissant : " Sabaoth! Je suis pourtant le dieu des armées! " Les premiers revers furent enregistrés avec satisfaction. Quand ils auraient besoin d'hommes, les militaires feraient flèche de tout bois, pensait-on.

Larribat, lui, savait bien que, de toute façon, on ne mobiliserait point les assassins. Toujours à contre-courant, il accentuait sa spécialité : le sombre ricanement.

— En temps de paix, la société ne veut pas de nous. En temps de guerre, je ne veux pas d'elle. J'y suis, j'y reste. Les Russes se défilent bien, eux! N'est-ce pas, Suif?

Suif, affecté spécial sur place et communiste, ne savait plus quelle contenance prendre. Il venait de renvoyer sa carte du parti, par prudence, mais gardait son cœur à la Cause.

— Staline n'est pas fou, protestait-il. Vous verrez qu'il mijote quelque chose.

Le service n'était plus assuré que par un personnel restreint. Quelques retraités furent convoqués pour remplacer les jeunes. Réquisitionné pour d'éventuels blessés crâniens, le quartier Trois fut évacué et ses occupants répartis dans les deux autres ou dans les asiles ordinaires. Tout ce remue-ménage détournait l'attention des plus rétifs. Gérane ne nourrissait plus de projets immédiats. Qu'aurait-il pu faire dehors, tandis que les hommes se faisaient arrêter à tous les coins de rue pour vérification de papiers?

L'hiver passa. Le monde entier s'immobilisait dans l'attente, comme les malades dans la leur. De temps en temps, un gardien disparaissait, subitement rappelé sous les drapeaux. Un autre revenait. Incohérences immédiatement notées et dénoncées. Lanel fit un tour dans la salle, permissionnaire faraud de sa croix gagnée du côté de la Warndt. Plusieurs fois, des avions ennemis ou inconnus firent bramer la sirène, installée sur un toit voisin. Malgré les cris des infirmiers, tout le monde se précipitait le long des sauts de loup. Un obus non éclaté de la D. C. A., tiré par le fort des Hautes-Bruyères, tomba dans une cour des "tôles", avec un immense piaulement qui dispersa les curieux. L'ordre fut donné de fermer les portes en cas d'alerte. Déjà l'intérêt se fatiguait, les récriminations repoussaient comme des champignons sur le vieux mycélium de l'habitude.

— La direction n'a pas daigné prévoir d'abris pour nous, grognait Larribat. A quoi servent les caves?

— Pour la récupération, coucou! chantait maintenant Pépin.

— C'est la fin de Byzance, je vous le dis, déclamait Raffreldo. Nous sommes en pleine bagarre et c'est le moment que la préfecture choisit pour nous faire passer des *tests*. Elle n'a pas de préoccupation plus urgente!

Effectivement, une assistante anglaise venait de s'installer dans un bureau de la section des femmes, mieux équipée pour ce genre de travail. Tous les malades qui le voulurent bien — une quinzaine — furent invités à répondre à un certain nombre de questions, à exécuter divers exercices classiques : reconstitution de puzzle, tri de signes, interprétation de taches d'encre, comptage de billes, lecture ultra-rapide, devinettes... etc.

C'est à cette occasion qu'Arthur donna soudain une preuve inattendue de bonne volonté, ou d'indifférence. Il avait été conduit sous bonne escorte au pavillon des femmes. Au retour, la surveillante de garde se trompa. Croyant avoir affaire à un malade semi-libre des quartiers bas, elle le renvoya purement et simplement. La porte de fer était ouverte pour le passage des chariots de soupe, nul infirmier en vue. Gérane aurait pu gagner la section ordinaire et les fameuses cabines à lapins, sans déclencher le moindre coup de sifflet. Mais il n'était pas sous pression, ce jour-là. L'idée d'aller s'asseoir sur la murette du saut de loup et d'appeler les gardiens médusés lui parut cocasse. Il cueillit une des premières tulipes qui penchait la tête au milieu d'un massif, la glissa dans sa boutonnière et vint se camper, goguenard, au-dessus du fossé.

— Alors quoi, Suif, cria-t-il, il n'y a plus moyen de rentrer chez soi! Voilà cinq minutes que j'attends.

*

Quelques jours plus tard, Roncier tint à récompenser, pour l'exemple, ce qu'il considérait comme une étonnante conversion. Une bagarre importante, suivie d'une quadruple *descente* sur la paille, venait de se produire. Gérane fut expédié au Deux en compagnie de Malaret et de Pépin. Faveur toute virtuelle, car les ateliers — reliure, chaussons, chaussettes — ne fonctionnaient plus, faute de matières premières. De ce fait, le régime y redevenaît sensiblement identique à celui du Premier. Un faible allègement de la discipline, la double ration de gros-cul demeuraient les seuls avantages des travailleurs en chômage. " Tant pis pour moi, se dit Arthur, qui regrettait sa sagesse. Je n'avais qu'à m'en aller. J'ai été le roi des imbéciles. "

Il n'en était d'ailleurs pas très sûr. Les manchettes des journaux redevenaient passionnantes; les nouvelles se bousculaient, noires à souhait. Le vent d'est poussait jusqu'à ses narines palpitantes cette odeur de catastrophe, ce goût d'ozone de l'air foudroyé.

XXIX

Une grande crise secoue les murs. Pas une crise intérieure, mais une crise générale de tous les murs, de toute légalité, une crise greffée sur celle du pays entier et où la rue Lobau, il faut le reconnaître, se montrera très supérieure à la rue de la Santé.

De gloire en glas, la guerre est enfin devenue la guerre. Elle s'est amplifiée, rapprochée. Les désastres commencent. Voici " les cinq jours décisifs " qui exigeront cinquante mois de rachat. La France s'abonne à Sedan. D'est en ouest, du nord au sud, Panurge organise la panique; on voit se dessiner le plan qui de balade en balade mènera, les bras ballants, l'ami Bidasse à la Bidassoa.

— Ça court, ça court, répète Arthur très intéressé.

Mille bruits se répandent, colportés par les infirmiers dont quelques-uns perdent un peu la tête.

— A Loos, assure l'un d'eux, les prisonniers se sont évadés en masse. Les asiles du Pas-de-Calais ont ouvert leurs portes et les malades se sont disséminés dans la campagne.

— Bon Dieu, si ça nous arrive, jubile Pépin, je m'envoie la petite blonde d'en face.

— En série, gazouille Malaret, on passe toutes les follettes en série.

— Hitler fait châtrer les fous, murmure Gérane.

— Quel gâchis en perspective! déplore Panicaut, devenu un véritable infirmier auxiliaire depuis qu'il est contremaître aux chaussettes et qu'il attend le résultat de son expertise de sortie.

Peine perdue! L'espérance fait bon ménage avec la peur. "Hitler nous libérera" devient le slogan de la section, qui vit suspendue au poste de T. S. F., propriété personnelle de Stanois.

Le 3 juin, des dizaines d'avions, dont les fuselages luisent très haut entre les nuages, viennent bombarder Paris, passent au-dessus de Villejuif. Tout le monde reste dehors, malgré les ordres. La T. S. F. nasille : "L'évacuation des hôpitaux est envisagée." Gérane contemple avec satisfaction les colonnes de fumée qui s'élèvent un peu partout et que chacun s'efforce de situer. Quelque chose en lui se rallume. La radio déblatère toujours...

— Non, vous ne serez pas évacués, proteste Ramille, le chef du Deux. Il n'y a rien de prévu pour les asiles.

— On ne sait pas, fait prudemment Alacoque, son second.

— Ma sœur boucle ses valises, déclare moins prudemment Vilemin, un retraité qui a dû reprendre du service, à contrecœur. Il y a des tas de Parisiens qui s'en vont.

Dans les jours qui suivent, ce mouvement s'accentue. Des rumeurs de plus en plus incontrôlables franchissent les sauts de loup.

— Vaucluse se replie en province.

— La Santé est évacuée.

Cette dernière nouvelle est exacte; mais les aliénés ne connaîtront pas le sort des détenus que les municipaux convoieront jusqu'à la Loire, mitraillant sans pitié des exténués, des affamés, des libérables, pour abandonner finalement en pleine nature les plus dangereux rescapés.

Le 10, au matin, un brouillard étrange, un brouillard sec, très dense, se répand sur toute la région parisienne; c'est la fumée des citernes incendiées sur la Basse-Seine, que le vent repousse en amont. "Paris brûle!" clament déjà des affolés. L'exode s'affirme, les infirmiers se font l'écho de son immense piétinement.

— Ça grouille, ça s'écrase à la porte d'Orléans, précise Alacoque.

Tous les malades se mettent aussi à piétiner sur place; ils sont anxieux, nerveux, abandonnés.

A la visite, personne ne se présente, même pas la fidèle Stéphanie. Les transports ne marchent plus.

— Je parie, braille Pépin, que les psychiatres font comme les officiers : ils se débinent en tête. Ils vont nous laisser massacrer. A proximité d'un fort, nous allons être mitraillés, c'est couru.

On boucle Pépin; on boucle trois autres braillards. Roncier paraît, traverse les cours, répète inlassablement :

— Vous ne craignez rien. On ne bombardera pas le fort des Hautes-Bruyères : il vient d'être démantelé. Paris est déclaré ville ouverte.

Sa voix s'éloigne et va, plus sèche, donner des consignes, rallier les gardiens. Aucun n'a encore fait défection, mais la plupart ont visiblement envie de s'éclipser.

— Demain, ordonne-t-il, toutes les portes resteront fermées. Je ne veux voir personne sur les cours. Si ça va mal, faites-les rentrer tout de suite.

Quelques instants plus tard l'ordre, colporté par Vilemin, voltige d'oreille en oreille. " L'heure est venue, pense aussitôt Gérane. Il faut profiter de la pagaïe; demain, il serait trop tard. " Infirmiers et malades se sont massés sous le haut-parleur, qui diffuse maintenant le discours de Paul Reynaud :

— ... *Notre combat, chaque jour si douloureux,* n'a

désormais de sens que si, le poursuivant, nous voyons grandir même au loin l'espoir d'une victoire commune... C'est pourquoi nous gardons au cœur l'espérance... Quoi qu'il arrive, les Français vont avoir à souffrir. Qu'ils soient dignes de leur passé!

"Suis-je digne du mien? rugit Arthur, prêt à se laver les pieds dans le cours de l'histoire. Tout le monde s'en va, tout le monde s'en va... et moi, je resterai! Jamais de la vie!"

Le jour de la résurrection viendra..., proclame encore le dernier président du Conseil de la Troisième. Le jour de la résurrection est venu, oui! Ce jour n'est-il pas le 13 juin, anniversaire de la naissance d'Arthur? Ainsi, il va fêter dignement ses trente-deux ans. Mais comment faire?

Par bonheur, quand il s'agit d'évasion, Gérane a quelquefois du génie. Il s'insinue parmi ses camarades, souffle le feu. "Un gardien, prétend-il, vient de me confier que nous étions remis à la discrétion des Allemands." Un peu plus loin, il affole le petit clan des libérables : "Toutes les expertises sont annulées." En dix minutes, voici la section survoltée; Panicaut lui-même a retrouvé tous ses griefs, toute son indignation d'arrivant. Les menaces commencent à circuler ouvertement :

— Ce serait si simple d'en finir, gronde Malaret. Nous avons le nombre. Il n'y a qu'à maîtriser les infirmiers et prendre leurs clefs. Il n'y a qu'à...

Arthur bat aussitôt en retraite, laisse s'échauffer les *N'yakas*. Le voici qui prend par la manche un Panicaut fébrile et cramoisi.

— Ces imbéciles vont tout gâcher, s'indigne-t-il. Il faut filer.

— Monsieur a trouvé une échelle de corde? ricane l'autre.

— Oui... le tuyau d'incendie. Le dévidoir est dans l'atelier des chaussettes. Toi seul peux y aller.

Arthur vient de jouer son va-tout. Il regarde intensément le contremaître, qui réfléchit, qui hésite.

— C'est une idée, admet enfin celui-ci.

— Coupe sept mètres, jette Arthur. Attache au bout un crochet de machine... et fais vite!

*

L'opération s'est déroulée sur le rythme foudroyant des grandes inspirations. Panicaut revient, l'air dégagé, la veste étrangement gonflée. Il rejoint son complice au bord du saut de loup. Tous deux semblent ainsi se désolidariser des excités, n'attirent pas l'attention. Quelques secondes plus tard, Ramille sort du bureau, flanqué des huit hommes dont il dispose.

— Tout le monde dans la salle, hurle-t-il.

Déplorable manœuvre! Quatre ou cinq malades

obéissent mollement; tous les autres s'enracinent dans la cour, se rassemblent, forment un demi-cercle menaçant. " Si j'empoigne un de ces types, songe Ramille, je mets le feu aux poudres. Tous les autres vont nous tomber dessus à quatre contre un. "

— Les gars, dit-il très bas, adossez-vous au mur. Je vais téléphoner, réclamer du renfort.

C'est l'instant idéal. Masqués par un rideau de paletots et de bérets, Gérane et Panicaut sont invisibles. Ils dégringolent au fond du saut de loup. Le crochet vient coiffer la crête. Arthur se hisse rapidement, puis aide Panicaut qui est moins leste. La corde récupérée, les voilà qui courent au second saut de loup, s'y engouffrent, répètent la manœuvre. Une partie de la manœuvre, du moins, car Gérane passe seul et retire froidement la corde derrière lui.

— Salaud! braille Panicaut, désespéré.

— Je regrette, ricane Arthur, mais voici Latreille!

De la fenêtre de sa cuisine, le général a vu la scène. Il s'est jeté hors de sa villa; son gros ventre roule à travers les jardins. Panicaut, cette proie toute désignée, le retiendra sur place.

— Gérane, voulez-vous redescendre, hurle Latreille avec candeur.

— Au revoir, chéri! gouaille Arthur avant de disparaître.

Il faut courir maintenant. Pas trop vite pour ne pas s'épuiser. Le personnel sera obligé de faire le grand tour, s'il ose se lancer à ses trousses, s'il peut abandonner la section à demi révoltée. Au pas gymnastique, Arthur traverse le chemin circulaire, gagne les champs où ne le suivront ni bicyclettes ni voitures. En temps normal, les horticulteurs lui barreraient le passage, se jetteraient sur lui. Mais le paysage est étrangement désert, les maisons abandonnées. Voici le raidillon qui grimpe vers le fort. Parvenu au sommet, Gérane se retourne, contemple les toits rouges de la section réduits par la distance aux dimensions d'un jeu de constructions.

Ainsi, c'est fini. Quatre ans... non, ce n'est pas possible! Comment a-t-il pu rester quatre ans dans cette maison dont il vient de sortir en quatre minutes! L'essoufflement de l'évadé s'apaise, se résorbe en exaltation. Au nord, à l'ouest, à l'est, le canon gronde, le canon boucle un demi-cercle de bronze. Quel décor immense, quel décor historique pour le mince fait divers dont il est le héros! De l'autre côté de la pente, au-delà des jardins ouvriers parsemés de cabanes, s'allonge cette grande route, toujours mortelle aux évadés et qui est aujourd'hui le salut. Artère qui fait refluer le sang noir de la défaite, elle offre à Gérane cette congestion, cet affolement d'hématies où va se perdre — se perdre pour se sauver — le globule blanc de sa dernière chance.

Arthur dévale le sentier, rejoint la foule. Parmi tant de pitoyables défroques, la sienne ne sera point remarquée; le serait-elle, cela n'aurait pas d'importance. Tous ces fuyards ne connaissent plus aucune légalité, hormis celle de la peur. Arthur, abonné à l'exode individuel, se mêle à l'exode général, en renifle avec passion la poussière, soulevée par trois millions de talons. Le monde est enfin un monde à sa mesure. Un monde de pieds. Ce délire collectif, ce gigantesque *délire de conduite* sert d'apothéose au sien. Voici les jours prévus par l'Apocalypse, *où les fous commanderont aux sages et les courberont sous leur fouet!*

*

Arthur est inquiet, Arthur songe à Stéphanie. A-t-elle quitté Vincennes? Est-elle restée sur place pour ne pas s'éloigner de lui? Impossible en tout cas de la rejoindre, de s'insinuer à contre-courant dans cette foule dont la densité même constitue sa sauvegarde. Mais, bientôt, Arthur ne songe plus à Stéphanie. Elle se débrouillera. Cette marche a quelque chose d'exaltant, de merveilleusement conforme à son destin. Sur sa gauche, un gamin tient en laisse un roquet. Sur sa droite, une jeune fille ou une très jeune femme, décoiffée, habillée d'une salopette empruntée à son frère ou à son mari, réajuste sans cesse les courroies d'un sac à dos trop lourd. Devant lui, tous les types de nuques; derrière lui, tous les tours de poitrine, des milliers de côtes offertes à l'essoufflement et aux coups de coude. De-ci, de-là, des voitures, noyées dans la masse, torturant leurs pignons de première et défendant âprement leurs marchepieds. Bourg-la-Reine, Antony. A l'embranchement de la nationale 20 qui file sur Orléans et de la nationale 188 qui va sur Chartres, les fuyards hésitent. Un grand remous se produit, qui pousse Arthur vers la 188.

Massy-Palaiseau. Orsay. Gometz-la-Ville. A travers les moissons perdues, défile cette autre moisson de têtes dont quelques-unes seront fauchées. La fatigue ralentit et desserre la marche de la colonne, où se faufilent d'extravagants cyclistes. On s'allège. Des centaines d'objets de toutes sortes tombent sur les bas-côtés, encombrent les fossés. Boutons de chemise et de chemisiers se mettent à sauter. On se débraille. On braille aussi. La première retenue a cédé. Talonné par *la fraîche et joyeuse*, l'exode fait bourdonner les vieilles amitiés et les nouvelles connaissances. On flirte, on pelote, on fera mieux ce soir. L'affolement se dilue dans la sueur et la salive, le tragique se ridiculise dans les gémissements qu'arrachent les cors. Vacances terribles, vacances tout de même, qui donnent au rire une âcre et violente saveur. Les faux bruits remontent des kilomètres de colonne, aussi aisément que le courant remonte un câble. *Paris est pris. Paris se défend. La tour Eiffel est tombée dans la Seine. Les Allemands arrivent. Les Américains ont déclaré la guerre.* La pluie manque au drame. Peut-on vraiment croire à la mort, quand bat son plein la publicité solaire du printemps?

— Pourquoi n'ai-je pas pris des pantoufles? murmure la voisine d'Arthur, en se débarrassant d'un onglier, d'une paire de draps et de toute une lingerie féminine soigneusement marquée à son chiffre.

Gérane se tait : on n'a pas le droit de parler quand on porte le droguet bleu. Il n'a même pas osé enlever sa veste, parce que sa chemise, à l'endroit du cœur, est marquée A. P. Dieu merci, voici Limours! On commence à piller. Arthur se rue dans un magasin de chaussures aux vitrines défoncées, piétine dans un amoncellement de souliers dépareillés, déniche une paire de charentaises, pointure 38... Mais soudain ce chevalier réfléchit que la jeune personne a continué sa route, que trois cents mètres de foule compacte le séparent d'elle, qu'il n'a aucune chance de la rejoindre. Il fouille la maison, dévalise une armoire et une penderie, s'habille à peu près décemment. Un poste de T. S. F., puis un vase de Chine le tentent. Comment les emporter? "Soyons raisonnable", se confie-t-il en expédiant le vase dans une glace. Il sort néanmoins alourdi d'un balluchon qu'il abandonnera cinq bornes plus loin, près de Bonnelles.

Quand la nuit le surprend, il a plus de quarante kilomètres dans les jambes : elles n'en demandaient pas tant. Tandis que des infatigables s'enfoncent dans la nuit, Arthur cherche une meule qui ne soit pas occupée, n'en trouve point, finit par s'étendre dans une luzernière. Il a dîné d'une boîte de foie gras trouvée dans la cuisine du commerçant : un bout de pain eût mieux fait son affaire. A quelques mètres de lui, dans l'ombre, se serre un couple agité de soubresauts suspects : la vie se défend comme elle peut. Le canon gronde encore, des voisins ronflent... Des voisins ou des avions. Les bruits se mélangent, s'éloignent. Arthur s'endort en souriant, le moral aussi gonflé que les pieds.

Le lendemain, dès l'aube, il repart. Bourgneuf, Rochefort-en-Yvelines, Saint-Arnoult, Ablis. A peine vingt-cinq kilomètres. A chaque village, le pillage est devenu un rite. On s'adresse particulièrement aux épiceries, aux bistrots. La cohue qui ne sait plus très bien où elle doit aller, qui va où va la route, commence à se disloquer. Presque toutes les autos sont en panne, tandis que continuent au pas lent de leurs percherons les grandes charrettes venues de l'Aisne ou de la Somme, surchargées de meubles, de cages à poules et d'enfants. Arthur s'est glissé dans plusieurs groupes successifs, a fini par jeter son dévolu sur un trio dont l'intimité date de la veille. Il se compose d'une petite fille qui a perdu ses parents, d'un éclopé en pantalon kaki et veste civile, d'une jeune vendeuse de la Samaritaine qui leur sert de nurse et d'infirmière. Ces isolés ont besoin d'un homme valide pour la chasse aux poules, aux bouteilles et au gîte. Dès cinq heures, en vue d'Ablis, Arthur propose de s'arrêter avant que toutes les places confortables soient enlevées d'assaut. Il avise une maisonnette de garde-barrière bâtie sur une route vicinale, un peu en retrait. La porte enfoncée, il case son monde. Pas de vivres. La jeune fille qui se prénomme Germaine et Gérane, qui se fait déjà appeler Arthur tout court, déterrent des pommes de terre, à peine plus grosses que des noix. A la nuit sur deux matelas jetés à terre, le quatuor se couche pêle-mêle, fraternellement.

15 juin. Il faut absolument trouver quelque chose à manger avant de repartir. Arthur s'enfonce dans la campagne. A proximité d'un patelin qui porte ironiquement le nom de Bréau-sans-Nappe, il tord le cou d'un canard sous les yeux et malgré les cris d'une commère. Plumée, cuis-

son, festin font perdre la matinée. Le groupe ne repart qu'à trois heures, rejoint une foule éreintée. Il n'ira pas loin. A cinq kilomètres d'Ablis, une nouvelle passe de bouche en bouche avec une telle insistance qu'elle doit être vraie. *Les Tunisiens tiennent la côte, mais les Allemands arrivent. Nous risquons d'être pris entre deux feux.* Presque en même temps, une épaisse colonne de fumée monte à l'horizon du côté de Chartres; une escadrille surgit, bombarde rapidement le village qui vient d'être traversé. La foule hurlante se disperse dans les champs, s'aplatit pendant vingt minutes. Le calme revenu, les familles se regroupent : on entend des appels analogues à ceux des perdrix égaillées qui pirouittent pour se rassembler. Arthur, Germaine, le soldat et Claudie, la fillette, se rejoignent à l'abri — dérisoire — d'un meulon.

— Pas la peine d'aller plus loin, gémit l'éclopé.

— Évidemment, opine Gérane, nous sommes pris dans une pince. Notre seule chance d'échapper est d'abandonner la nationale, de descendre vers Châteaudun par les petites routes, qui ne sont pas encombrées.

— Attention, crie une voix, les avions reviennent.

Ils reviennent en effet et, cette fois, ils mitraillent. L'un d'eux passe en rase-mottes à moins de cinquante mètres, tourne, s'acharne, rectifie son tir, irrégulier comme le crépitement d'une machine à écrire. Gérane, le nez dans le foin, trouve qu'il sent bon, qu'il sent chaud. Mais la petite Claudie, tassée contre lui, pousse un cri, commence à se débattre. Germaine se relève indemne. Le soldat ne bouge pas, tué net d'une balle dans l'omoplate gauche. Arthur, soudain glacé, étrangement calme, soulève l'enfant dont le bras, traversé en séton, saigne à grosses gouttes. L'œil vague, il marche en criant :

— Un garrot, donnez-moi un garrot !

Les avions ennemis rôdent toujours et les réfugiés se recroquevillent dans leur peau, s'incrustent sous les moindres mottes. Arthur s'arrête alors, étend la petite, ôte sa chemise. Il la déchire, tortille des lanières, réussit une ligature sommaire. Puis, l'enfant cassée en deux sur son épaule, il tourne le dos à la nationale et se met à courir à travers champs vers le hameau qui couronne la colline. Là, doivent se trouver les Tunisiens, donc un poste de secours. Autour de lui miaulent quelques balles, qu'il n'entend pas. Il continue à trotter mécaniquement, sans se baisser. Il n'est même pas fier de lui, il ne pense à rien ni à personne. Il a oublié Germaine, qui rampe prudemment vers le hameau où elle arrivera vingt minutes après lui.

Elle l'y trouvera en train de vider une boîte

de sardines de l'intendance sur un biscuit. Un jeune major du régiment de Sousse achève de panser Claudie en grommelant :

— Une gamine, passe encore! S'il fallait soigner tous ces crétins qui s'amusent à se faire trouer la peau sur les routes, nous n'en finirions pas.

Le prestige d'Arthur a grandi. Dans la nuit, sur la paille... décidément la paille veut se racheter! Dans la nuit, Germaine le prouve à ce héros. Mais elle lui demande ensuite de rester sur place pour s'occuper de la blessée et enterrer le mort... Pas d'histoires! On ne s'embarrasse pas des renversées. "Oui, oui", fait Gérane, mais au petit matin, tandis que Germaine dort encore, il s'éclipse sans oublier d'emporter son sac à main lesté de huit cents francs. Il saute sur le vélo d'une autre réfugiée et se lance à toutes pédales sur la première vicinale qui s'offre à lui. Il traverse ainsi des bourgs beaucerons que les pancartes du Touring-Club baptisent Auneau, Aunay, Denonville... A la sortie de ce dernier village, un duel d'artillerie le force à obliquer vers Monvilliers. Là, petit barrage antichars : un tas de pavés et deux canons de 45. Arthur se rabat vers le nord, remonte vers Aunay et s'arrête à midi au passage à niveau de Bretonvilliers, à l'instant même où trois motocyclistes allemands, le nez en l'air et l'arme à la bretelle, descendent de machine en bons touristes et s'emparent du hameau. L'un d'eux s'approche en compulsant son lexique nain :

— Ici... *soldaten?*

Arthur, qui a présenté la langue de Gœthe au bachot, répond à tout hasard un des cent mots dont il se souvient :

— *Kein!*

Le chef de patrouille lui offre immédiatement une cigarette.

— *Sehr wohl!* Vous... *übersetzer*.

*

Trois jours après, Arthur, confortablement installé dans la maison de maître d'un grand domaine abandonné et ne songeant pas une seconde au comique de la situation, faisait la loi parmi les réfugiés. Revanche inattendue! L'occupant l'avait chargé de répartir les locaux, les vivres et les nouvelles. Ces dernières consistaient d'ailleurs en brefs " Reynaud... *wekt!* " ou " Pétain... *führer!* " ou encore " *Krieg... fertig!* " Elles surnageaient dans la confusion, où Gérane, riche du faux sang-froid des inconscients, se mouvait à l'aise. On vit l'évadé s'improviser boucher, scier à l'aide d'une égoïne rouillée le cou d'un mouton; on le vit emprunter le revolver d'un feldwebel pour abattre un cheval malade, ce à quoi le cœur sensible du guerrier n'avait pu se résoudre. On le vit encore, à l'occasion du décès d'un blessé, singer gravement les officiers de l'état civil et dresser un acte simili-légal pour permettre à la veuve d'en obtenir un régulier par la suite. On le vit enfin, cela va de soi, exercer quelques tendres chantages lors de la distribution des pommes de terre et promouvoir d'agréables affamées à la dignité provisoire de favorites.

Cette brillante carrière dura quatre semaines : exactement autant que l'anarchie générale. Son déclin coïncida avec le départ progressif des réfugiés et la rentrée des autorités locales qui reprenaient leurs fonctions avec l'assentiment de la Kommandantur. Le 12 juillet, le bruit courut qu'un contrôle général des papiers allait avoir lieu. Arthur n'en avait pas. Il ne demanda pas son reste et disparut, non sans avoir au préalable joyeusement massacré la vaisselle et entassé l'argenterie sur le porte-bagages de son vélo.

XXX

Stéphanie ôte sa robe éternelle, ex-bleue, ex-noire, aujourd'hui sans couleur définie et qu'inondent ses cheveux blonds, toujours glorieusement méteil. Avec un reste d'accent wallon, elle offense dignement la syntaxe :

— T'as bien fait, dit-elle à mi-voix, de ne pas revenir de suite. Une heure après ton évasion, dix infirmiers, dix, t'entends? sont descendus d'une camionnette devant la boutique : je me demande comment ils ont réussi à passer à travers les gens. Ils t'ont réclamé, ils criaient, ils étaient à peine polis, ils ont tout fouillé, même ma chambre au sixième. Ils sont repartis furieux après m'avoir fait jurer que je les prévienne si tu te montrais. Une chance que mes patrons et les voisins soient déjà sur la route! Autrement, tu te rends compte du scandale!

Arthur n'en revient pas, louche déjà du côté de la porte.

— En pleine débâcle, répète-t-il, envoyer dix hommes à mes trousses, c'est inouï!

— Pas si haut, chuchote la jeune femme. Presque tout le monde est rentré. Je ne veux pas qu'on dise que t'es chez moi. Voilà deux fois que la police vient voir la concierge. Dès que les lignes ont été raccommodées, j'ai téléphoné au docteur : " Si votre mari rentre, qu'il m'a dit, je ne prendrai aucune sanction contre lui. Un évadé d'Henri-Colin n'a aucune chance de régulariser sa situation. " Je me demande comment tu vas t'en tirer. De toute façon, tu ne peux pas rester longtemps à Vincennes. Plus possible de t'engager, il n'y a plus d'armée. On dit bien que les Allemands vont emmener des travailleurs, mais tu ne vas pas aider ces salauds-là.

Arthur, pudiquement, baisse les yeux. Non parce que sa femme est en train d'enlever sa chemise, mais parce qu'il n'est pas très fier de ses souvenirs d'exode. Une minute plus tard, l'électricité s'éteint. Stéphanie se serre contre Arthur dans le lit étroit. Il ne pourrait pas venir à l'idée de Mme Gérane de refuser le devoir conjugal qui, pour une fois, fait agréablement partie de tous les autres. Puis, cette page du code satisfaite, la jeune femme presse son mari de questions, exige le récit de son odyssée, qu'il lui débite avec complaisance en coupant les épisodes scabreux.

— Comment es-tu rentré? fait-elle enfin.
— En vélo.

Stéphanie se redresse d'un coup de rein, manie l'interrupteur.

— Mon Dieu, ce vélo, j'espère que tu ne l'as pas volé... et que tu ne l'as pas laissé dans le couloir.

— Non, non, bougonne Gérane, je l'ai abandonné à Massy-Palaiseau, au terminus du métro.

C'est un aveu indirect sur sa provenance. Stéphanie lorgne maintenant le paquet que son mari a déposé sur la table de bois blanc, à côté de son honnête et implacable réveille-matin.

— Qu'as-tu là-dedans? demande-t-elle sèchement.

Sans attendre la réponse, elle saute sur ses pieds, dénoue les ficelles.

— Laisse, mais laisse donc, ronchonne de plus belle son mari. C'est de l'argenterie que j'ai ramassée sur le bord de la route.

Stéphanie brandit une théière cabossée dont l'éclat bleu noir s'assortit à celui de ses prunelles indignées. Sa voix, contre toute prudence, perce les minces cloisons de la chambre de bonne.

— Du pillage! C'est de la maladie chez toi! De la maladie!

Le mot, qu'elle a lâché par hasard, se retourne, lui saute dans l'oreille, s'insinue dans son étonnement, s'y charge d'un nouveau sens, reparaît sur ses lèvres comme une vérité d'expérience, enfin tenue pour solide.

— Une *maladie*, mon pauvre Arthur! T'en finiras donc jamais.

— Mais, proteste Gérane qui s'énerve à son tour, tout le monde avait faim, tout le monde a pillé.

— L'argenterie, ça ne se mange pas.

La robe de chambre mitée dont lui a fait cadeau sa patronne est déjà sur ses épaules, le paquet sous son bras.

— Mais que veux-tu faire?

— Je vais la jeter dans l'égout.

Arthur n'a pas le temps de s'interposer. Stéphanie a déjà ouvert la porte, enfoncé d'un coup de pouce le bouton de la minuterie, s'est jetée dans l'escalier. Arthur en chemise se penche sur la rampe, contemple sa femme qui dégringole si vite les quatre-vingt-seize marches que sa robe de chambre plane longuement derrière elle. " Quelle dinde! rage-t-il, nous avions là de quoi vivre pendant six mois. " Il répète encore : " Quelle dinde! " mais ne peut s'empêcher de sourire, de trouver que Stéphanie, cette pauvresse intraitable, ne manque pas d'allure. Il hausse les épaules. Plus exactement il hausse l'épaule gauche, sans conviction, car son épaule droite se souvient de cette tête, de cette têtue tendre tête nichée contre elle, il n'y a pas encore cinq minutes. Dans la gorge d'Arthur, l'émotion et la colère suintent une glaire vivement crachée. Le jeune homme suit des yeux le point blanc qui traverse six étages d'air servile et fait un floc très mince sur le dallage du rez-de-chaussée. La minuterie s'éteint. Arthur la rallume, hausse encore une fois l'épaule gauche, puis les deux ensemble. Le voilà qui s'étire, bâille, rentre se coucher. Il ne s'est même pas aperçu que dans son dos une porte de mansarde s'est entrouverte et aussitôt refermée sur une tête effarée, où mûrissaient douze bigoudis.

Dix minutes plus tard, Stéphanie rentre, essoufflée, apaisée ou feignant de l'être. Elle réveille son mari qui dormait déjà :

— Tu ne bougeras pas d'ici, fait-elle. Après-demain, c'est mon jour de sortie : j'irai voir ton ancien avocat. Je crois que le docteur Roncier cherche à nous désespérer pour te ravoir. On doit trouver un moyen de s'arranger.

— Si je pouvais, marmonne Gérane, passer en zone inoccupée...

— Je ne peux pas te laisser partir seul. Tu ferais encore des bêtises.

Arthur referme les yeux. Le réveil agace le silence, stridule doucement sa rengaine internationale de grillon mécanique, puis semble s'éloigner, s'éloigner comme s'il était las de débiter sans succès ses menus avertissements.

XXXI

Maitre Tarzin avait été catégorique :

— Situation insoluble, pour l'instant. Un interné judiciaire doit introduire une requête auprès du tribunal. Or celui-ci n'a pas l'habitude de se laisser forcer la main, d'entériner un état de fait. Si, d'aventure, il commettait des experts, ces derniers ne concluraient pas en faveur d'un évadé. Enfin, il faut compter avec l'opposition de la préfecture de police qui, par l'intermédiaire du parquet, torpille souvent les demandes présentées par des récidivistes. Tôt ou tard, Gérane devra se rendre. En matière d'internement, il n'y a pas de prescription. Cette décision, fonction d'un état mental, ne peut être prononcée *à temps* comme une condamnation. En fait, je le sais, quelques évadés n'ont jamais été repris ni même inquiétés. En ce qui concerne Henri-Colin, dont la clientèle est réputée dangereuse ou inamendable, il n'y a pas de précédent pour elle ; on interprète

à la lettre les textes de 1838 dont les psychiatres
avouent l'imprécision et l'insuffisance. Si l'expression
"hors la loi" est ici trop violente, je dois
vous dire que vous allez vivre "hors la légalité",
ce qui est pratiquement aussi pénible.

Stéphanie ne comprit qu'une chose dans ce
pathos : la loi jouait contre son mari.

— Vous ne croyez pas, objecta-t-elle, que la
guerre a changé tout ça?

— Madame, il y a deux puissances que nulle
guerre n'abattra jamais : l'Église et la médecine.
Au contraire, c'est le moment où les hommes ont
plus particulièrement besoin d'elles afin de survivre
en deçà ou au-delà de la mort. Un diagnostic
garde sa valeur sous tous les régimes. Sauf pertes
matérielles, les services hospitaliers sont intacts,
leur activité a repris sans restriction. Croyez-moi,
votre mari ferait mieux de se soumettre : cette
attitude impressionnerait favorablement les psychiatres.
Entre nous, est-il vraiment guéri? Même
si sa conduite a été satisfaisante depuis un mois,
l'argument reste faible. Je tiens personnellement
Gérane pour un déséquilibré incurable. Je souhaite
me tromper, mais je ne changerai pas d'opinion
avant cinq ans.

Stéphanie, ébranlée, ruminant ses doutes et ses
projets, reprit la direction de Vincennes, rejoignit
Arthur, terré depuis deux jours dans sa chambre.

— Tu fumes beaucoup de trop, jeta-t-elle en entrant. L'odeur passe sous la porte.

— Pourquoi dis-tu " de trop "? ricana Gérane. *Trop* suffit. Tu ne parleras donc jamais français?

Il ajouta aussitôt, d'un air bougon :

— A l'asile, au moins, je pouvais fumer tranquille.

Stéphanie, peut-être piquée, eut le tort d'enchaîner, d'offrir sa pensée toute nue, telle quelle, comme elle s'offrait elle-même à cet homme qui était son mari et qu'elle ne croyait point devoir ménager, ni envelopper de périphrases.

— Je commence à me demander, justement, si tu ne ferais pas mieux d'y retourner. Je viens de voir l'avocat. Il dit qu'il n'y a rien à faire. Tu ne dois rien espérer de la police. C'est une drôle de vie qui nous attend, avec des risques et des frais tous les jours. Cette vie-là, moi, je ne l'ai jamais vécue, je n'en veux pas. Ni pour toi non plus. Abandonner ma place, c'est vite dit. Mais il faut manger. Je n'ai pas deux mille francs sur mon carnet de Caisse d'Épargne.

Elle parlait doucement, d'une petite voix neutre, sans regarder Arthur. Oui, malheureusement, sans le regarder. Devant ce front soudain cramoisi, devant ces yeux étincelants, elle eût compris son imprudence, elle se fût précipitée avec des gestes enveloppants, des protestations chaudes, compresses nécessaires à l'éclatement de ces sortes d'abcès. Arthur, suffoqué, tenant pour décision ce qui n'était que suggestion, oubliait en une seconde les pruniers de Vioménil, l'épicéa de l'Assomption et quatre ans de privations patientes, de visites assidues, de stricte fidélité. Il ne pensait plus, ne voyait plus qu'une chose, inattendue, inconcevable : cette femme, sa femme, le trahissait, lui proposait de se livrer! Sa colère se contractait, se tendait à bloc. Soudain, échappant au dernier cliquet de la prudence, elle se détendit dans une injure, la plus cruelle, la moins méritée.

— Putain! osa-t-il crier.

Stéphanie, qui ne s'attendait pas à une telle réaction, encore moins à une telle offense, se retourna, plus stupéfaite qu'ulcérée. Arthur, debout, grimaçait de fureur. Elle eut peur et cette peur, faussant la douceur de sa voix, l'empêcha d'atteindre l'accent nécessaire, la tonalité tendre qui eût convaincu le malheureux de ses bonnes intentions.

— Comprends-moi, voyons...

— Je comprends! On me l'avait dit : *une femme ne tient que deux ans*. Quel est le salaud avec qui tu couches et qui te retient ici? C'est pour lui que tu n'es pas partie en exode! C'est pour lui que tu veux te débarrasser de moi! Dis-le donc, mais dis-le!

Tant d'injustice dépassait son but. Effondrée sur le bord de son lit, sans larmes, Stéphanie regardait son mari gesticuler, vociférer. Elle ne doutait plus de lui, maintenant, elle ne doutait plus du véritable Arthur, qui se donnait si gratuitement en spectacle. Elle aussi oubliait Vioménil et l'autre garçon qu'elle y avait connu. Mal inspirée, elle ne sut que gémir cette phrase, plus dangereuse que la pire riposte :

— Mon pauvre Arthur, mais t'es fou!

Alors Gérane, explosa tout à fait.

— Fou... oui, c'est ça. Tu l'as trouvée, la bonne excuse!

— Arthur!

Cri tardif. Le réveil venu de Belgique traversait déjà la vitre, offrant à tout l'immeuble un fracas de verre brisé.

— Ne vous gênez plus, là-haut, grinça une voix montant du fond de la courette.

Mais Arthur n'entendait rien, s'acharnait au hasard. L'encrier, ce même encrier où avait été puisée l'encre nécessaire à tant de fautes d'orthographe, s'écrasa contre la propre photo de l'absent, qui jaunissait sur le mur entre quatre punaises rouillées. Un coup de pied renversa le broc. Un autre culbuta la table. Un troisième s'enfonça dans quelque chose de mou, probablement une cuisse de Stéphanie. Le lit fut défait, retourné, le matelas éventré, les couvertures éparpillées, le vase de nuit fracassé sur le marbre de la cheminée. Enfin, d'un bond, le frénétique atteignit la lampe électrique, une 25 watts suspendue à un fil nu, l'arracha et, emporté par son élan, s'effondra sur le carreau, tenant toujours l'ampoule qui lui éclata dans la paume. Il resta prostré quelques secondes, puis secoua sa main sanglante et se mit à retirer, un à un, les éclats fichés entre ses doigts. Le plus gros coupait net sa ligne de vie et ce détail n'eût pas manqué d'impressionner un chiromancien.

Un calme excessif, une chape de plomb lui tombait maintenant sur les épaules. Il s'excusa mollement, au pluriel :

— Nous sommes idiots de nous mettre dans des états pareils... Mais pourquoi me dis-tu ces énormités?

Alors, seulement, il s'aperçut que sa voix ne rencontrait point d'écho, que sa femme n'était plus dans la pièce.

— Où est-elle passée? reprit-il ingénument. Cette pauvre fille s'affole vraiment pour peu de chose.

Inquiet, déjà honteux, il se banda sommairement la main avec un mouchoir, remit de l'ordre dans la chambre ou du moins crut le faire, en retapant le lit sous lequel il poussa tous les débris

Comme il achevait ce travail, une talonnade précipitée sonna l'alerte dans l'escalier de service. Stéphanie fit irruption en criant :

— Va-t'en! Va-t'en vite! La police arrive.

Arthur, un instant abandonné par ses nerfs, se laissa tomber sur une chaise.

— Mes compliments, murmura-t-il. A quoi bon bouger maintenant?

Mais déjà sa femme le tirait par la manche, le poussait vers le palier, en protestant :

— Ce n'est pas moi qui l'ai prévenue, c'est la concierge. Je suis descendue pour la calmer. Il était trop tard. " C'est votre mari qui casse tout là-haut? qu'elle m'a dit. Votre voisine l'avait aperçu avant-hier, mais nous pensions qu'il était reparti. Ce coup-ci, mon homme est allé chercher les flics... " Je remonte quatre à quatre... Il faut que tu quittes la maison de suite.

Il n'était plus temps. Le concierge, flanqué de deux *hirondelles*, atteignait déjà le troisième étage. La vue des uniformes rendit des forces à l'évadé. Dans ses prunelles vertes s'alluma la clarté froide d'une résolution, qui se voulut généreuse.

— Descends, ma poule. Ne reste pas avec moi, tu aurais des ennuis. Je vais essayer de filer par les toits.

Deux tours de clef, verrou tiré, commode à la rescousse.

Quatre bottes, une paire de savates et deux talons timides s'expliquaient de l'autre côté de la porte. Un agent grasseya :

— Alors, ce dingue, où est-il, ma petite dame ?

Puis, aussitôt :

— Allons, mon gars, ne fais pas l'idiot, ouvre la lourde.

D'autres exhortations suivirent, entrecoupées de réflexions où Gérane distingua les mots " dangereux ", " barricadé " et, enfin cette menace : " Brigade des gaz. " Menace grandiose, presque flatteuse, susceptible en se réalisant de transporter Gérane *à la une* du *Petit Parisien*, édition allemande. Menace toutefois si précise qu'il ouvrit enfin la fenêtre, se pencha sur la courette commune à deux immeubles et partagée par une grille. Les poubelles y bâillaient, lointaines, ouvrant leurs gueules nauséabondes. " Bigre ! pensa le héros d'Ablis et du prochain fait divers. Passer par les toits, c'est facile à dire, mais je n'ai aucune envie d'aller m'empaler sur ces hallebardes. Le chéneau n'est pas large. "

Il s'y risqua pourtant, se mit à ramper sur le zinc vers une tabatière entrouverte de la maison voisine. L'atteindre, s'y introduire, c'était le salut : il redescendrait par un autre escalier, dans l'autre rue. Mais on ne tire pas impunément tant de chèques sur sa provision de chance. Comme il arrivait, tendant la main vers l'ouverture, une bouffée de triples croches en jaillit. *C'est une chemise rose, avec une petite femme dedans...* Soulevant la tête, Gérane put se convaincre que la petite femme, accroupie sous le gramophone, était dans la tenue de la chanson. Par bonheur elle lui tournait le dos. Il avança rapidement de deux mètres, de trois, de cinq. Les autres lucarnes étaient fermées et il n'était point question d'en briser les vitres pour les ouvrir : plutôt crier son plan à tout le quartier. Restait une suprême ressource : le collecteur d'angle dont le gros tuyau ne céderait pas sous son poids.

Effectivement, il ne céda point et Gérane se laissa glisser sans incident jusqu'au deuxième étage. La victoire semblait proche, quand la maudite bonniche, qui l'avait déjà repéré deux jours avant, parut à sa fenêtre et s'égosilla :

— Le voilà qui se sauve par la gouttière!

Désastreuse intervention. Arthur, pour descendre plus vite, voulut desserrer son étreinte et lâcha le tuyau. Ses ongles griffèrent le crépi, tandis que la fille hurlait ce " ah " pathétique, cette voyelle suraiguë des héroïnes poignardées à la fin des mélos. Rapide comme sa chute, une réflexion perça les tempes de l'évadé, essaya de commander à la Providence : " Deuxième étage... Pas plus de huit mètres. De cette hauteur-là, on ne peut pas se tuer. Un bras, je donne un bras, je ne donne pas les jambes. "

Mais la Providence, lassée, refilait ce client au destin et ce dernier exigeait beaucoup plus. Gérane se retourna dans le vide et tomba sur les reins.

XXXII

Ces prunelles verdâtres qui furent vertes, ce crâne poli au blanc d'Espagne des pellicules, ces tempes palmées, ces jambes pendillant sous le ventre gonflé de fayots, cet homme effondré sur un banc dans l'attente de la visite, ce cul-de-jatte... voici Gérane à quarante ans.

Près de lui se dressent ses béquilles aux coussinets rongés par les sueurs d'aisselle, aux traverses lissées par la paume, aux talons de caoutchouc synthétique écrasés par ce pilonnage qui n'a épargné aucune dalle du quartier des " gâteux et paralytiques ". Béquilles de Gérane, dont la cadence longue et molle se reconnaît entre toutes, béquilles qui font sourire les ingambes lorsque leur propriétaire se vante de son antique pointe de vitesse, béquilles dont le poum-poum fait partie de l'ambiance, du décor auditif, comme Gérane lui-même fait partie du décor visuel avec sa tête légèrement inclinée entre les deux épaules, ses coudes écartés, son corps flasque tirant la bissectrice de cet angle mouvant.

Arthur bâille, fumaille, compte les jours. C'est une occupation comme une autre. Cette comptabilité singulière qui ne cherche plus à s'appuyer sur une date de l'avenir, à s'en rapprocher, cette comptabilité à reculons l'a rendu très fort en calcul mental. Définitivement insensible à la durée, Arthur peut convertir rapidement en mois, jours, heures, minutes et secondes le décompte compliqué de ses divers internements. Sainte-Gemmes : deux ans. Vaucluse, premier séjour : un mois. Vaucluse, second séjour : sept semaines. Villejuif, section spéciale : quatre ans. Villejuif, " tôles " : huit ans. En tout près de quinze ans, cent quatre-vingts mois, quatre cent soixante-treize millions quarante mille secondes (et encore, en faisant cadeau à l'administration des quelque trente mille secondes représentées par le supplément des années bissextiles). Il en a de bonnes, Royer, son voisin de lit, quand il parle de son expérience des asiles, quand il argue d'un séjour de douze ans dans celui-ci. Son ancienneté est purement locale ! Arthur, lui, a fait tous les asiles, tous les services, sauf la morgue. Encore y passera-t-il certainement, lorsqu'il aura doublé, peut-être triplé son record. Car il peut, car il doit vivre très longtemps, tels ces chênes foudroyés qui donnent des têtards centenaires.

Bien sûr, il y a des moments où il n'est point de cet avis, où il considère hargneusement ses jambes desséchées, palpe sous l'étoffe ces membres qui lui sont devenus étrangers, cette moitié postérieure de lui-même dont la moitié antérieure a tant abusé et qui refuse maintenant de lui obéir. Il songe alors qu'il eût mieux valu recevoir cette balle qui, se trompant de quelques centimètres, est allée percer l'omoplate du militaire couché près de lui dans le foin. Il estime que la bonniche de Vincennes aurait pu crier plus tôt, au moment où il entamait cette glissade le long de la gouttière. Tombé du sixième étage, au lieu du second, il eût bénéficié d'une radicale, d'une définitive rupture de la colonne vertébrale et non de cette lésion de la moelle épinière qui a tué le Gérane-espace en épargnant le Gérane-temps. L'une ou l'autre fin, en plein exode, en pleine fuite, étaient dignes de lui. Mieux vaut vivre sa mort que de mourir sa vie.

Tel n'est pas son destin, tributaire de la banalité. Arthur ne s'avoue pas qu'il est ainsi plus conforme à la logique d'une carrière d'aliéné, rarement spectaculaire, presque toujours terne, lente, mesquine, n'atteignant le drame que par hasard et sous sa forme la plus répugnante, la plus stupide. Il ne s'est ni accepté ni refusé. Son expérience ne raisonne pas; elle *résonne* en lui, creuse, vide de sens. Il ne s'étonnera jamais. Il accuse la fatalité, qui veille sur lui depuis son berceau. Ne l'a-t-elle pas fait naître un 13? N'a-t-elle pas réservé à Napoléon son Waterloo, à Baudelaire l'aphasie, à Beethoven la surdité, contradictions éloquentes de leur vie? A Gérane, ce fugueur, ce rapide, ce roi de l'évasion, la paralysie : tout est dans l'ordre. "On est toujours puni par où l'on a péché", salive en guise de consolation l'aumônier de l'asile qui lui prête des recueils de mots croisés et le confesse quelquefois, car Gérane, soucieux de raccrocher au moins une espérance, se médicamente pieusement — entre deux conversations anticléricales — et, goutte à goutte, vide la burette, le flacon éternel où sommeille cette doucereuse spécialité pharmaceutique de la résignation.

Résigné... c'est beaucoup dire! La langue n'a pas forgé de mots pour exprimer cette nuance particulière de la mentalité des incurables, corporation qui sur champ de gueules blasonne saule et chardon. Arthur admet son infirmité, conséquence accidentelle d'une autre qu'il n'admettra jamais. Il a pris son parti de la première et considère la seconde comme un parti pris. Il espère, il espérera toujours son transfert dans un hôpital ordinaire. Il feuillette avec intérêt le *Pèlerin* qui épluche scientifiquement les guérisons de Lourdes, s'indigne de ne pas y être envoyé par une administration qui néglige les thérapeutiques miraculeuses. Il se procure et dévore les brochures médicales qui traitent de la rénovation des tissus nerveux, de l'utilisation des courants galvaniques. A vrai dire, il sait très bien que sa lésion est ancienne, que l'atrophie a fait son œuvre, détruit ses muscles; néanmoins, c'est un bon sujet de bavardage, de revendication et de rêve. Toute la vie, comme tant d'autres à côté de lui, il broiera de petites humeurs, des grains de cette moutarde qui lui monte au nez, mais qui est aussi le révulsif du désespoir.

Oui, depuis que, sorti du plâtre et de la clinique des aliénés, Arthur a quitté Sainte-Anne pour Villejuif, il s'est organisé une petite vie grincheuse. Indigne, puisque impotent, de la section spéciale, l'infirme est surtout prisonnier de lui-même (ne le fut-il pas toujours?).

— Ces grillages-là, gouaille-t-il quelquefois, je les aurais jadis franchis à cloche-pied.

Ils sont maintenant plus catégoriques que les profonds sauts de loup d'Henri-Colin, et Gérane entend bien qu'il en soit ainsi pour tout le monde. Pourquoi sortirait-on d'un endroit d'où il ne sortira jamais? Il ne le dit pas, il n'ose même pas le penser, il flétrira au besoin l'intransigeance des psychiatres; en fait, il est devenu un parfait chien de quartier. Pelletant noir ses idées comme le fossoyeur sa glaise, il enterrerait, il internerait volontiers toute la France. Les hommes libres, bah! ne doivent leur liberté qu'au hasard; ceux qui les rejoignent sont de pauvres types, bien plus malades que lui. D'ailleurs la santé mentale, qu'est-ce à dire? Il n'y a qu'une santé : celle du corps. L'autre n'est qu'une illusion, une prétention, une affaire de dossier ou d'interprétation hâtive. *Les hommes sont si nécessairement fous que ce serait fou, par un autre tour de folie, que de n'être pas fou.* Pascal a raison! La plus belle lucidité n'est faite que de lueurs; le génie, celui-là même dont la foudre est la lampe de chevet, n'y voit que par éclairs. Folie publique où s'intègrent si bien les démences privées! Ce n'est pas l'utérus, c'est le cerveau qui fait le plus grand nombre de fausses couches. Ce bocal pour fœtus de l'esprit, l'asile, ce bocal vaut le reste du monde.

Des libérés... oui, bien sûr, il y en a. Il faut bien faire de la place aux arrivants. Il paraît que Ramuzac, Laligue, Stanois et d'autres sont sortis. Il paraît que Roncier a transformé Henri-Colin, que l'on trouve partout des thérapeutiques nouvelles, que les Diafoirus de la psychiatrie commencent à s'incliner devant des psychiatres étymologiquement dignes de leur nom. La bonne blague, puisqu'il est toujours à Villejuif, puisque Marcotte, Larribat et Raffreldo sont maintenus, puisque Pépin est revenu après une courte sortie, puisque Castaing est mort et enterré comme Piolet, puisque Lumène est là, près de lui, finalement raté par l'électro-choc, gazouillant son incohérence au fond du lit numéro 9. Des libérés... ouais! Gérane sait bien que ces lents, que ces longs séjours déposent de tels sédiments, que rien ne parvient jamais à les curer. Dieu merci! S'il a souvent l'occasion d'assister au déshabillage d'un arrivant, il est rare que l'un d'eux recouvre devant lui ce paquet de hardes ficelé à la diable et qui pue hautement la naphtaline. Chez les gâteux et assimilés, on distribue plus facilement des linceuls que des chemises civiles, des actes de décès que des bulletins de sortie. Quant aux évasions — idée saugrenue! — elles se réduisent ici à des tentatives généralement puériles. Tentatives qu'Arthur encourage et trahit. Incapable de rien tenter pour son propre compte, il aime exciter les autres, les pousser à d'extravagants et débiles cent mètres, avant de prévenir le gardien de service. Aux heures de cafard, il répète avec orgueil :

— Vous n'êtes que des poules mouillées. Moi, je me suis évadé de partout.

Il rage, car personne ne le croit. Il crache de dépit, quand Lumène, toujours sentencieux, sort de sa torpeur et lui crie en secouant ses cheveux hérissés sur son crâne, comme s'ils tiraient sur sa pensée des milliers de ratures :

— La seule chose qui devrait nous intéresser, c'est de nous évader de nous-mêmes.

Univers prodigieusement rétréci! La guerre, l'occupation, l'immense épreuve du monde n'ont été pour lui et ses camarades que prétexte à lectures molles, à jacasseries, à récriminations contre l'amenuisement des rations et l'indigence de la cantine. *Qu'il repose en révolte!*... Titre impossible en ces lieux. Nul satanisme. Nul drame. Des criailleries. Des luttes de moineaux autour d'un hanneton. Des prépondérances de nursery. Peu de crises. Lubies répugnantes, vésanies de la pourriture, marottes qui ne sont pas marrantes. Abrutissement, engourdissement, insensibilité de la bête à l'engrais. Savates où pue un repos de pieds plats. Abdication en faveur de l'abdomen. Grandes exigences des petits besoins. Fautes vénielles : disputes, larcins, glaires expédiées de travers, détention d'allumettes, déchirage maniaque des draps, complaisance envers l'ordure.

Sur ce fumier, le bourdonnement des mouchardages. Arthur, pour sa part, ne rate personne. Il observe de son banc ou de son lit ces barbons ingénus, ces P. G. boulimiques, ces gâteux à culotte mouillée au milieu desquels on le contraint à vivre; il les écrase de sa méprisante supériorité, lui qui, malgré son infirmité, ne tartine jamais le fond de son caleçon; il sourit, tout heureux de pouvoir claironner :

— Attention! Blanquerolles est en train de bouffer sa... hum!

Gérane est distingué, Gérane ne dit pas le mot. Il sourit de plus belle, quand fuse la réplique obscure de Lumène, de cet agaçant Lumène :

— Ma foi, ceux qui pensent deux fois la même pensée ne font pas autre chose.

Il sourit encore, la canine dehors, lorsque les infirmiers s'approchent avec l'éponge et le seau d'eau.

Ceux-ci ne l'aiment guère; ils se servent de lui, quitte à le rabrouer quand son zèle dépasse les limites de l'officieux et prétend s'annexer leurs prérogatives. Gérane a son lit d'angle, son urinal, son demi-litre de lait, son coussin qui marque au réfectoire la place réservée à son coccyx fragile. Il bénéficie surtout d'un " Bonjour, Gérane! " chanté chaque matin par le personnel comme une messe de fondation, et du sourire rapide que le patron décoche aux vieilles connaissances en opérant la traversée, plus rapide encore, de ces salles où se fait en vain une grande consommation de crésyl, où flotte une tenace odeur de colique délayée dans l'urine. Bien qu'Arthur tienne beaucoup à

ce sourire, il n'aime pas (qui donc aime-t-il?) ce
docteur qui est une doctoresse, car cette doctoresse n'est autre qu'Anna Bigeac. Il se souvient
de Sainte-Gemmes, où elle fut interne, mesure
trop cruellement le chemin qu'ils ont l'un et l'autre
parcouru, s'indigne secrètement d'être sous la
coupe d'une fille à peine plus âgée que lui.

Ainsi, grognon, goguenard, servile, doucement
lâche, petit rentier de la folie, Gérane s'enfonce
dans de menues habitudes; Gérane s'enlise dans
ce sable d'un sablier qui coule indéfiniment, qui
laisse à petits bouillons s'évaporer l'eau rare de
ses larmes.

Il n'est pas malheureux, il n'est pas heureux, il
est. Plus exactement, il survit, il existe. Existence
posthume.

*

Deux fois posthume, hélas! Une autre vie procède de la sienne. Il a fallu que les nuits passées à
Vincennes soient fécondes, qu'elles perpétuent
cette dynastie Gérane qui porte les grelots en guise
de fleurons.

Ce 13 juin, tandis qu'Arthur lézarde sur son
banc et s'apprête à signaler au gardien l'imbécile
qui déchire son mouchoir en petits morceaux, Stéphanie remonte les allées, s'engage sur l'esplanade

dont elle connaît tous les massifs. Ses cheveux ont maintenant cette couleur que prend la paille quand les gerbes ont subi une trop longue pluie. Ses trente-cinq ans poussent devant eux cette dignité de poitrine que lorgnent son voisin de palier et les quelques célibataires qui hantent le chalet de nécessité dont elle a obtenu le bénéfice. Chaste comme une nonne, elle a la démarche, l'inusable candeur, la discrétion tenace de la nonne.

— Je ne sais pas, aime-t-elle à répéter, si les femmes tiennent deux ans. Moi, je tiendrai toute la vie. Ma fille me suffit.

Aujourd'hui, elle est seule. Seule, mais non esseulée. Sa main droite traîne derrière elle, instinctivement, habituée à remorquer la gamine absente dont Arthur ne suçotera pas les pommettes aiguës. Comme elle ne sait pas froncer les sourcils, Stéphanie marche en baissant la tête, pince légèrement les lèvres. Dans sa chienne de vie, où rien ne va, quelque chose doit aller plus mal que d'habitude. Pas question de son mari, bien sûr. De ce côté-là, rien de pire à prévoir, sauf une mort dont elle ne pensera jamais qu'elle serait une délivrance pour elle — et pour lui —. Elle tient à cette tendresse maladive, un peu honteuse. Son dévouement (" de la bêtise ", affirme sa concierge) ne mobilise que les meilleurs souvenirs, enjolive les autres, songe par exemple que dans

sa chambre saccagée elle a retrouvé un objet intact :
son propre portrait. Avenir bloqué, elle ne l'ignore
point. Son mari ne sortira jamais de Villejuif,
ne recouvrera jamais l'usage de ses jambes. C'est
mieux ainsi : Dieu seul sait ce qu'il en ferait! Question réglée, car il ne sortira jamais non plus de cet
autre asile, muré par ses vingt-quatre côtes. Stéphanie s'estime suffisamment payée quand Arthur
fouille son colis hebdomadaire avec un mélange de
condescendance et de rapacité puériles, quand il
trouve que Roberte est bien tenue, quand il se
retourne, tout faraud de posséder la femme la plus
attentive du quartier, et jette négligemment à son
voisin cette vérité : " Stéphanie, tu vois, c'est ma
dernière chance ! " Formule éclatante, dont il
n'apprécie pas lui-même toute la valeur. Ambition
réduite d'une affection qui se laisse rançonner à la
petite semaine faute de pouvoir éprouver désormais
le grand pillage de l'amour.

— Bonjour, madame Gérane. Votre fille est-elle malade?

Stéphanie relève le nez et reconnaît Anna Bigeac.

— Elle est punie, répond-elle.

Son sourire, aussi usé que sa jupe, hésite un peu
puis s'efface et se contracte en moue.

— La petite m'inquiète, docteur. Avant-hier,
elle s'est sauvée de chez nous, sans raison; je ne

l'avais même pas grondée. Les agents me l'ont ramenée ce matin. Elle rôdait depuis deux jours dans les rues.

La doctoresse secoue doucement son indéfrisable qui aurait besoin d'une mise en plis, oublie la blouse blanche qu'elle porte encore sur sa robe de ville.

— Il y a sept ans, je vous avais déjà dit que...
Non, Anna Bigeac n'a rien dit de tel. Elle l'a seulement pensé. Elle ne terminera pas sa phrase, n'avouera pas que dans certains cas la morale et la loi devraient s'accommoder de l'avortement. La doctrine officielle réprouve l'eugénisme comme l'euthanasie. Un médecin chef, même femme, ne peut que proposer d'une voix neutre :

— Amenez-moi l'enfant un de ces jours. Mais n'attendez pas trop et surtout ne la brusquez pas.

Brusquer Roberte? Aucun danger. Stéphanie mériterait plutôt le conseil inverse. La voici qui s'éloigne, désolée, poursuivie par son ombre. Elle hâte le pas et l'ombre hâte le sien. Elle pénètre dans le couloir, frais et dallé comme un caveau de famille et l'ombre l'abandonne, car maintenant elle se sent en sûreté. La sonnette du quartier grelotte sous sa main; le judas s'ouvre, puis la porte. Arthur est toujours sur son banc, dans la cour. Il tourne la tête, se soulève, se suspend aux béquilles. Son sourire clopine vers sa femme, clopine vers cette double lumière — lumière de ces yeux, lumière du printemps — qui fait fleurir pour lui, là-bas, cette touffe de giroflées, nourrie d'une sève trop sévère et crispée sur la crête du mur.

*Villenauxe-la-Grande, Paris,
août 1948-février 1949.*

ŒUVRES DE HERVÉ BAZIN

Aux Éditions Bernard Grasset :

VIPÈRE AU POING, 1948.
LA TÊTE CONTRE LES MURS, roman, 1949.
LA MORT DU PETIT CHEVAL, roman, 1950.
LE BUREAU DES MARIAGES, nouvelles, 1951.
LÈVE-TOI ET MARCHE, roman, 1952.
HUMEURS, poèmes, 1953.
L'HUILE SUR LE FEU, roman, 1954.
QUI J'OSE AIMER, roman, 1956.
LA FIN DES ASILES, enquête, 1959.
PLUMONS L'OISEAU, 1966.
CRI DE LA CHOUETTE, 1972
CE QUE JE CROIS, 1977.

Aux Éditions du Seuil :

AU NOM DU FILS, roman, 1960.
CHAPEAU BAS, nouvelles, 1963.
LE MATRIMOINE, roman, 1967.
LES BIENHEUREUX DE LA DÉSOLATION, roman, 1970.
JOUR, *suivi de* A LA POURSUITE D'IRIS, poèmes, 1971.
MADAME EX, roman, 1975.
TRAITS, poèmes, 1976.
UN FEU DÉVORE UN AUTRE FEU, 1978.

IMPRIMÉ EN FRANCE PAR BRODARD ET TAUPIN
7, bd Romain-Rolland - Montrouge - Usine de La Flèche.
LIBRAIRIE GÉNÉRALE FRANÇAISE -
ISBN : 2 - 253 - 00617 - 3

Le Livre de Poche historique

Histoire ☆ Biographies
Documents ☆ Témoignages

Alexandre (Philippe).
  Le Duel de Gaulle - Pompidou, 3289/3**.
Amouroux (Henri).
  Vie des Français sous l'Occupation, t. 1, 3242/2*** ; t. 2, 3243/0***.
Armand (L.) et Drancourt (M.).
  Le Pari européen, 2824/8**.
Arnauld (Roger).
  Les Témoins de la nuit, 5331/1****.
Astier de la Vigerie (Emmanuel d').
  Sur Staline, 4027/6****.
Azeau (Henri).
  Le Piège de Suez, 2245/6***.
Barret (P.) et Gurgand (J.-N.).
  Priez pour nous à Compostelle, 5350/1****.
Benoist-Méchin (Jacques).
  Ibn-Séoud, 890/1****.
Bergot (Erwan).
  Vandenberghe le Seigneur du Delta, 5093/7****.
CORPS D'ÉLITE :
  La Légion, 3980/7****.
Bernadac (Christian).
  Les Mannequins nus, 4229/8****.
  Le Camp des femmes, 4230/6****.
  Kommandos de femmes, 4231/4***.
Blond (Georges).
  Le Survivant du Pacifique, 799/4****.
  Le Débarquement, 1246/5****.
  Les Princes du ciel, 3595/3**.
Bonheur (Gaston).
  Henri Quatre, 5257/8**.
Bonnecarrère (Paul).
  Par le sang versé, 3178/8****.
  Qui ose vaincra, 3527/6****.
  La Guerre cruelle, 3884/1****.

Brille (Ady).
  Les Techniciens de la mort, 5330/3****.
Chaban-Delmas (Jacques).
  L'Ardeur, 4843/6***.
Chastenet (Jacques).
  La France de M. Fallières, 2858/6***.
Clavel (Maurice).
  Les Paroissiens de Palente, 4802/2****.
Clostermann (Pierre).
  Le Grand Cirque, 4767/7****.
Coccioli (Carlo).
  Mémoires du roi David, 5263/6*****.
Coignet (Capitaine).
  Cahiers, 3364/4**.
Courrière (Yves).
LA GUERRE D'ALGÉRIE :
  1. Les Fils de la Toussaint, 3748/8*****.
  2. Le Temps des Léopards, 3749/6*****.
  3. L'Heure des Colonels, 3750/4*****.
  4. Les Feux du désespoir, 3751/2*****.
Daniel (Jean).
  L'Erreur, 4891/5*.
  L'Ere des ruptures, 5420/2****.
Dayan (Moshé).
  Journal de la campagne du Sinaï-1956, 2320/7**.
Debré (Michel).
  L'Honneur de vivre, 4890/7*****.
Delarue (Jacques).
  Histoire de la Gestapo, 2392/6****.
Derogy (Jacques).
  La Loi du retour, 3495/6***.

Descola (Jean).
Les Conquistadors, 5337/8*****.
Dreyfus (Paul).
Histoires extraordinaires de la Résistance, 5228/9****.
Druon (Maurice).
La Dernière Brigade, 5085/3***.
Alexandre le Grand, 3752/0****.
LES ROIS MAUDITS :
 1. *Le Roi de Fer,* 2886/7***.
 2. *La Reine étranglée,* 2887/5***.
 3. *Les Poisons de la Couronne,* 2888/3***.
 4. *La Loi des Mâles,* 2889/1***.
 5. *La Louve de France,* 2890/9***.
 6. *Le Lis et le Lion,* 2891/7***.
Dulles (Allen).
Les Secrets d'une reddition, 2835/4**.
Eisenberg (Josy).
Une Histoire des Juifs, 4797/4****.
Fabre (Robert).
Quelques baies de genièvre, 4950/9****.
Farago (Ladislas).
A la recherche de Martin Bormann et les rescapés nazis en Amérique du Sud, 5023/4****.
Favier (Jean).
Philippe le Bel, 5408/7*****.
Flament (Marc).
CORPS D'ELITE :
Les Commandos, 4239/7****.
Fourcade (Marie-Madeleine).
L'Arche de Noé, t. 1, 3139/0** ;
 t. 2, 3140/8**.
Frenay (Henri).
La Nuit finira, t. 1, 4051/6**** ;
 t. 2, 4052/4****.
Volontaires de la nuit, 5044/0****.
Gaulle (Charles de).
DISCOURS ET MESSAGES :
 t. 1, 3753/8**** ; t. 2, 3754/6**** ;
 t. 3, 3755/3**** ; t. 4, 3756/1**** ;
 t. 5, 3757/9****.
Pour l'Avenir : extraits, 3480/8**.
Le Fil de l'épée, 3545/8*.
La Discorde chez l'ennemi, 3546/6*.
La France et son armée, 3547/4**.
Trois études, 3548/2*.
Vers l'armée de métier, 3549/0*.
Giroud (Françoise).
Si je mens..., 3729/8**.
Giscard d'Estaing (Valéry).
Démocratie française, 5090/3*.

Gorkin (Julian).
L'Assassinat de Trotsky, 3575/5**.
Gorsky (Bernard).
Expédition « Moana », 5237/0****.
Green (Gerald).
Holocauste, 5385/7****.
Grey (Marina) et Bourdier (Jean).
Les Armées blanches, 5116/6****.
Guilleminault (G.) et Bernert (P.).
Les Princes des Années folles, 4244/7****.
Guitton (Jean).
Portrait de M. Pouget, 1810/8**.
Halévy (Daniel).
LA FIN DES NOTABLES :
 1. *La Fin des Notables,* 3432/9**.
 2. *La République des Ducs,* 3433/7**.
Halimi (Gisèle).
La Cause des femmes, 4871/7**.
Harris (André) et Sédouy (Alain de).
Juifs et Français, 5348/5****.
Hasquenoph (Marcel).
La Gestapo en France, 5104/2****.
Héron de Villefosse (René).
Histoire de Paris, 3227/3**.
Herzog (Maurice).
Annapurna premier 8 000, 1550/0****.
Heyerdahl (Thor).
L'Expédition du Kon-Tiki, 319/1****.
Jean-Paul II.
Voyage en France 1980 : Discours et Messages, 5478/0*.
Jobert (Michel).
Mémoires d'avenir, 4713/1***.
Landemer (Henri).
CORPS D'ELITE :
Les Waffen S.S., 3981/5****.
Lanoux (Armand).
Bonjour, monsieur Zola, 3269/5****
Lapierre (D.) et Collins (L.).
Paris brûle-t-il ?, 2358/7*****.
... Ou tu porteras mon deuil, 3151/5****.
O Jérusalem, t. 1, 4235/5**** ;
 t. 2, 4236/3****.
Cette nuit la liberté, 4941/8*****.
La Varende (Jean de).
Guillaume, le bâtard conquérant, 3938/5****.
Leca (Dominique).
*Il y a quarante ans l'an 40
La Rupture,* 5376/6****.

Lecœur (Auguste).
Le P.C.F., continuité dans le changement, de M. Thorez à G. Marchais, 5238/8***.

Mabire (Jean).
La Division Charlemagne, 4824/6****.
Mourir à Berlin, 4928/5****.
Les Jeunes fauves du Führer, 5083/8****.
L'Eté rouge de Pékin, 5365/9*****.

Mabire (Jean) et Bréhèret (Jean).
CORPS D'ELITE :
Les Samouraï, 3983/1****.

Mabire (Jean) et Demaret (Pierre).
La Brigade Frankreich, 4778/4****.

Madariaga (Salvador de).
Christophe Colomb, 2451/0***.

Markale (Jean).
Histoire secrète de la Bretagne, 5265/1***.

Massu (Suzanne).
Quand j'étais Rochambelle, 3935/1**.

Mendès France (Pierre).
Choisir, 4872/5****.

Monnet (Jean).
Mémoires, t. 1, 5182/8**** ; t. 2, 5183/6****.

Murray Kendall (Paul).
Louis XI, 5034/1*****.

Newcomb (R. F.).
800 hommes à la mer, 3356/0**.

Noguères (Henri).
Munich ou la drôle de paix, 4879/0*****.

Noli (Jean).
Les Loups de l'Amiral, 3333/9****.
Le Choix, 3900/5****.

Ollivier (Albert).
Saint-Just ou la Force des choses, 2021/1***.

Orcival (François d').
CORPS D'ELITE :
Les Marines, 3978/1****.

Orieux (Jean).
Voltaire, 5377/4 E.

Perrault (Gilles).
L'Orchestre Rouge, 3158/0*****.

Peyrefitte (Alain).
Quand la Chine s'éveillera... le monde tremblera, t. 1, 4247/0*** ; t. 2, 4248/8***.

Décentraliser les responsabilités, 5200/8**.
Le Mal français, t. 1, 5212/3**** ; t. 2, 5213/1****.

Piekalkiewicz (Janusz).
Les Services secrets d'Israël, 5203/2***.

Poniatowski (Michel).
Cartes sur table, 4227/2***.
L'Avenir n'est écrit nulle part, 5329/5*****.

Pottecher (Frédéric).
A voix haute, 5304/8****.

Revel (Jean-François).
La Tentation totalitaire, 4870/9****.

HISTOIRE DE LA PHILOSOPHIE OCCIDENTALE :
t. 1 : *Penseurs grecs et latins,* 4254/6****.
t. 2 : *La Philosophie classique,* 4255/3****.

Rieupeyrout (J.-L.).
Histoire du Far-West, 4048/2****.

Roy (Jules).
LES CHEVAUX DU SOLEIL :
1. *Chronique d'Alger,* 4171/2****.
2. *Une Femme au nom d'étoile,* 4724/8****.
3. *Les Cerises d'Icherridène,* 5038/2****.

Ryan (Cornelius).
Le Jour le plus long, 1074/1****.

Saint-Paulien.
LES MAUDITS :
1. *La Bataille de Berlin,* 3572/2**.
2. *Le Rameau vert,* 3573/0**.

Saint Pierre (Michel de).
Bernadette et Lourdes, 1821/5*.
LE DRAME DES ROMANOV :
La Menace, 3124/2**.
La Chute, 3125/9**.

Schell (Orville).
Les Chinois, 5349/3***.

Schelle (Klaus).
Charles le Téméraire, 5409/5****.

Schuré (Edouard).
Les Grands Initiés, 1613/6****.

Séguy (Georges).
Lutter, 4819/6***.

Sergent (Pierre).
Je ne regrette rien, 3875/9****.

Servan-Schreiber (Jean-Jacques).
Le Manifeste radical, 2892/5**.

Shirer (William).
 Le Troisième Reich,
 t. 1, 1592/2***** ; t. 2, 1608/6*****.
Smith (Hedrick).
 Les Russes, 5012/7*****.
Speer (Albert).
 Au cœur du Troisième Reich,
 3471/7*****.
Stein (George H.).
 Histoire de la Waffen S.S.,
 5003/6****.

Steiner (Jean-François).
 Treblinka, 2448/6***.
Townsend (Peter).
 Le Hasard et les Jours, 5303/0****.
Tulard (Jean).
 Napoléon, 5390/7*****.
Venner (Dominique).
 Les Corps-Francs allemands de la Baltique, 5136/4****.
Viansson-Ponté (Pierre).
 Lettre ouverte aux hommes politiques, 4846/9*.

Le roman vrai...

Une **série historique** abondamment illustrée dirigée par Gilbert Guilleminault

Le roman vrai du demi-siècle.
 Du premier Jazz au dernier Tsar, 2351/2.
 De Charlot à Hitler, 2352/0.
 La Drôle de Paix, 2579/8.

Le roman vrai de la IVe République.
 Les lendemains qui ne chantaient pas, 2722/4.
 La France de Vincent Auriol, 2758/8.

Le Livre de Poche classique

Des textes intégraux.
Des éditions fidèles et sûres.
Des commentaires établis par les meilleurs spécialistes.
Pour le grand public. La lecture des grandes œuvres rendue facile grâce à des commentaires et à des notes.
Pour l'étudiant. Des livres de référence d'une conception attrayante et d'un prix accessible.

Balzac.
La Duchesse de Langeais suivi de *La Fille aux Yeux d'or*, 356/3**.
La Rabouilleuse, 543/6***.
Les Chouans, 705/1***.
Le Père Goriot, 757/2**.
Illusions perdues, 862/0****.
La Cousine Bette, 952/9***.
Le Cousin Pons, 989/1***.
Le Colonel Chabert suivi de *Ferragus, chef des Dévorants*, 1140/0**.
Eugénie Grandet, 1414/9**.
Le Lys dans la Vallée, 1461/0****.
César Birotteau, 1605/2***.
La Peau de Chagrin, 1701/9***.
Le Médecin de campagne, 1997/3***.

Barbey d'Aurevilly.
Un Prêtre marié, 2688/7**

Baudelaire.
Les Fleurs du Mal, 677/2***.
Le Spleen de Paris, 1179/8**.
Les Paradis artificiels, 1326/5**.
Ecrits sur l'Art, t. 1, 3135/8** ; t. 2, 3136/6**.

Bernardin de Saint-Pierre.
Paul et Virginie, 4166/2****.

Boccace.
Le Décaméron, 3848/6****.

Casanova.
Mémoires, t. 2, 2237/3*** ; t. 3, 2244/9** ; t. 4, 2340/5** ; t. 5, 2389/2*.

Chateaubriand.
Mémoires d'Outre-Tombe, t. 1, 1327/3***** ; t. 2, 1353/9***** ; t. 3, 1356/2*****.

Descartes.
Discours de la Méthode, 2593/9**.

Dickens.
De Grandes Espérances, 420/7*****.

Diderot.
Jacques le Fataliste, 403/3**.
Le Neveu de Rameau suivi de *8 Contes et Dialogues*, 1653/2**.
La Religieuse, 2077/3**.
Les Bijoux indiscrets, 3443/6**.

Dostoïevski.
L'Eternel Mari, 353/0**.
Le Joueur, 388/6**.
Les Possédés, 695/4*****.
Les Frères Karamazov, t. 1, 825/7**** ; t. 2, 836/4****.
L'Idiot, t. 1, 941/2*** ; t. 2, 943/8***.
Crime et Châtiment, t. 1, 1289/5*** ; t. 2, 1291/1**.

Dumas (Alexandre).
Les Trois Mousquetaires, 667/3****.
Le Comte de Monte-Cristo, t. 1, 1119/4*** ; t. 2, 1134/**** ; t. 3, 1155/8****.

Flaubert.
Madame Bovary, 713/5***.
L'Education sentimentale, 1499/0***.
Trois Contes, 1958/5*.

Fromentin.
Dominique, 1981/7**.

Gobineau.
Adélaïde suivi de *Mademoiselle Irnois*, 469/4*.

Gorki.
En gagnant mon pain, 4041/7**.

Homère.
Odyssée, 602/0***.
Iliade, 1063/4****.

Hugo.
Les Misérables, t. 1, 964/4*** ; t. 2, 966/9*** ; t. 3, 968/5***.
Les Châtiments, 1378/6****.
Les Contemplations, 1444/6****.
Notre-Dame de Paris, 1698/7****.
La Légende des Siècles, t. 2, 2330/6**.

La Bruyère.
Les Caractères, 1478/4***.

Laclos (Choderlos de).
Les Liaisons dangereuses, 354/8****.

La Fayette (Mme de).
La Princesse de Clèves, 374/6**.

La Fontaine.
Fables, 1198/8***.

Lautréamont.
Les Chants de Maldoror, 1117/8***.

Machiavel.
Le Prince, 879/4***.

Mallarmé.
Poésies, 4994/7***.

Marx et Engels.
Le Manifeste du Parti Communiste suivi de Critique du Programme de Gotha, 3462/6*.

Mérimée.
Colomba et Autres Nouvelles, 1217/6***.
Carmen et Autres Nouvelles, 1480/0***.

Montaigne.
Essais, t. 1, 1393/5*** ; t. 2, 1395/0*** ; t. 3, 1397/6***.
Journal de voyage en Italie, 3957/5****.

Montesquieu.
Lettres persanes, 1665/6**.

Nerval.
Aurélia suivi de Lettres à Jenny Colon, de La Pandora et de Les Chimères, 690/5***.
Les Filles du feu suivi de Petits Châteaux de Bohème, 1226/7**.

Nietzsche.
Ainsi parlait Zarathoustra, 987/5***.

Pascal.
Pensées, 823/2***.

Pétrone.
Le Satiricon, 589/9**.

Poe.
Histoires extraordinaires, 604/6***.
Nouvelles Histoires extraordinaires, 1055/0***.
Histoires grotesques et sérieuses, 2173/0**.

Prévost (Abbé).
Manon Lescaut, 460/3**.

Rabelais.
Pantagruel, 1240/8***.
Gargantua, 1589/8***.

Restif de La Bretonne.
Les Nuits révolutionnaires, 5020/0****.

Rimbaud.
Poésies, 498/3**.

Rousseau.
Les Confessions, t. 1, 1098/0*** ; t. 2, 1100/4***.
Les Rêveries du Promeneur solitaire, 1516/1**.

Sacher-Masoch.
La Vénus à la fourrure et autres nouvelles, 4201/7****.

Sade.
Les Crimes de l'amour, 3413/9**.
Justine ou les malheurs de la Vertu, 3714/0****.
La Marquise de Gange, 3959/1**.

Sand (George).
La Petite Fadette, 3550/8**.
La Mare au diable, 3551/6**.
François le Champi, 4771/9**.

Shakespeare.
Roméo et Juliette suivi de Le Songe d'une nuit d'été, 1066/7**.
Hamlet - Othello - Macbeth, 1265/5***.

Stendhal.
Le Rouge et le Noir, 357/1****.
La Chartreuse de Parme, 851/3****.
Lucien Leuwen, 5057/2**'**.

Stevenson.
L'Ile au trésor, 756/4**.

Tchékhov.
Le Duel suivi de Lueurs, de Une banale histoire et de La Fiancée, 3275/2***.

Tolstoï.
Anna Karénine, t. 1, 636/8**** ; t. 2, 638/4****.
Enfance et Adolescence, 727/5**.
Guerre et Paix, t. 1, 1016/2***** ; t. 2, 1019/6****.

Tourgueniev.
Premier Amour suivi de L'Auberge de Grand Chemin et de L'Antchar, 497/5**.
Eaux printanières, 3504/5**.

Vallès (Jules).
JACQUES VINGTRAS :
1. *L'Enfant*, 1038/6***.
2. *Le Bachelier*, 1200/2***.
3. *L'Insurgé*, 1244/0***.

Verlaine.
Poèmes saturniens suivi de *Fêtes galantes*, 747/3*.
La Bonne Chanson suivi de *Romances sans paroles* et de *Sagesse*, 1116/0*.

Mes Prisons et autres textes autobiographiques, 3503/7***.

Villon.
Poésies complètes, 1216/8**.

Voltaire.
Candide et autres contes, 657/4****.
Zadig et autres contes, 658/2****.

XXX.
Tristan et Iseult, 1306/7**.
Lettres de la Religieuse portugaise, 5187/7**.

Une nouvelle série illustrée pour les enfants

Le Livre de Poche
jeunesse

Des textes de grande qualité pour les enfants de huit à quatorze ans.

Une typographie soignée et lisible.

Des illustrations par les meilleurs artistes.

Impression sur beau papier.

Alain-Fournier.
 Le Grand Meaulnes, 23/4****
Andersen.
 Poucette et autres contes, 19/2***.
Berna (Paul).
 Le Cheval sans tête, 34/1***.
Bickham (Jack).
 Le Faucon de Billy Baker, 25/9****
Buckeridge (Anthony).
 Bennett et sa cabane, 7/7***.
Clarkson (Ewan).
 Halic le phoque, 31/7***.
Conan Doyle (Sir Arthur).
 Le Monde perdu, 15/0****
 La Ceinture empoisonnée, 35/8**.
Curwood (James Oliver).
 Kazan, 10/1****.
Daudet (Alphonse).
 Tartarin de Tarascon, 27/5**.
Druon (Maurice).
 Tistou les pouces verts, 3/6***.

Escarpit (Robert).
 Les Contes de la Saint-Glinglin, 1/0***.
Fleischman (Sid).
 L'Homme qui brillait la nuit, 33/3***.
Grimm (J. et W.).
 Le Roi Grenouille et autres contes, 18/4****.
Haynes (Betsy).
 Une nièce de l'oncle Tom, 36/6***.
Hunt (Irene).
 Cinq printemps dans la tourmente, 26/7***.
Kästner (Erich).
 Le 35 mai, 5/1**.
 Deux pour une, 12/7***.
 Emile et les détectives, 30/9***.
La Fontaine (Jean de).
 Fables choisies, 22/6**.
Leblanc (Maurice).
 Arsène Lupin gentleman cambrioleur, 29/1***.

Leprince de Beaumont (Mme) et Aulnoy (Mme d').
La Belle et la Bête et autres contes, 21/8***.

Lindgren (Astrid).
Zozo la tornade, 13/5**.

Manzi (Alberto).
Le Castor Grogh et sa tribu, 28/3**.

Molnar (François).
Les Gars de la rue Paul, 16/8****.

Peck (Robert Newton).
Vie et mort d'un cochon, 9/3**.

Perrault (Charles).
Contes, 20/0***.

Richter (Hans Peter).
Mon ami Frédéric, 8/5***.

Singer (Isaac Bashevis).
Zlateh la chèvre et autres contes, 4/4**.

Solet (Bertrand).
Il était un capitaine, 11/9****.

Vasconcelos (José Mauro de).
Mon bel oranger, 2/8****.

Vercors.
Contes des cataplasmes, 32/5**.

Wilde (Oscar).
Le Fantôme de Canterville, 14/3**.

Winberg (Anna-Greta).
Ce jeudi d'octobre, 6/9****.

Winterfeld (Henry).
Les Enfants de Timpelbach, 24/2****.

XXX
Ali Baba et les quarante voleurs, 17/6**.

Le Livre de Poche illustré

Série **ART**
dirigée par André Fermigier

Des textes essentiels sur l'esthétique et l'histoire de l'art.

Burckhardt (Jacob).
 La Civilisation de la Renaissance en Italie, t. 3, 2003/9.
Cachin (Françoise).
 Gauguin, 2362/9.
Clark (Kenneth).
 Le Nu, t. 1, 2453/6 ; t. 2, 2454/4.
Faure (Elie).
 Histoire de l'Art :
 1. L'Art antique, 1928/8.
 2. L'Art médiéval, 1929/6.
 3. L'Art renaissant, 1930/4.
 4. L'Art moderne, t. 1, 1931/2.
 5. L'Art moderne, t. 2, 1932/0.
 L'Esprit des Formes, t. 1, 1933/8 ; t. 2, 1934/6.

Fermigier (André).
 Picasso, 2669/7 E.
Fromentin (Eugène).
 Les Maîtres d'autrefois, 1927/0.
Golding (John).
 Le Cubisme, 2223/3.
Guinard (Paul).
 Les Peintres espagnols, 2096/3.
Levey (Michael).
 La peinture à Venise au XVIIIe siècle, 2097/1.
Rewald (John).
 Histoire de l'impressionnisme, t. 1, 1924/7 ; t. 2, 1925/4.
Richards (J.M.).
 L'Architecture moderne, 2466/8.

Encyclopédie PLANÈTE

Mahé (André).
 Les Médecines différentes, 2836/2.

Martin (Charles-Noël).
 Le Cosmos et la Vie, 2822/2.

30/0201/